Leicht²

J E N S K . B E R G

AF186721

Das Buch

So einiges hat sich in Helmuts Leben angesammelt. Viele dieser Schätz-
chen sind rein individueller Natur, andere dagegen Trödel. Eines Tages
ist er der Unordnung leid. Ausgerechnet in der Schreibtischschublade
findet er einen Gegenstand aus seiner Jugend. Allerdings hat er die Au-
diokassette niemals darin hineingelegt. Dann die Überraschung: Er
selbst hat sie vor Jahren besprochen. Zu seiner Verwunderung erreicht
ihn wieder ein Päckchen, indem er einen vergilbten Abholschein findet.
Dieser Beleg führt ihn zu einem alten Bekannten: dem Münzhändler.
Von da an passieren Dinge, mit denen niemand rechnet. Ein außergewöhnlich heftiges Gewitter kommt bedrohlich nahe, entreißt ihn der Gegenwart. Nachdem Helmut zu sich kommt, kann er sich an nichts mehr
erinnern …

Der Autor

JENS K. BERG wird 1965 geboren. Seine Liebe zu Büchern findet er
durch alte Klassiker. Bereits in den Achtzigerjahren entsteht der Wunsch
zu schreiben. Unter Pseudonym veröffentlicht er Anfang 2000 zahlreiche Texte. Sein erster Roman erscheint 2007. Mit LEICHT legt er eine
amüsant kurzweilige Gegenwarts-Geschichte vor, die mit manchen alltäglichen Überraschungen aufwartet. Zurzeit arbeitet er am dritten Teil,
der anlässlich des dreißigsten Jahrestages der friedlichen Umwälzung
Ostdeutschlands 2019 erscheinen soll.

JENS K. BERG

LEICHT[2]

BOOKS ON DEMAND GMBH

Bibliografische Information Der Deutschen Bibliothek
Die Deutsche Bibliothek verzeichnet diese Publikation in der Deutschen Nationalbibliografie;
detaillierte bibliografische Daten sind im Internet über http://dnb.ddb.de abrufbar.

Covergestaltung: Jens K. Berg
Herstellung: Books on Demand GmbH, Norderstedt
Printed in Germany

ISBN 978-3-7460-9852-4

FÜR ALLE,
DIE ES LEICHT NEHMEN

Es ist …

… ein offenes Geheimnis, dass die Zeit wie Sand verrinnt. Nur spricht kaum jemand darüber, wird dadurch einem doch die Vergänglichkeit nur allzu bewusst. Rückblickend fühlen sich Jahre an wie Momente, die wie ein Meteorit an der Erde vorbei rauschen. Nur dass man selbst dabei gewesen ist und es *erlebt* hat. Viel bleibt nicht mehr übrig. Die schönsten Stunden haften lebenslang im Gedächtnis, werden mit der Zeit rosarot eingefärbt und erfahren eine besondere Art der Verklärung. Weniger schöne Stunden hingegen versinken in der Nacht, in der Hoffnung, nie wieder daran erinnert zu werden. Ganz schlechte lassen sich nicht so einfach ins Verlies einsperren; sie drängen in unregelmäßigen Abständen an die Oberfläche, wie Denkmäler sind sie Teil der Persönlichkeit.

Darüber zu sinnieren ist mühselig. Helmut hat es schon vor langem aufgegeben, philosophiert aber gerne darüber. Früher wäre dies undenkbar gewesen. Doch mit dem Alter vertiefen sich die Gedanken und ergründen so manches Geheimnis. Jedenfalls versucht er es. Einige Philosophen vertreten recht eigenartige Ansichten. Wortgewandt und mit fremden Begriffen um sich werfend, vermitteln sie den Anschein, hochintelligent zu sein und über Allem zu stehen. Helmut könnte bei solchem Geschwafel einfach nur kotzen.

Wobei einige Gedanken vielleicht gar nicht mal so dumm sind …

Ja, die Zeit. Eine Erfindung des Menschen, um eine Einteilung vornehmen zu können. Um sich zu orientieren, was *wann* war; wenn möglich mit Tageszeit. Penibel festhalten, um Statistiken nähren zu können. *Das* macht den Menschen aus! Nicht die kleineren Dinge des Lebens. Sich einfach an etwas erfreuen, was die Natur hervorgebracht hat. Oder für sich selbst Zeit zu haben. Alles ist verquickt mit ihr – der *Zeit*: Aufstehen, Arbeit, Freizeit, Urlaub, Schlafengehen. Alles ist dem menschlichen Rhythmus untergeordnet, und der Mensch ist Sklave der Zeit.

Paradox. Man erfindet etwas und hat doch nichts davon.

Manchmal würde Helmut gern allem entfliehen. Aussteiger gibt es genug, nur werden sie meistens totgeschwiegen. Und schwer haben sie es auch. Von der Gesellschaft an geschielt, vielleicht sogar verstoßen, leben die Aussteiger von dem, was Mutter Natur bietet. Und ohne moderne Haushaltsgegenstände lebt es sich ebenfalls recht gut. Doch ganz darauf wollte er nicht verzichten. Keinen Strom zu haben ist vielleicht ab und zu ganz angenehm für gewisse Stunden der Zweisamkeit. Aber für länger?

Helmut schüttelt den Kopf und stößt ein »Nein« aus. Das Ertönen seiner Stimme holt ihn in die Gegenwart zurück.

Es könnte so einfach sein! Leicht! Stattdessen wird es verkompliziert noch und nöcher. Man selbst trägt dazu bei. Mit jeder Entscheidungsfindung, mit jedem Gedanken abzuwägen. Anstatt es einfach auf einem zukommen zu lassen. Nein – alles muss geplant und durchorganisiert werden!

Was haben die denn früher gemacht? Da gab es zwölf Stundenschichten – und das zum Hungerlohn. Davon leben unmöglich. Keine Krankenversorgung. Die Industrialisierung schuf Armut und Not. Billige Arbeitskräfte im frühen Stadium des Kapitalismus. – Fast wie heute. Viele können auch nicht mehr vom Lohn leben.

Wie schrieb einst Marc Aurel? »Ohne Anmaßung nehm an, ohne Bedauern gib hin.«

Ein langgezogener Seufzer kommt über seine Lippen.

Manche Tage sind voll von solchen Gedanken, die von Selbstzweifeln begleitet werden und ein Karussell in Gang setzen, dem man sich nur schwerlich entziehen kann.

Womit Helmut wieder am Ausgangspunkt seiner Überlegungen angelangt ist. Gedankenschwere kann man nur mit Gegensätzlichen bekämpfen! Er zieht die Schreibtischschublade auf und kramt darin herum. Was genau er sucht, entzieht sich derzeitig seiner Kenntnis. Egal. Aufs Geratewohl wühlt er sich durch allerlei angehäuften Krimskrams. Erstaunlich, was man doch alles so *sammelt*. Ob es Sinn macht oder nicht, spielt dabei keine Rolle. Hauptsache der innere Jäger & Sammler wird befriedigt. Man gönnt sich ja nur selten etwas …

Diverse angelaufene Münzen, irgendwann einmal gefunden und achtlos diesem Sammelsurium hinzugefügt, liegen überall verstreut herum. Vergilbte eingerissene Fotos erwecken schon eher sein Interesse.

›Ich sollte mal gründlich aufräumen‹, denkt Helmut.

Liebevoll nimmt er die Fotos, legt sie auf dem Schreibtisch auf einen Haufen. Einige der Papierabzüge sind fleckig und die Ecken eingeknickt. Geht man so mit Erinnerungen um? Wären sie ihm jemals wichtig gewesen, hätte Helmut sie bereits digitalisiert oder zumindest in einem der zahlreichen Bilderalben eingeordnet.

So wichtig können sie also nicht gewesen sein!

Irgendwie ist er gerade genervt. Entschlossen zieht er die ganze Lade aus der Halterung und stellt sie ebenfalls auf dem Tisch. In den Ecken liegt Schmutz. Widerlich! Helmut bläst in einer der Ecken und wird sofort vom aufgewirbelten Staub eingehüllt. Er hustet und wedelt sich frische Luft zu.

Hilft nichts! Alles raus!

Nadeln von irgendwelchen neu gekauften Hemden sind ebenfalls zu finden, wie alte Glühbirnen mit einer E14-Fassung. So ist das, wenn man sich von Nichts trennen kann! Kommt nun endgültig in den Müll!

Kleine Notizzettel, zerknitterte Einkaufsbelege, *et cetera*. Papierkorb. Rechnungen von … Moment … uralt … weg damit!

Ganz hinten liegen abgenutzte Bleistifte. Die nimmt eh kein Mensch mehr! Tablet & Co sind die heutigen Schreibutensilien. Gerade wird ihm bewusst, wie abhängig er doch von den modernen Gerätschaften geworden ist. Stets eine Powerbank dabei, damit ja nicht der Saft ausgeht. Früher reichte ein Block und ein Stift. Wie die Zeiten sich doch ändern …

Er zwinkert bewusst, um die Überlegungen wegzuschieben. *Weiter im Text!*

Eine hüllenlose Uralt-Audiokassette kommt zum Vorschein.

Darauf ist mit Kuli ein Datum gekritzelt. Das blau-weiße Label weist Fingerabdruck-Spuren auf. Was da wohl drauf ist? Bestimmt irgendwelche Radio-Mitschnitte von vor … Helmut kann sich fast nicht mehr daran erinnern, wann er das letzte Mal am Kassettenrekorder saß und aufgenommen hat. Zu lange her! *Verdammt lange her …*

Von Neugier gepackt, denkt er darüber nach, ob er noch ein Kassettendeck sein eigen nennt, oder ob es schon in den ewigen Jagdgründen gelandet ist. Schließlich will man ja auf der Höhe der Zeit bleiben und mit dabei sein, wenn moderne Medien Einzug halten. Es gab ja mal eine Zeit, in der über Jahrzehnte hinweg diesbezüglich Stillstand herrschte. Von Vorteil allerdings war damals, dass man – mit etwas Geduld und Geschick – selbst die Teile reparieren konnte. Heutzutage ist alles nur auf Verschleiß ausgelegt. Ersatzteile und deren Einbau, der nur vom fachkundigen Personal durchgeführt werden kann, schlichtweg überteuert; da lohnt sich gleich die Neuanschaffung. Und dadurch wird natürlich der Markt am Laufen gehalten.

Also – wo ist der alte *Kasten*, der das Band abspielen kann?

In der Bewegung verhaltend, grübelt er. Geht gedanklich Jahre zurück, um etwaige Hinweise auf den Verbleib der alten Stereo-Maschine zu erhaschen; *Maschine* ist genau der richtige Ausdruck dafür. Er muss schmunzeln. Das Ding war groß und schwer; nicht zu vergleichen mit den neumodischen leichten Grams. Überhaupt ist alles viel kleiner und leichter geworden. Auf einem digitalen Player passen ganze Sammlungen drauf, und ein Leben reicht nicht aus, um alles anzuhören. Tausende von Dateien schlummern allein auf seinen Laptop. Die vielen Sticks nicht mitgezählt …

Aber es ist verdammt einfach heute, eine Party mit Musik zu versorgen. Und wenn ein bestimmtes Lied nicht auf dem mitgeführten Datenträger vorhanden ist (und das kommt viel zu häufig vor), wird gestreamt.

Trotzdem sind alte analoge Schätze jederzeit willkommen und ein Ausflug in die eigene Vergangenheit.

›Wo also zum Kuckuck hab ich das Kassettendeck?‹

Auf den Weg in den Keller kommt Helmut der Gedanke, dass er noch in die Schule gegangen sein muss, als er mit den Kassetten und Platten hantierte. War irgendwie aufregend. Eine regelrechte Jagd nach Titeln, die eingängig gewesen sind, aber im Radio nur selten oder gar nicht gespielt wurden. Mein Gott, wie viele Raubkopien es gegeben haben muss! Jeder in seinem Umfeld hatte einschlägige Songs gesammelt. Die Meisten wurden hinter vorgehaltener Hand getauscht, und galten nicht selten als anerkanntes Zahlungsmittel unter *Freunden*; jedenfalls als Anreiz, um die wartende Zeit spürbar zu verkürzen. Nicht offiziell lizenzierte Alben von ausländischen Interpreten brachten schon mal einige Quadratmeter von Fliesen ein. Das waren noch Zeiten …

Inzwischen im Keller angelangt, öffnet Helmut den alten großväterlichen Schrank. Es ist der einzige Ort, um so ein ehemaliges gutes Stück aufzubewahren. Aber – nix drin!

Enttäuscht, über den Misserfolg, verliert er schlagartig die Lust darauf.

Um nicht andere alten Dinge neu zu entdecken, schließt er die Tür sorgfältig. Boden! Ja, im obersten Stock könnte er fündig werden. Also: Abmarsch!

Die Kellertreppen sind das kleinere Übel. In der ersten Etage des Hauses atmet er kurz durch. *Nur keine Eile, Helmut*, hämmert es in seinem Kopf. *Bist doch kein D-Zug mehr!*

Oben angekommen, öffnet er die Deckenluke und klappt die Holzleiter herunter. Knarrend überwindet er den letzten Abschnitt seiner Suche. Kälte schlägt ihm entgegen. Das Dach ist nicht extra isoliert, deshalb herrscht meistens Durchzug. Nur im Hochsommer ist es hier oben kaum auszuhalten.

Kleinere, ehemalige Schränke einer alten Wohnzimmereinrichtung fristen ihr Dasein als Lagerplatz. So sind die darin verstauten Sachen weitestgehend vor Staub geschützt. Überall auf dem Boden liegen verendete Fliegen und ausgedorrte Spinnenleiber herum. Widerlich! Das Getier kreucht aber auch überall herum!

Ist schon paar Tage her, dass Helmut diese heilige Halle betreten hat. Am Fenster webt eine Spinne an ihrem Netz, vor dem schon potentiellen Opfer herumschwirren. Im Zwielicht überfliegt sein Blick die aufgestapelten Kisten, in denen alte Schätze die Zeit überdauern. Vermutlich werden sie da nochmal so lange liegen, wie bisher.

Eine Erkenntnis, die er jetzt lieber nicht näher beleuchtet.

In der hintersten Ecke, und natürlich im Halbdunkel, glaubt er, diesmal fündig zu werden. Die Schranktür klemmt. Quietschend lässt sie sich aufziehen. Und da prangt das Prachtstück alter Tage! Die dicke Staubschicht und die Insektenreste stören Helmut im Moment gerade wenig, hat er doch gefunden, wonach ihm begehrt.

Fast ehrfürchtig zieht er das veraltete Relikt heraus. Pustet die Rückstände weg, die in einer Wolke langsam hinab schweben. ›Ganz schön schwer‹, denkt er ächzend. ›Und dann heißt es immer, es sei leichte Musik …‹

Das Gerät unter den Arm geklemmt, das Kabel lässig übergeworfen, geht es an den Abstieg. Stufe für Stufe ertastend klettert er rückwärts hinunter; immer darauf bedacht, ja nicht das Kassettentonband loszulassen! Sowas gibt es heute ja nicht mehr; höchstens im Internet unter Gebrauchtwaren-Handel zu horrenden Preisen.

Oft hat Helmut darüber nur mit dem Kopf geschüttelt, als er die Zahl hinter dem Euro-Zeichen gesehen hat. Dagegen war ein gebrauchter Trabi zu Honeckers Zeiten billig (natürlich nur, wenn man die Verhältnismäßigkeit berücksichtigt).

Im Arbeitszimmer stellt er das Gerät vorsichtig auf den Tisch. Noch den Stecker in die Netzsteckdose und dann die Kassette eingelegt.

Als der Strom durch die veraltete Technik rast, wird ein hoher Ton hörbar, der die Schaltkreise zum Leben erweckt. Klackend fährt das Kassettenfach auf. Das Band eingelegt, die Lade geschlossen und auf *Wiedergabe* gedrückt, geschieht genauso geübt wie damals. Die LEDs zucken stumm im Takt.

Was ist los?

Stopp – Wiedergabe – nichts …

Helmuts Stirn kräuselt sich. Ist da etwa nichts drauf? Schwer vorstellbar. Irgendwo muss doch der Lautstärkeregler sein … Vergeblich sein Bemühen, einen zu finden.

Ach du scheiße …

Das Ding braucht ja noch einen Verstärker! Moment, vielleicht passen ja Kopfhörer? Innerlich will Helmut schon jubeln, nachdem er den dafür notwendigen Anschluss entdeckt. Aber die Freude währt nur kurz – fünf-polig!

Fast dreißig Jahre gibt es solche Peripheriegeräte schon nicht mehr. Was jetzt?

Wieder rotieren seine Gedanken. Irgendwo schwirrt noch eine Kiste mit solchen Kabeln herum. Wenn er sich genau besinnt, dann hat er die aufgehoben. Nur wo? Boden? Keller?

Ermüdend. Was ein unverhoffter Fund doch ausmacht …

Sich die ganzen Kisten jetzt vorzunehmen, grenzt an Zeitverschwendung. Dazu hat er gerade keinen Bock. Oder siegt vielleicht doch das Verlangen, die Neugier zu befriedigen?

Sie siegt.

Schon fünf Minuten später hockt er im Schneidersitz und stöbert in den Kartonagen herum. Was er nicht alles aufgehoben hat! Vierzig Jahre altes Spielzeug! Loks und Zubehör der alten Eisenbahnanlage. Schulhefte. Und jede Menge Bücher. Aber keine Kabel, die er jetzt so dringend sucht.

Münzen und kleine Zinnfiguren trösten ein wenig hinweg, nicht gleich fündig zu werden. Helmut erliegt in den Sachen dem Rausch längst vergangener Tage. Kindheitsbilder flackern auf. Auf seinem Gesicht setzt sich ein verträumtes Lächeln fest.

Eine geschlagene Stunde später hält Helmut plötzlich das gesuchte Kabel in Händen. Einmal den veralteten Anschluss auf Klinke, fertig! Die hinterlassene Unordnung will er später aufräumen. Manchmal leistet er sich solchen Luxus. Dann kann es schon mal passieren, dass die Sachen Tage oder Wochen herumliegen. Sei 's drum! Jetzt gelten andere Prioritäten.

Die nächste Schwierigkeit ist schnell überwunden. In der antiquierten und völlig zu dekorierten Schrankwand macht Helmut Platz. Abspielgerät anschließen, über das Kabel mit der Stereo-Anlage verbinden. Eigentlich ein Kinderspiel.

Die Wiedergabetaste rastet deutlich hörbar ein. Dann erklingt aus den Lautsprechern eine seltsam verzerrte Stimme …

1.

Es trifft Helmut wie ein Schlag. Die unbeholfene, stolpernde Stimme gehört zweifelsfrei ihm. Peinlich! Er könnte in den Boden versinken! Allein dafür hat sich der Aufwand schon gelohnt. Dass diese Aufnahmen überhaupt noch existieren, grenzt an ein Wunder. An einige solcher Versuche eines Audio-Tagebuchs kann er sich dunkel erinnern. Die Angst, dass die Kassetten allerdings von Nichtautorisierten abgehört werden konnten, brachte ihn davon ab, weitere aufzunehmen. Sein Sicherheitsempfinden war schon damals hoch ausgeprägt. Und vermisst hätte er wahrscheinlich auch nicht gleich eine, wenn die unrechtmäßig ausgeborgt worden wäre. Nein, das war ihm zu heikel.

Nun also hat es doch eine Kassette geschafft, die Jahre zu überdauern. Aber wieso lag diese im Schreibtisch? Ein Phänomen, das er in letzter Zeit schon öfters beobachtet hat. Plötzlich findet er Dinge, die er an anderer Stelle vermutet. Von einigen hatte er sogar angenommen, sie nicht mehr zu besitzen …

Der junge Helmut spricht gerade von einem Ereignis, an den sich der Ältere nicht mehr erinnern kann. Gespannt lauscht er seinen damaligen Ausführungen.

Das ist echt urst, was ich geträumt hab, Leute. Bin geflogen. Ganz weit hoch! Das hat gefetzt! Oh man, wie die geguckt haben. Die waren sowas von neidisch ... Und die Mädels haben mich richtig angehimmelt. Besonders Silke. Hätte ich nie gedacht. Die hat ja nen Freund. Aber mich hat sie angehimmelt. Kannst kein erzählen. Wer das nicht selbst gesehen hat, glaubt 's nicht. Warum kann das nicht mal in echt passieren? Endlich mal ernst genommen zu werden! Aber nein – bin ja der Niemand. Na ja, lebt sich auch nicht schlecht damit, hab ich wenigstens meine Ruhe. Das ewige Gezicke und Geplärre. Geht mir tierisch auf 'm Keks. Könn die nich mal normal sein? Und Torsten ist der Ober-Klugscheißer ... Der hat doch tatsächlich heute in der Pause gemeint, dass unsere Freunde die erste Weltraum-Nation wären, die eine Rakete zur Venus schicken werden. Den Amis wär dies zu teuer. – Wem interessiert das schon. Wer so was erlebt, was ich erlebt hab, braucht keine Venus mehr. Dann geht alles allein, ich meine, ohne Hilfe ... Hilfsmittel ... Technik und so ...

An Torsten hat er nicht die besten Erinnerungen. Den konnte er nie leiden! So ein aufgeblasener Fatzke! Aber die Mädchen standen auf ihn. Torsten war so was, wie der Inbegriff der Erfüllung von Jungens-Träume. Überall der Beste, außer in Deutsch. Wenn es darum ging, das jährliche Lieblingsbuch vorzustellen, haperte es gewaltig. Was der stotterte ...

Helmut lacht. Was für eine Zeit! Verrückt, gerade jetzt darin zu schwelgen.

Es klackt. Eine neue Aufnahme wird gestartet.

Scheiß Regen. Sitze allein rum. Keiner hat Zeit. Vater meint, dass es sich einregnet und die nächsten Tage so bleibt. Kotz-Wetter. Bleibt nicht viel. Vielleicht lese ich ja noch was. In der Flimmerkiste kommt nichts. Scheiß Langeweile ...

Solche Tage gab es genügend. Weil er mit den meisten seiner Klasse nichts zu tun haben wollte, musste er sich wohl oder übel arrangieren. Da half Helmut auch die alte Schellack-Sammlung, die er von Opa geerbt hatte.

Er spult die Kassette ein Stück vor. Ist interessant, sich so reden zu hören. Wird aber schnell langweilig. Das Meiste ist überholt, anderes wirkt heute lächerlich. Es ist nicht wert, für die Nachwelt aufgehoben zu werden.

»… keine Angst, keine Angst, Rosmarie …«, plärrt es aus den Lautsprechern. Da ist doch wirklich ein Musik-Schnipsel seiner damaligen ›Lied-Parade‹ übergeblieben. Helmut hält die Luft an.

»… tobt das wilde Meer!

O, seht ihn an, o, seht ihn an:

Dort zeigt sich der Klabautermann!

Doch wenn der letzte Mast auch bricht,

wir fürchten uns nicht!«

Ein altes Lied aus dem Jahre 1939. Die Platte fand Helmut am *fetzigsten*. Andere hatten nur komische Märsche oder tragende, klassische Wolgalieder. »Die Stimme seines Herrn« war auf dem Plattenetikett. Gold auf grünem Untergrund.

»Die Welle spülte mich von Bord,

da war'n wir nur noch zwei,

dort unten bei Kap Horn,

und ein Taifun riß mich hinfort.

jedoch für mich war das ein Sport,

Ich lachte nur dabei:

ich gab mich nicht verlor'n!

Da zog ich mir die Jacke aus

Ein böser Hai hat mich bedroht,

und holte alle beide 'raus.

Doch mit der Faust schlug ich ihn tot!

So tun Matrosen ihre Pflicht

Dann schwamm dem Schiff ich hinterdrein

und fürchten sich nicht! Und holte es ein!«

Helmut unterbricht die Wiedergabe. Was für ein Nonsens! Gut –

klingt lustig. Melodie ist zackig und auch fröhlich. Natürlich wird des deutschen Matrosen Heldenmut glorifiziert. Damals ging er nur nach dem Klang der Melodie, heute, mit mehr historischen Wissen, wirkt das Lied antiquiert und dekadent. Gibt es wirklich besseres …

Vorspulen! Durch das Sichtfenster beobachtet Helmut ganz nah den Fortschritt. Der Geruch des Gerätes versetzt ihn zurück, als er als vierzehnjähriger fiebrig auf den nächsten Song wartete. Ja nicht den Anfang verpassen! Ist das Band an der richtigen Stelle? Der Empfang bestens? Aussteuerung perfekt?

‹Stopp.›

Die Seite ist bis zum Ende gespult und hat automatisch gestoppt. Helmut sieht verdutzt auf die Leerspule. Das heißt – da ist doch noch etwas …

Helmut kippt die Kassette an, um durch das Fenster in der Mitte besser sehen zu können. Ein dünner Papierstreifen ist da drumgewickelt! War er das selbst? Wenn ja: warum?

Manchmal litt er unter Paranoia. Versteckte Dinge gut, die er für wichtig gehalten hat. Sein Sicherheitsbedürfnis ist sowieso stark ausgeprägt. Und wirklich vertraut Helmut noch heute niemanden. Alles ist mehrfach verschlossen. Vieles hat er nie wiedergefunden. Das waren Dinge, die seinen ausgeklügelten Sicherheitsvorkehrungen zum Opfer gefallen sind. Ärgerlich, aber vermutlich unausweichlich. Doch er bleibt gelassen, beruhigt doch der Gedanke, dass es dann sowieso niemand mehr finden wird.

Ein kleiner Kreuzschlitzschraubendreher muss her! Die vier Schrauben der Kassette sind rasch gelöst, die obere Plastikhälfte abgenommen. Und was er sieht, bestätigt die vorangegangene Vermutung.

Fein säuberlich wurde hier ein Streifen Papier, in der Breite des Bandes, aufgewickelt, und mit durchsichtigen Klebeband professionell befestigt. Die Farbe des Streifens ist noch ziemlich hell und kaum vergilbt.

Wieder beginnt das Grübeln. Partout kann er sich nicht erinnern, so etwas getan zu haben. Aus welchem Grund auch. Ergibt irgendwie auch keinen Sinn?

Um das Rätsel zu lösen, muss er vorsichtig den Klebestreifen lösen. Mit einem scharfen Messer sollte es gelingen. Eine Sisyphusarbeit. Mehr als eine viertel Stunde braucht Helmut dazu. Dann lässt sich der Papierstreifen abrollen.

Geschafft!

Helmut lehnt sich erleichtert zurück. Das Papier ist nochmal längs geknickt. Vorsichtig und mit steigender Ungeduld streicht er es glatt.

Interessanterweise steht dort etwas in einer Handschrift, die seiner früheren ähnelt. In kleinen Druckbuchstaben entziffert er: *»Nec scire fas est omnia. Ne discere cessa. Lux aeterna.«*

Latein. Helmut hat es in der Schule nie gehabt. Immer wieder buchstabiert und liest er. Der Sinn dieser Worte ist unverständlich. Sollte er es wirklich selbst geschrieben haben? Wie gesagt: Die Handschrift könnte seine sein. Er versteht gerade gar nichts mehr; noch nicht einmal ›Bahnhof‹. Fertig mit der Welt, lehnt er sich erschöpft zurück. Ein Schauer jagt den nächsten. Ihm fröstelt es, trotz angenehmer Zimmertemperatur. Die Knie werden ihm weich. Sollte er es wirklich geschrieben haben, dann hat er es als sehr wichtig empfunden, um es auf dieser Art zu verstecken.

»Nec scire fas est omnia. Ne discere cessa. Lux aeterna.«

Was bedeutet das? Völlig in Überlegungen versunken, überhört Helmut die Wohnungsklingel. Minuten später reißt ihn das nervige Geräusch aus seinen Grübeleien.

»Hallo, Herr Hargener«, begrüßt ihn, ein wenig verärgert, Frau Putschinsk. Die Nachbarin ringt sich mühsam ein freundliches Lächeln ab. »Sie waren nicht daheim, da hab ich es für Sie angenommen.« Sie hält Helmut ein kleines Päckchen hin. Er sieht sie überrascht an. »Der Postbote hat wohl versäumt, Ihnen eine Benachrichtigungskarte in den Briefkasten zu schmeißen.«

»Wahrscheinlich«, erwidert er kleinlaut. Das Kärtchen hat er gesehen, aber überhaupt nicht mehr daran gedacht. Bestellt hat er ja nichts.

Helmut nimmt es entgegen, bedankt sich und schließt die Tür.

Achtlos legt er das Päckchen im Flur aufs Sideboard. Dafür hat er jetzt keinen Nerv. Eins nach dem Anderen!

Sich zur innerlichen Ruhe zwingend, zieht Helmut die vier Schräubchen übertrieben langsam fest an. Jetzt will er keinen Fehler machen und die dreißig Minuten der anderen Seite des Bandes hören. Mit der Kuppe des kleinen Fingers überprüft er die Leichtgängigkeit beider Spulen. Dann schiebt er die Kassette ins Gerät.

Ein uralter Schlager ertönt. Im Hintergrund rauscht es. Nicht gerade eine Hi-Fi-Aufnahme. Heile Welt im karibisch angehauchten Klang. Grässlich!

Darauf folgt ein weiterer Schlager, in der Art dem ersten ähnlich, aber nicht ganz so geschwollen. Trotzdem hat Helmut jetzt darauf keinen Bock. Ein Instrumentaltitel erklingt. Leise pfeift Helmut die Melodie mit.

Abgesehen von den unüberhörbaren Tonhöhenschwankungen, sind die Aufnahmen recht passabel. Schon faszinierend. Ob die modernen digitalen Medien auch nach so einer langen Zeitspanne noch funktionieren? Vermutlich wird man die Speicher-Formate immer wieder ändern, damit angebliche Verbesserungen durchgesetzt werden können. Die Firmen werden wieder Morgenluft wittern und gewisse Standards neu setzen. Und dann wird erneut die Musik-Sammlung *neu* gekauft werden müssen. Eine Spirale, deren Ende nicht absehbar ist. Das Problem liegt jedoch bei den Datenträgern.

Ja, die gute alte Technik funktioniert noch immer, da beißt sich die Maus den Schwanz nicht ab. Und die analogen Medien können weiß Gott mithalten mit dem heutigen kristallklaren Klang. Na ja, wenn das Bandmaterial gut gewesen ist. Sonst gibt es ein Ton-Loch, oder wie gerade eben, fehlt kurzzeitig ein Kanal.

Helmut wird von einer einzigartigen Atmosphäre erfasst.

Inzwischen hat er aus dem Flur das Päckchen geholt und öffnet es. Unwillkürlich drängen Erinnerungen herauf, die sich eingebrannt haben und etwas in Bewegung setzen, was er nicht vergessen kann. Aber darüber schweigt er. Selbst mit Kerstin meidet er das Thema, obwohl er ihr alles erzählt hat damals.

Fast zehn Jahre ist es her …

Helmut hält inne. Moment Mal. Es sind, bis auf den Tag genau, zehn Jahre! Sein Herz schlägt schneller. Morgen ist sein Geburtstag. Fünfzig. Nur eine Zahl, wie er es immer betont. Zum fünften Mal beginnt ein neues Lebensjahrzehnt. Was soll sich schon großartig ändern? Alterserscheinungen werden häufiger. Überall knackt und ächzt es im Gebälk. Der Rücken – nicht dran denken. Mittlerweile kann er die Tage zählen, an denen der nicht schmerzt. Gehört dazu, zum Älterwerden. Keine Panik. Jeder hat damit zu kämpfen. Wenn nur der Kopf es langsam begreifen würde, dass nicht alles mehr so flott geht, wie früher.

›Früher …‹

Das hört sich so abgedroschen an. Mit ›Früher‹ verbindet er einen Zeitraum, der mindestens bis in die frühe Kindheit zurückreicht. ›Früher‹ bedeutet alt und ganz lange her zu sein, dass es würdig ist, in Geschichten überhaupt erwähnt zu werden.

Im allgemeinem Sprachgebrauch hat dieses ›Früher‹ allerdings längst Einzug gehalten. Viel zu häufig und selbstverständlich nutzt es Helmut …

Im Päckchen sind unzählige Verpackungswürmer zusammengedrückt. Einige meinen, man könne dieses Zeugs sogar essen. Bäh! Unprobiert wird es, wie immer, in den Müll wandern. Oder doch Gelbe Tonne? Das wird er kurzfristig entscheiden. Dem Mülltrenn-System traut er sowieso nicht. Ob das alles so stimmt!?

Egal.

Vorsichtig stochert sein Finger darin herum, stößt an etwas Hartem, führt einen weiteren Finger ein und versucht, ohne die Würmer aus der Schachtel zu schnipsen, das Teil herauszubekommen. Die Oberfläche der plattgedrückten Würmer hebt sich dramatisch an, das heißt, in der Mitte wird das Material aufgewölbt. Langsam, ganz langsam!

Mist. Was immer der Absender ihn zukommen lassen will, lässt sich nicht so einfach greifen …

Von wem ist das überhaupt?

Er klappt einen Pfalz um und – natürlich hat er das Paket von unten aufgerissen. Mann! Die Finger in der Schachtel lassend, hebt er sie mit der anderen Hand an, verdreht den Kopf dabei unnatürlich, und …

Der gesamte Verpackungsinhalt verteilt sich über Tisch und Boden. Als begreife Helmut sein Missgeschick nicht, verbleibt er regungslos in der bisherigen Haltung. Seine Übervorsicht ist mal wieder gescheitert. *Kotz*! Da hilft auch kein Augenverdrehen und Herumgestöhne.

Zaghaft schaut er sich um, und das Chaos an.

»Scheiße«, entfährt ungewollt seinen Lippen. »Hargener – du Trottel!«

Wütend steht Helmut auf. Jetzt braucht er erst mal was zum abreagieren. Aus den Lautsprechern dröhnt gerade ein alter Popsong. Ist Ewigkeiten her, dass er den gehört hat. Davon beschwingt, verraucht der Ärger.

In der Küche holt er Handfeger und Schaufel. Die Verpackungswürmer sind schnell aufgekehrt. War sowieso Zeit, zum Saubermachen. Einige schon länger umherschwirrende Staubteufel und etliche Brotkrümel entfernt er bei dieser Gelegenheit gleich mit. Geschafft. Den Dreck noch schnell in den Mülleimer – fertig.

Durst. Sein Trinkappetit lässt Helmut nach einem Bier greifen. Auf den Schrecken das einzig Wahre. Er setzt die Flasche an. Welch ein Genuss …

Als er absetzt, ist die Flasche Dreiviertel leer. Ein unendlich währender, tief aus dem Besuch kommender Rülpser ist seine Antwort darauf.

Das tut gut!

»Wollen wir doch mal sehen, was da drin ist«, sagt er laut, als müsse er sich Mut zusprechen. Allerdings wartet die nächste Unannehmlichkeit auf ihn. Die Schachtel ist leer, und zu allem Überfluss trägt das Päckchen keinen Absender.

›Wer verschickt denn *Nichts*? Will mich hier jemand verarschen?‹

Es will Helmut nicht in den Kopf! Wieder gärt die Verärgerung.

›Der Poststempel!‹

Vielleicht gibt der ja einen Hinweis darauf, von wem die Sendung sein kann. Leider ist der Stempel kaum bzw. gar nicht zu entziffern. Dafür ist sein Name und die Adresse fein säuberlich geschrieben. ›Sieht weiblich aus.‹ Männer haben fast immer eine Sauklaue. Die Buchstaben dagegen sind hier akkurat fast schon gemalt worden.

Kerstins Schrift sieht anders aus. Mutters ebenfalls. Eine etwaige Verflossene vielleicht? Nein, zu abwegig. Oder eine Verehrerin? Quatsch!

Bestimmt wieder so ein …

Weiter kommt Helmut nicht. Das er darauf nicht gleich gekommen ist! Mit der flachen Hand klatscht er sich gegen die Stirn.

Kurz vorm Vierzigsten hat er schon Mal ein Päckchen bekommen. Das Amulett, dass erst alles möglich gemacht hat und die kommenden Wochen auf den Kopf stellte. Geht das wieder los?

Aber die Schachtel war leer … Es sei denn … Es sei denn!

Mit einigen Sätzen ist er am Mülleimer und durchwühlt ihn. Und tatsächlich findet er zwischen Brotkrümeln, Staub und Verpackungswürmern eine kleine Tüte.

2.

»Und Sie sind sicher, dass Sie nicht wissen, um was für eine Münze es sich handelt?« Der Ladenbesitzer fragt zum tausendsten Mal. Und genauso oft hat Helmut verneint. Bis jetzt; nun ist er es leid.

»Na, gesprächig sind Sie ja nicht gerade …«

Und dafür hat Helmut nur zwei Stunden geschlafen? Nur, um sich aushorchen zu lassen? Um die nervigen Fragen auszuhalten? Deswegen ist er ja hierhergekommen, damit seine Fragen beantwortet werden. Doch der Besitzer des Münzladens dreht den Spieß einfach um. So redselig wie der, sind sonst doch nur die Waschweiber.

»Wissen Sie wenigstens, wer das gute Stück zurücklegen lassen hat? Also in letzter Zeit hat mich niemand darum gebeten.«

»Nein. Sehen Sie doch richtig nach! – Bitte …«

Murmelnd sucht der Alte weiter und kramt in alten Unterlagen.

In der Tüte, die Helmut versehentlich in den Müll geschmissen hat, war ein kleiner Zettel. Darauf war die Anschrift dieses Ladens, in den er sich seit einer geschlagenen Stunde befindet. Eine in rot gedruckte Zahlenreihe ist vermutlich die Nummer des zurückgelegten Stückes.

»Wissen Sie, der Herr, es ist kaum möglich, genau nachzuvollziehen, wo ich die Ware haben könnte. Ich könnte Ihnen anbieten, noch einmal wieder zu kommen, wenn Sie keine Zeit haben.«

»Nein, nein«, beschwichtigt Helmut die Andeutung. »Ich warte.« Dabei weiß er genau, welchen psychologischen Druck Helmut gerade aufbaut. Doch der alte Ladenbesitzer lässt sich nicht aus der Ruhe bringen.

»Mein Gedächtnis will auch nicht mehr so, wie früher …« Da ist es wieder, dieses Wort. »In den Sechzigern hatte ich mal solche Abschnitte mit aufgestempelter Nummer herausgegeben.«

»Dann wissen Sie doch etwas damit anzufangen«, lässt sich Helmut hinreißen, genervter zu antworten, als gewollt. Sofort erntet er einen missbilligenden Blick.

»Kann ich. Nur leider habe ich kein Lager, um solche Dinge aufzubewahren. Sind ja ein paar Jährchen.«

Um genau zu sein, *fünfzig* …

Zufall?

Der Ladeninhaber hält in seiner aussichtslos erscheinenden Suche ein, mustert Helmut.

»Sagen Sie, kennen wir uns?«

Helmut zieht mehrmals hintereinander die Schultern hoch.

»Sie kommen mir bekannt vor«, ergänzt der Alte entschuldigend. »Hätte ja sein können …«

Nervös tritt Helmut von einem aufs andere Bein. ›Ob ich ihm sagen soll, dass ich vor zehn Jahren hier war?‹ Laut sagt Helmut: »Ich hab ein Allerweltsgesicht, vielleicht liegt es daran.«

Der Blick des Alten wird eindringlicher, sodass Helmut sich unwohl fühlt. Nur mit aller Kraft hält er den Blick stand.

»Kann mich auch irren. Was soll's …« Sagt 's und kramt weiter.

Innerlich atmet Helmut auf. Seine Wangen brennen. Ist er rot geworden? Um sich abzulenken, schlendert er im Laden umher und sieht sich die ausgestellten, zum Kauf angebotenen Stücke an, die einem hinter Glas in eine längst verflossene Ära entführen.

Dass es Menschen gibt, die für so kleine Münzen mehrere hundert Euro ausgeben, ist nicht verwunderlich. Schließlich gibt es für alles Sammler. Und Münzsammler sind ein eigenes Völkchen. Nur komisch, dass Helmut derzeit der einzige Kunde ist.

»Sammeln noch viele heutzutage?«, fragt Helmut.

»Was heißt: *Viele*? Jedes Sammelgebiet hat seine Klientel, da macht die Numismatik keine Ausnahme.«

»Sie haben schöne Stücke«, gesteht Helmut. Er ist sich gerade selbst nicht sicher, ob er es so meint, wie er es soeben gesagt hat.

»Schönheit liegt im Auge des Betrachters«, antwortet von irgendwo weiter hinten der Alte. »Schau 'n Sie sich ruhig um …«

›Mach ich ja schon.‹ Was Anderes bleibt ihm sowieso nicht übrig, um das Warten zu überbrücken.

»Ich wusste gar nicht, dass zur Münzkunde auch Scheine gehören.«

Ein großer Schaukasten zeigt altes Papiergeld. Neben deutschem aus der Kaiserzeit, gibt es sogar welches aus dem Ausland. Den Schriftzeichen nach zu urteilen aus Arabien. Bunt und auffällig!

»Was kosten die?«

Die Antwort lässt auf sich warten. Stattdessen dringen aus dem hinteren Teil des Ladens Geräusche, die wohl vom Umstapeln einiger Kisten stammen.

»Was Sie sehen, ist unverkäuflich … Ausstellungsstücke …« Der Alte stöhnt.

»Kann ich behilflich sein?«, ruft Helmut in die Dunkelheit.

»Nein, nein … Nicht nötig …«

›Hat wohl doch ein Lager!‹, denkt Helmut, und wendet sich dem fremdländischen Geld wieder zu. Manche Scheine sehen aus, als seien sie gar keine wirklichen Zahlungsmittel. Andere wirken wie kleine Kunstwerke. Wieder andere sind deutlich abgenutzt.

Die hintergründigen Geräusche verleihen seinem Hiersein eine seltsam bedrückende Atmosphäre. Irgendwie hat sich Helmut alles anders – einfacher vorgestellt. Herkommen, empfangen, wieder gehen. Nun geht die Warterei in die zweite Stunde. Ätzend, aber was will man machen. *Es ist, wie es ist!*

Bald hat Helmut, der den Münzen nichts weiter abgewinnen kann (außer vielleicht kurzzeitige Faszination), das Interesse verloren und langweilt sich zunehmend. Er sieht auf die Uhr. Kann *der* nicht etwas schneller suchen? Helmut wird noch nervöser. Versucht sich abzulenken, wie man es vergleichsweise im Wartezimmer eines Arztes macht. Doch der Erfolg lässt auf sich warten. Eigentlich bleibt der Erfolg aus, denn je weiter die Uhr tickt, umso ungeduldiger wird Helmut.

Es ist zum Aus-der-Haut-fahren!

Wie könnte er den Alten helfen? Gar nicht. Der wird ihn rausschmeißen, wenn Helmut zu aufdringlich wird, um die Suche zu beschleunigen. Andersherum würde er es selbst so handhaben.

Eine der ausgestellten Münzen bringt Helmuts Erinnerung in Trab. Dieses seltsame Zeichen zieht ihn in den Bann und besonders der Text, den er wohl zeitlebens nie mehr vergessen wird, tut das Übrige.

»SIT TIBI TERRA LEVIS. – Möge die Erde dir leicht sein.«

Das Amulett! Wenn er es nicht besser wüsste, würde er glauben, es ist *sein* Amulett. Doch das kann nicht sein, also muss es sich um eine Nachbildung handeln. Eine Replik. Dreißig Komma sieben vier Millimeter im Durchmesser, und ebenso schwer. Das Gold glänzt und scheint unberührt zu sein.

Ist es doch sein Amulett? Oder gibt es vielleicht mehrere davon? Dann hätte der Alte damals gelogen, dass es ein Einzelstück sei, dadurch natürlich einzigartig und besonders wertvoll, auch wenn es keiner bestimmten Ära oder etwaigen Nutzen zugeordnet werden kann.

Gleich links davon stehen die mit Panzerglas gesicherten Vitrinen. Der Wert muss tausende von Euro sein! Gold- und Silbermünzen lagern hier, und warten auf einen Verkauf mit höchstmöglicher Marge. Aber die interessieren ihn jetzt überhaupt nicht.

Vielmehr beschäftigt Helmut der Verbleib des Amuletts von damals.

Diese verdammte Vergesslichkeit macht ihn noch nervöser. Kann man sich denn nicht einmal etwas merken? Das war doch wichtig! Bereicherte sein Leben! Okay, revidiert er in Gedanken. Brachte es vielmehr durcheinander … so richtig!

Den Blick nicht abwenden könnend, beginnt in Helmut abzulaufen, was vor einem Jahrzehnt so unscheinbar und beiläufig in sein Leben trat. Eine Fähigkeit, die er für unmöglich gehalten hätte und anmutete wie ein Traum: Fliegen! Leicht, wie eine Feder im Winde schweben, wann immer er es wollte. Sich der Tragfähigkeit nicht bewusst, wirbelte sein Tun ganz schön den Alltag und anderes auf.

Helmut schwankt. Gerade noch so kann er sich an der Vitrine

festklammern. Längst Vergangenes droht ihn brachial einzuholen, mit sämtlichen denkbaren Nebenwirkungen.

Schummrig nimmt Helmut kaum noch seine Umwelt war. Sein Sichtfeld ist stark eingeengt und verzerrt. Er braucht frische Luft.

»Ich hab was gefunden«, dringt es wie durch Watte an sein Ohr »Glaube ich zumindest.«

Helmut steht nicht der Sinn danach. Er muss raus hier! Wo ist der Ausgang? Die verflixte Tür muss doch hier irgendwo sein!

In seinem Zustand sieht er die gläserne Tür nicht, dabei bräuchte er sich einfach nur herumzudrehen. Stattdessen hangelt er sich weiter ins Ladeninnere vor. Seines Tunnelblicks geschuldet, stößt Helmut hilflos gegen Regale, Vitrinen und Kisten, die ihn mehr als einmal zu Fall bringen.

Unterdessen kommt der Ladenbesitzer aus seiner Ecke hervor. Gerade kommt ein anderer Kunde herein und schließt grüßend die Tür. Da er seinen bisherigen Kunden nicht sieht, nimmt er an, dass er, des Wartens müde, gegangen ist.

»Bis nachher …«, murmelt er noch kaum verständlich, bevor er den Gruß erwidert.

Helmuts wirre Suche nach dem Ausgang indes hält an. In der Enge des Ladens ist es fast unmöglich, nicht anzuecken. Und mit einem verzerrten Blick ist es völlig absurd. Zunehmend wird er panisch. Übelkeit bemächtigt sich seiner.

Kopflos stößt er sich heftig in der Leistengegend. Die Übelkeit wird schlagartig übermächtig – er würgt. Die Luft ist eigenartig stickig; fehlender Sauerstoff verstärkt proportional den Brechreiz. Jederzeit kann der Mageninhalt eruptiv herauskatapultiert werden. Wenn es soweit ist, will Helmut unbedingt draußen sein.

Es wird immer düsterer. Irgendetwas hartes steht im Weg, wogegen Helmut mit dem Schienbein tritt. Der Schmerz lässt Sterne vor den Augen tänzeln. Laut aufstöhnend findet er gerade noch rechtzeitig Halt, um sich abzustützen.

Seine Hand krampft sich zitternd an etwas Rundem, was seine Finger geradeso umfassen. Könnte eine Art antike Säule sein. Sie ist kühl, und unsagbar glatt. Der enorme Kraftaufwand verhindert, dass Helmut zu Boden geht. An dieser dunklen Stelle eine keine gute Idee. Gleichmäßig atmet er ganz bewusst ein und wieder aus – ein und aus …

Die Luft schmeckt säuerlich und riecht moderig-muffig. Wenn Feuchtigkeit im alten Gemäuer gekrochen ist, riecht es ähnlich. Er würgt einige Male. Einen Schwall ätzender Magensäure kann er gerade noch zurückhalten.

Ein feiner, kaum spürbarer Luftzug lenkt ihn ab. Es ist stockdunkel; er muss sich voll und ganz auf sein Gespür verlassen.

Ob er einfach nach dem Ladenbesitzer rufen soll?

Eine verlockende Idee! Der könnte Licht machen und alles wäre gut. Doch wie soll er erklären, dass er sich hierher ›verirrt‹ hat? Es gäbe ein ewiges Hin und Her und wahrscheinlich würde Helmuts Geschichte unglaubwürdig sein. Vielleicht würde der Alte auch einfach die Polizei rufen wegen Ruhestörung oder gar Einbruch.

Nein, nein. Auf gar keinen Fall!

Der Luftzug nimmt zu, wird spürbar kälter. Helmut friert. Mit dem Kreislauf hat er bisher nie Probleme gehabt. Warum also jetzt?

Noch ein paar Atemzüge, dann will er weitergehen. Zusehends wird ihm besser, wenn auch nur von kurz währender Dauer. Aber, so hofft er inständig, wird er dann längst an der frischen Luft sein.

Im kühlen Luftzug schwirrt ein Duft von verfaulten Eiern und Fäkalien. Er rümpft die Nase, schnüffelt nochmal. Wirklich, es riecht nach *Scheiße*. Ein Rohrbruch? In dieser Bruchbude kein Wunder. Wer weiß, wie alt und marode das Haus schon ist. Von außen hui, von innen pfui! Scheint diesmal völlig zuzutreffen. Die Geschäfte scheinen also nicht so gut zu laufen, wenn schon an der Instandhaltung gespart wird! Heutzutage ist ja alles teuer. Zudem müssen sämtliche Bauvorschriften eingehalten werden, die für eine Sanierung vorgeschrieben sind. Nicht einfach für die Hausbesitzer. Da gehen einige Zehntausende schnell flöten. Dann hast du zwar moderne Leitungen, nagst aber inzwischen am Hungertuch, und weißt nicht, wie du deinen Lebensunterhalt finanzieren sollst.

Helmut rafft sich auf, tapst ein paar Schritte durch die Finsternis. Ein hauchdünner, senkrecht verlaufender Lichtreifen taucht vor ihm auf. Mit der jetzigen Schnelligkeit wird es eine Weile dauern, bis er dem näher kommt.

Der Gestank ist unerträglich. Allerdings ist zu bezweifeln, dass der Rohrbruch gerade eben passiert ist. Es stinkt abgestanden … als sei es immer so … Wie auf einem Bauernhof: penetrant nach Urin und Häufchen. Ekelhaft.

Luftanhalten gilt nicht! Da würde er eher ersticken, als nach draußen zu gelangen. Er muss da durch – nutzt alles nichts!

Die Übelkeit wird übermächtig. Wieder stößt Helmut gegen etwas. Zu allem Überfluss scheppert es. Auf irgendetwas ist er getreten, das jetzt an der Schuhsohle pappt. Widerlich, diese Sauerei! Hier sollte mal gründlich ausgemistet werden …

Doch Schimpfen hilft nicht weiter.

Durch einen senkrechten Spalt flutet plötzlich eine Unmenge Lichtes. Geblendet hält sich Helmut die Hand vors Gesicht. Es ist aussichtslos. Die Lichtfülle ist so gleißend, dass er sie sogar durch die Kleidung zu spüren glaubt.

Eine überaus wohlige Wärme umschlingt ihn, wird allerdings sekündlich heißer. Solch eine Wärmeentwicklung kennt er nur von der alten Heizungsanlage, die ein Kollege seines Großvaters beaufsichtigte. Sobald das Türchen des großen Heizkessels geöffnet wurde, drang ein Wärmeschwall heraus, der alles Nahestehende versenkte. Seine Augen sind momentan chancenlos, sich an die Helligkeit zu gewöhnen. Aber um Glut kann es sich nicht handeln, denn die wäre nicht so grell.

Die entgegen strömende Hitze irritiert. Aus Angst, sich zu verbrennen, bleibt er stehen. Die Luft wird extrem stark erwärmt. Er dreht sich auf der Stelle um hundertachtzig Grad und tappt retour.

Eigentlich hofft er, durch das grelle Licht im Rücken endlich etwas zu erkennen, wird allerdings vom unnatürlichen Gleißen weiter geblendet. Die permanente Lichteinwirkung schmerzt höllisch.

Plötzlich packt ihn jemand. Er fühlt einen stählernen Griff, der ihn unsanft mitreißt. Stolpernd geht es einige Schritte weit, bis es wieder dunkel wird.

»Sind Sie irre?!«, schreit dieser Jemand. »Was suchen Sie hier?!«

Es ist der erzürnte Ladenbesitzer.

»Mir … mir ist nicht … gut«, versucht Helmut zu erklären. Noch immer geblendet, kann er nichts sehen.

»Kommen Sie!«

Helmut wird zu einem größerem Raum geführt. Ein angenehmer Duft frisch gebrühten Kaffees schlägt ihm entgegen. Blind wie ein Maulwurf ist er auf fremde Hilfe angewiesen, die er dankbar annimmt. Der Alte führt ihn zu einem sehr altertümlichen Sessel.

»Setzen Sie sich. Ich bringe Ihnen ein Glas Wasser.«

Eine Klingel schellt. Helmut hört, wie der Alte etwas sagt. Danach geht eine Tür, und die Klingel schellt erneut. Kaum eine Minute darauf, tritt der Alte wieder durch die Tür.

»Hier haben Sie Wasser«, hört Helmut. »Wie geht es Ihnen?«

Helmut trinkt gierig. Inzwischen kann er schemenhafte Umrisse wahrnehmen.

»Geht schon«, antwortet er zwischen zwei Schlucken. »Ich habe noch nichts gegessen heute.«

»Ohne Frühstück außer Haus? Sie sind unvernünftig.«

Helmut trinkt das Glas fast leer.

»Was haben Sie da hinten eigentlich gesucht?«

»Eine Toilette.«

Der Alte wirkt misstrauisch, geht aber nicht weiter darauf ein.

»Haben Sie das öfters?«

»Nein. Vielleicht liegt es ja am Wetter …«

Jetzt fängt auch Helmut mit diesen Sprüchen an, die er bei anderen missbilligt. Sobald die eigene körperliche Verfassung zu wünschen übriglässt, schieben es viele auf die Wetterfühligkeit. Er hat das immer belächelt. Und jetzt greift er selbst danach.

Doch der Alte ist nicht dumm. »Ja, das Wetter eignet sich hervorragend dafür …« Mitten im Satz bricht er ab. »Wir sind uns schon einmal begegnet«, sagt er, abrupt das Thema wechselnd, nachdenklich. »Waren Sie das nicht, mit diesem Amulett?«

Helmut verschluckt sich beinahe, an den letzten Rest Wasser, den er gerade trinkt. Leugnen hilft nichts, will er den Alten nicht noch misstrauischer machen.

»Ja, das ist aber sehr lange her …«

Bis auf einen hellen Fleck, der immer noch *nachglüht*, haben seine Augen sich wieder regeneriert.

»Das erklärt, weshalb ich solange gebraucht habe. Aber ich habe ein ausgesprochenes Erinnerungsvermögen, was Gesichter betrifft. Ich vergesse nie eines. Nur manchmal bekomme ich die Zusammenhänge nicht mehr auf die Reihe.«

»Das kenne ich«, bestätigt Helmut. »Da sagen Sie was …«

»Haben Sie da hinten etwas … angefasst …?«

›Der ist ganz schön hartnäckig‹, denkt Helmut, bevor er wahrheitsgemäß antwortet. »Regale, Kisten … und da war noch etwas Glattes …«

Wortlos springt der Ladenbesitzer mit steinerner, blasser Miene auf und rennt hinaus.

»Ich habe nichts kaputtgemacht«, ruft Helmut ihm noch nach. »Jedenfalls nicht mit Absicht …« Doch es ist zu spät. Der Hausherr ist verschwunden. Helmut reibt sich das Schienbein, mit dem er mehrmals angestoßen ist und was noch immer schmerzt. *Wird blaue Flecken geben!*

Kurz darauf kehrt der Alte zurück. In seinem Gesicht kann Helmut nichts herauslesen.

»Alles in Ordnung?«

»Wie? … Ja, ja …«

›Der ist ja völlig abwesend.‹

Schwerfällig lässt der Alte sich wieder in den anderen Sessel fallen, in dem er vorher saß.

»Ich werde jetzt gehen«, lenkt Helmut ab. Irgendwie fühlt er sich fehl am Platz. Und sein Magen meldet sich gerade unangenehm laut. Eine nicht erklärbare Feindlichkeit geht von dem Alten aus.

»Wollen Sie denn nicht wissen, was es ist, was ich all die Jahre aufbewahrt habe?«, sagt er ohne Umschweife.

»Sie haben es gefunden?« Sofort schlägt Helmuts Laune um in fiebriger Vorfreude.

Der Alte nickt.

»Der Mann hat dafür sogar ordentlich bezahlt.«

Helmuts Blutdruck steigt, wagt aber nicht nachzufragen.

»Er sagte, es sei für ihn sehr wichtig. Ich solle das Hinterlegte nur an einem Herrn, um die Fünfzig, aushändigen und nur gegen Vorlage des Abschnitts.« Der Alte wirkt plötzlich vertraut. »Sie sind Helmut, nicht wahr?«

»Ja«, bestätigt er heißer.

»Wenn ich eins und eins zusammenzähle, könnte es ihr Großvater gewesen sein.«

Das sitzt und löst in Helmut etwas aus, was einem nervlichen Zusammenbruch recht nahekommt. Tief berührt erfüllt ihn der Gänsehaut-Effekt; kalte innerliche wie äußerliche Schauer. Und plötzlich weiß er auch, was es mit der Kassette auf sich hat. Die stammte nämlich aus dem Nachlass des Großvaters. Aus damaligem Mangel an Aufnahmeträgern, und weil auch die Titelfolge überhaupt nicht Helmuts Geschmack waren, überspielte er sie.

»Damals war es nicht einfach, gewisse Dinge zu verbergen. Vieles war nicht erlaubt. Und wem man vertrauen konnte und wem nicht, war wie beim Roulett. Fifty-fifty. Bei mir suchten sie nie. Ich habe auch nicht herausfinden können weshalb. Der Staat folgt seinen eigenen Gesetzen, und die entbehren oft aller Logik.«

»Haben Sie es … da …« Er brennt vor Neugier.

Der Alte greift in einer der Jackentasche. was er in Händen hält, erklärt die lange Suche. Ein kleines, flaches unscheinbares

Päckchen, etwa in der Größe einer alten Fünfzig-Mark-Münze.

»Sie sind jetzt wohl der Eigentümer dieser *Sache*.«

Mit zitternder Hand nimmt Helmut das alte, in Ölpapier gewickelte Päckchen entgegen.

3.

Das Essen hat gutgetan. Gesättigt lehnt er sich zurück. Erfolgreich die letzten Stunden – ach was, den gesamten Vormittag – der Bedeutung beraubt, fühlt er sich langsam wieder wohl in seiner Haut. Noch etwas trinken und dann …

Das Smartphone spielt eine Harfen-Melodie. Eine Message. Helmut sieht nach. Es ist Kerstin, die ihn zum Geburtstag gratuliert. *Ups.* Heute ist ja der Tag … Es kommt selten vor, dass er seinen eigenen Geburtstag vergisst. Einmal, erinnert er sich, in der Schule. Da hat er verblüfft die Glückwünsche der Klassenkameraden entgegengenommen.

Er schreibt seinen Dank zurück, und setzt am Ende einen Kuss-Smiley.

Prompt antwortet sie und möchte wissen, ob es beim verabredeten Abendessen bleibt. Er schreibt ihr: »Ja. Ich freue mich.«

Nachdem die Message versandt ist, legt er sein Smartphone auf den Tisch, direkt neben die zwei ›Geschenke‹. Doch bis jetzt hat Helmut noch keine Ambition, auch nur eines zu öffnen. Es scheint zur Gewohnheit zu werden, dass jedes beginnende Jahrzehnt seines Lebens eine Überraschung parat hält. Die Letzte zum Vierzigsten war ein unerwartetes, heftiges Abenteuer mit mentalen Nebenwirkungen. Die einzige, mit der Helmut darüber reden kann, ist Kerstin. Da steht schon jetzt das Thema für heute Abend hundertprozentig fest. Sie kennt ihn genau und sieht, wenn er etwas auf dem Herzen hat. Also wird sie es auch sein, die das Gespräch darauf lenken wird.

Doch bei aller, im Moment stark gezügelten Neugierde, hinterlassen die Ereignisse im Münzladen gemischte Gefühle. Was im hinteren Teil vor sich ging, kann man leicht als Halluzination abtun. Da Helmut hautnah dabei gewesen ist, hat er natürlich naturgemäß eine andere, rein subjektive Sichtweise. Als misstrauischer Mensch wittert er seltsam verworrene Vorgänge. Seitdem er damals diese Selbsterfahrung unfreiwillig gemacht hat, glaubt er nun viel eher an Theorien, denen er vorher wenig Beachtung schenkte. Er ist leidenschaftlicher Anhänger sogenannter Verschwörungstheorien geworden. Dabei nimmt er als gegeben an, dass eine bestimmte Gruppe die wahre Politik bestimmt. Kerstin folgt seinen Gedanken dahingegen überhaupt nicht; es hat unzählige Streitgespräche gegeben, die bis weit in die Nacht gedauert haben. Einmal sind beide sogar im Streit auseinandergegangen. Aber er ist felsenfest überzeugt, dass vieles anders ist, als es kolportiert wird …

Dahinter steht die *Ideologie der Verdummung*. Natürlich darf man das nicht laut sagen. Da wird man nur allzu schnell mundtot gemacht. Diverse Shitstorms in den sozialen Medien sind genug Beleg dafür. Helmut ist da eher ein stiller und gemäßigter Vertreter der Verschwörungstheoretiker.

Er lässt nicht alles gelten. Zum Beispiel die Mondlandung, die für Hartgesottene nie stattfand. Vehement bezieht er gegen solche Meinungsvertreter Stellung. Außerdem liegen unschlagbare Beweise vor. Zu erwähnen sind die hinterlassenen Lichtreflektoren, die die Mannschaft von Apollo 11 auf dem Erdtrabanten montiert haben. Darüber wird regelmäßig der Abstand zwischen Erde und Mond mittels Laser gemessen.

Also was verbirgt sich dort hinten im Laden? Was hat der Alte zu verbergen? Er war sichtlich verärgert, dass Helmut sich so weit vorgewagt hat. Und auch, als Helmut später im Zimmer Wasser getrunken und sich erholt hat, reagierte der Händler seltsam.

Sein Blick fällt aufs vermeintlich großväterliche Päckchen. Es steht ja nicht fest, dass es wirklich von Opa stammt. Das sind ja bloß Vermutungen. Und dennoch scheint darin ein Quäntchen Wahrheit zu liegen. Was hat ihn damals so beschäftigt, was er unbedingt über die Zeit retten wollte? Und warum ausgerechnet mithilfe des Münzhändlers? Der musste damals relativ jung gewesen sein. Vielleicht ist der Laden ja über Generationen hinweg im Familienbesitz. Münzen wurden schon immer gesammelt, keine Frage.

Helmut gibt sich einen inneren Ruck, ergreift das Päckchen und entfernt das ölgetränkte Papier; derartiges ist wasserabweisend und wurde früher oft verwendet. Heute gibt es andere umweltschonende Materialien.

Das zum Vorschein kommende kleine Schächtelchen aus altem Pappkarton ist bedruckt und zeigt starke Abnutzungserscheinungen.

»*Nec scire fas est omnia*«, entziffert er mühsam.

Hat er das nicht schon irgendwo gelesen? Genau – der Zettel aus der Kassette!

Was bedeuten diese Worte? Soweit er weiß, war auch sein Großvater des Lateins nicht mächtig. Die *tote* Sprache wurde in seiner Jugend nicht gelehrt, und einen Arztberuf strebte er auch nicht an.

Eine Weile bleibt er regungslos sitzen, gibt sich dem geheimnisvollen Moment hin. Völlig unklar, wie er weiter vorgeht. Einfach alles auf sich beruhen lassen? Die Päckchen einfach missachten? Die letzten Jahre hat er gut gelebt; jedenfalls ist er zufrieden. Alles läuft ruhig und entspannt; ohne Hektik, ohne aufgeblasenes Getue. In seinem unmittelbaren Umfeld hat er sich eine Oase der Erholung geschaffen, die einem die notwendige Kraft gibt, um die alltäglichen Herausforderungen zu meistern.

Wie eigentümlich und absurd wirkt es, dass diese Oase durch äußerliche Einwirkungen so anfällig ist. Fast schon beschämend.

Helmut seufzt.

Plötzlich fühlt er seine Welt in Gefahr; bedroht durch ein unsichtbares Damoklesschwert, dessen Hieb alles Erreichte schlagkräftig zerstören kann.

Nicht gerade erstrebenswert …

»Was soll ich tun?«

Manchmal hilft es laut auszusprechen, was einem durch den Kopf schwirrt; es sozusagen offiziell zu machen. Doch dieses ›Manchmal‹ scheint gerade nicht der richtige Zeitpunkt zu sein.

Irgendwie fühlt Helmut plötzlich ihn eine seltsam anheimfallende Trägheit. Müde und schlaff würde er am liebsten sich hinlegen.

Was ihm fehlt ist eine Inspiration. Eine, die ihm zeigt, welche Richtung er einschlagen kann.

Wie Helmut vorhergesehen hat, bemerkt Kerstin, dass etwas nicht stimmt. So bleibt ihm nichts Anderes übrig, als sie einzuweihen. Da sie ihn sehr gut kennt, und demzufolge richtig einzuschätzen weiß, will sie alles hören. Das Essen im feineren Ambiente gerät in den Hintergrund, verkümmert zum alltäglich stattfindenden Imbiss, von jeder festlich-romantischen Stimmung beraubt.

Helmut bemerkt das nicht, denn er ist voll in seinem Element. Für eine ausgelassene Feier hätte er heute absolut keinen Nerv. Doch die steht ja erst in einigen Tagen an.

»Was soll in den Laden schon großartig Rätselhaftes vorgehen«, wirft sie schnippisch ein. »Hattest du schon was getrunken?«

»Nein«, antwortet er abwehrend. »Noch nicht mal was gegessen.«

»Hast du Probleme mit der Zahl vor der Null?« Ihr Blick provoziert.

Helmut zögert einen Deut zu lang mit der Antwort; er hätte es gleich lassen sollen, denn alles was er sagt, nimmt Kerstin als ganz gewöhnliche Ausflüchte.

Es ist eine ausweglose, rhetorisch schwer lösbare Lage, die er sich gerade ausgeliefert sieht. Da muss er jetzt durch!

»Ich nulle zum fünften Mal, Schatz«, sagt er leichthin und

grinst dabei schelmisch. »Und ich hatte nur einmal ein Problem damit.«

»Wenn es so ist, warum dann dieser Aussetzer?«

Darauf weiß er keine Antwort.

»Was war denn in dem Päckchen, was du im Laden bekommen hast?«

»Hab 's noch nicht geöffnet …«

»Ich hätte es gleich …«

»Du bist auch eine Frau«, unterbricht Helmut schlagfertig.

Kerstin sieht ihn herausfordernd an.

»Und warum schaut *Mann* nicht nach?« Ihr Ton ist gereizt.

Genau weiß er es auch nicht.

»Und der Besitzer des Münzladens meint, er kenne diesen Typen?«

Helmut nickt.

»Und er konnte sich an diesen erinnern? Nach fünfzig Jahren?«

Kerstin macht eine wegwischende Handbewegung. Sie glaubt dem Alten nicht. Ihrer Meinung nach stinkt da was gewaltig!

Helmut spürt, wie die Stimmung umschlägt. Auch er kennt Kerstin gut. Seit vielen Jahren sind sie zusammen, auch wenn beide aus beruflichen Gründen keine gemeinsame Wohnung haben. Sie arrangieren sich. Die Fernbeziehung ist die einzige Option, die sie sehen.

»Er glaubt, dass es dein Großvater gewesen sein könnte. Welcher Anhaltspunkt verleitete ihn zu dieser Aussage? Nur vom Alter auszugehen, ist ein bisschen dünn und zu vage.«

»Es klang überzeugend. Und du kennst es doch selbst, wenn einem plötzlich wieder etwas einfällt, erlebst du doch auch alles noch Mal …«

»Das kannst du nicht vergleichen! Da gibt es große Unterschiede!«

»Die da wären?«

»Allein die vielen Kunden, die er im Laufe der Zeit bedient hat.«

»Er hat eben einen Blick für Gesichter …«

»Wie viele werden im Geschäft gewesen sein?« Kerstin beginnt zu rechnen. »Selbst bei nur zwanzig Kunden pro Tag macht das im Jahr schon Mal sechstausend, über die fünf Jahrzehnte kommen da einige zusammen.«

Helmut überschlägt. Dreihunderttausend. Er runzelt die Stirn. Wenn er sich vorstellt, wie viele Gesichter schätzungsweise im Geschäft gewesen waren …

»Es sei denn«, überlegt Kerstin laut, »dass er den Anderen von damals besser gekannt hat. Sie könnten Freunde oder zumindest gute Bekannte gewesen sein. Oder aber …«

»Vielleicht ist ja auch etwas Besonderes vorgefallen«, führt Helmut den Gedanken weiter.

»Ja, könnte so gewesen sein. Fragt sich nur was. Es muss schon gravierend gewesen sein, dass man sich daran noch erinnert.«

Helmut fällt ein, im Lager etwas Seltsames berührt zu haben. Kam die Hitze vor oder danach? War der Lichtspalt schon vorher da?

»Als du gegangen bist, hat er da den Laden wieder geöffnet?«

»Darauf habe ich nicht geachtet. Ich glaube nicht.«

»Dann werden wir auf dem Heimweg mal dort vorbei fahren …«

Das Münzgeschäft liegt etwas abseits des Hauptgehweges der Einkaufspromenade. Die Straßen sind relativ leer, kaum ein Mensch begegnet ihnen, trotz der angenehmen Temperatur.

»Hier war auch schon mal mehr los«, sagt Helmut etwas verwundert.

»Die Zeiten ändern sich. Die Menschen zieht es heute eher in die Einkaufszentren, wo es alles gibt. Und die Städte sterben aus, weil kleinere Geschäfte nicht die kleinen Preise bedienen können.«

Angenehm kühlt der laue Abendwind. Noch immer steigt die im Asphalt gespeicherte Wärme flimmernd auf. Spärliches Licht der auf Notbetrieb eingestellten Straßenlaternen erhellen die Straßen unzulänglich. Unebenheiten im Belag oder Steine sind nur kaum auszumachen. Jede Gemeinde und Stadt muss sparen, und das geht wie immer auf Kosten der Sicherheit.

Schon von weitem erkennt Helmut das Münzgeschäft. Darüber scheinen Wohnungen zu liegen, allerdings ist das ganze Haus dunkel.

»Niemand da«, bemerkt Helmut sarkastisch.

»Was hast du denn erwartet?! Es ist außerhalb der Öffnungszeiten.«

Eigentlich will Helmut sagen, dass es nur ein läppischer Spaß gewesen ist, da bleibt Kerstin unvermittelt stehen.

»Was ist … Hast du etwas gesehen …«

»Nein«, flüstert sie. »Nur etwas gehört …«

Sosehr er sich auch anstrengt, er kann nichts Ungewöhnliches hören.

»Ach, ist nichts«, hört er Kerstin etwas lauter sagen. »Nur die Nerven.«

Sie schlendern weiter. An der Tür liest er das Schild mit den Öffnungszeiten. Geöffnet von zehn bis siebzehn Uhr. Keine Tagesangaben, oder anderes.

»Wann warst du hier?«

»Ich denke nach neun, allerdings macht er erst zehn Uhr auf.«

»Schau mal durchs Fenster«, fordert sie.

»Warum?«, fragt er lachend. »Ich war doch erst …«

Helmut staunt. Was ist das denn? Sämtliche Vitrinen sind leer! Soweit er es übersehen kann, gibt es nirgends auch nur eine Münze! Verstört kramt er sein Mobiltelefon hervor, um damit hinein zu leuchten. Und wirklich, da drin sieht es nicht danach aus, als ob bis vor kurzem noch Geschäfte getätigt wurden.

»So viel zum ›ist ja nicht so wichtig‹. Wenn ich dich nicht kennen würde, dann würde ich jetzt sagen: du spinnst!«

»Das gibt 's doch nicht!« Helmut ringt hechelnd um Fassung. »Ich war da drin! Heute Morgen!«

Inzwischen probiert Kerstin an der Tür, ob sie sich öffnen lässt.

Fehlanzeige.

»Hat das Haus einen Hintereingang?«

Helmut hört nicht zu. Er ist mit sich und der Tatsache beschäftigt, dass Kerstin ihm nicht glaubt und zweifelt an seinem Verstand.

»Schatz, komm!«

Sie fasst ihn am Arm und zieht ihn mit.

»Lass uns hinten nachsehen.«

»Wo hinten?«

»Komm einfach mit«, sagt sie im beruhigenden Ton.

Wie ein kleiner Junge lässt sich Helmut führen. Kerstin dagegen scheint genau zu wissen, was sie will und geht zielstrebig um den Block herum. In einer schmalen Nebengasse biegt sie ein und findet den gesuchten Hintereingang.

»Sieht verlassen aus«, murmelt Kerstin. An der Rückseite des Hauses brennt eine altertümliche, an Ketten befestigte Laterne. Der seichte Wind schaukelt sie gespenstisch hin und her.

»Im ganzen Haus ist niemand. Tja, da haben wir wohl Pech …«

Helmut bleibt geknickt an der Hintertür stehen. Sie will so überhaupt nicht zum Stil des Hauses passen.

»Was meinst du, wie alt dieses Haus ist?«

»Wird in den Neunzigern saniert worden sein«, mutmaßt Kerstin, die auch schon damals hier lebte. »Ich glaube mich zu erinnern, dass einige Häuser aus dem 17. Jahrhundert stammen sollen.«

»Würdest du bei einer Sanierung nicht auch die alte Tür ersetzen?«

Kerstin überlegt und betrachtet das völlig verwitterte Türblatt. »Ich ja; es sei denn, ich würde es als besonderen Hingucker befinden. Aber nach hier hinten raus …«

Nun ist es Helmut, der das Holz unter die Lupe nimmt. Sanft streicht er darüber.

»Hoffst du, mit Handauflegen weiter zu kommen?«

»Ich will nur sichergehen, ob sie wirklich so alt ist, wie sie wirkt.«

»Und?«

»Älter.«

Verblüfft bleibt Kerstin die Spucke weg. »Wie ›älter‹?«

Helmut geht langsam rückwärts einige Schritte zurück, behält die Hausfassade dabei im Auge.

»Was hältst du davon?«

Er deutet mit der Hand an mehreren Stellen neben der Tür, wo Putz und Farbe fehlen.

»Da hat einer gepfuscht«, stellt sie fest.

»Oder man hat die Tür samt Zarge herausgerissen und notdürftig wiedereingesetzt.«

»Wie soll das denn gehen?« Kerstin glaubt, sich verhört zu haben.

»Denk doch mal an die Einbrüche, die mit einem Wagen oder dergleichen bewerkstelligt wurden.«

»Du meinst die Geldautomaten?«

»Manche Typen lassen sich eben immer wieder was Neues einfallen.«

»… und Spektakuläres …«

Ohne weiter etwas zu sagen, betätigt Kerstin den handgeschmiedeten Türdrücker. Rost bröckelt ab und drückt wie Sand zwischen den Fingern. Quietschend und schwergängig bewegt sich der Riegel.

»Kerstin«, zischt Helmut erschrocken. »Du wirst doch nicht …«

Und ob sie wird! Laut knarrend springt die Tür aus dem Schloss und ruckartig einen Spalt weit auf.

Soll er jetzt wütend sein oder erfreut? Und schon schlüpft Kerstin hinein. Ein kurzes Stoßgebet ausstoßend folgt er.

Kaum setzt Helmut einen Fuß ins Innere des Gebäudes, befällt ihn ein eigenartiges Gefühl. Man sagt ja, ein Haus besitzt eine eigene Aura und bewahrt die Ausstrahlung der einstigen Herren.

Was könnten diese Mauern alles berichten?

Um nicht entdeckt zu werden – denn schließlich handelt es sich um unerlaubten Zutritt –, schließt Helmut von innen die Tür. Hörbar rastet das Schloss ein.

»Kerstin?«, ruft er verhalten in die Dunkelheit.

»Hier«, kommt ihre Antwort prompt. »Komm her!«

Nach drei oder vier Schritten ist er bei ihr.

»Hast du nicht von einem überfüllten Lager gesprochen?«

Von irgendwoher fällt diffuses Licht herein. Aber von einem zugestellten Raum kann nicht die Rede sein. Das kann nicht das Haus des Münzhändlers sein. Unmöglich, innerhalb von wenigen Stunden alles leer zu räumen! Bis auf einer marmorierten, etwa brusthohen Säule befindet sich nichts hier.

»Lass uns gehen«, raunt Helmut Kerstin zu. »Ich fühle mich unwohl.«

»Das ist richtig. Dem Staub nach zu urteilen, der hier überall herumliegt, wohnt hier schon seit Jahren niemand mehr.«

Helmuts mulmiges Gefühl verstärkt sich immens nach Kerstins Worten.

»Mach was du willst, aber ich will hier raus.«

Anstatt ihm zu folgen, bückt sich Kerstin und streift mit den Fingern über den Boden, vier kleine Furchen entstehen in der Staubschicht.

»Komm, ehe wir erwischt werden!«

Er wendet sich Richtung Tür, durch die sie das Haus betreten haben. Als er sich umsieht, geht Kerstin ganz langsam in den Teil, in dem am Vormittag noch der Verkaufsraum gewesen ist. Augenblicklich bleibt sie dort stehen; ein erstickender Schrei ertönt.

Helmut eilt herbei.

»Hast du was gesehen?«

Kerstins Augen werden zuckend vom hereinfallenden Licht der Straßenbeleuchtung erhellt. Helmut sieht ihren starren Blick. Er folgt ihm und erstarrt im selben Moment.

Durch das verschmierte, gesprungene Fenster sind die Konturen eines alten Holzwagens zu sehen, wie sie im neunzehnten Jahrhundert üblich waren. Die riesigen Räder verbergen eine Gestalt, die sich scheinbar in deren Schatten versteckt. Als Helmut genauer hinschaut, glaubt er einen verwahrlosten Mann zu erkennen. Genau in diesem Moment wendet der Kerl den Kopf und blickt in den Laden herein. Ihre Blicke treffen sich …

Helmut will nicht glauben, was er sieht. Sein Herz holpert. Ist das nicht? … Nein … das kann nicht …

Auch der Kerl draußen scheint Helmut zu erkennen. Doch statt erstaunt zu sein, lächelt er Helmut eigenartig vertraut zu.

»Raus hier!«, raunt Helmut, als er sich wieder etwas gefasst hat. Einiges geht nicht mit rechten Dingen zu, und das gefällt Helmut absolut nicht. Mit einem übertrieben heftigen Ruck löst er sich aus der Erstarrung, packt unsanft Kerstin an den Schultern und zieht sie nun seinerseits mit sich.

Der Rückweg kommt Helmut länger vor, als er tatsächlich ist. Die unerklärliche Angst im Nacken trübt seine Wahrnehmung.

Endlich erreichen beide die verwitterte Tür. Helmut reißt sie auf. Sie stürmen hinaus und rennen gehetzt die Gasse entlang …

4.

Das nächtliche Abenteuer bereitet am folgenden Morgen Kater-stimmung. Vorläufig vermeiden sie das Thema. Beim gemeinsa-men Frühstück schweigen beide; jeder hat seine Gedanken dazu, die erst einmal geordnet werden wollen. Kerstin lenkt den Small-talk auf den morgigen Samstag.

»Müssen wir noch viel besorgen?«

»Nein«, antwortet Helmut sichtlich müde. »Fürs Mittagessen ist reserviert und abends kommt ein Catering-Service.«

»Du hast alles geplant.«

»Bei etwa dreißig Personen muss man planen.«

»Wer will denn alles kommen?«

»Freunde, Bekannte, einige aus der Familie, zwei oder drei Ar-beitskollegen.«

Kerstin nickt.

»Was machen wir heute?«

Helmut weiß um Kerstins Tatendrang. Es gibt kaum Minuten, in der sie nicht irgendetwas tun muss.

»Wir könnten raus zum See fahren.«

»Wenn wir nicht den ganzen Tag bleiben …«

»Vielleicht bis Mittag. Anschließend was gutes Essen gehen und dann sehen wir weiter … Gegen Abend sollen Gewitter auf-ziehen.«

»Sind das die Päckchen?«

Helmut zuckt innerlich zusammen.

»Du hast dein Kassettendeck wiederaufgebaut?«

Daran hat er gar nicht mehr gedacht.

»Hast du noch alte Kassetten dazu? Wäre doch cool. Dann könnten wir eine Retro-Party veranstalten. Oder wir schreiben jedem eine Nachricht, alte Kassetten mitzubringen.«

Kerstin und ihre Ideen!

»Es funktioniert nicht mehr richtig«, lenkt er vorwitzig ab. »Muss neu justiert und gereinigt werden.«

»Schade«, resigniert Kerstin. »Wäre schön gewesen.«

»Vielleicht können wir es ja zu deinem Geburtstag so machen? Bis dahin läuft der Kasten bestimmt wieder …«

Verträumt lächelt sie. Die Vorfreude darauf ist verführerisch.

»Dann lass uns gehen.«

Die Gunst der Stunde nutzend, steht Helmut auf und verschwindet im Schlafzimmer.

»Willst du nicht wissen, was da drin ist?«

Geschirr klappert. Kerstin räumt wohl den Tisch ab.

»Mach sie doch auf!«

»Dein Ernst?«

Das Geklapper verstummt.

»Aber sie sind doch für dich …«

Während Helmut sich umzieht und die Badehose aus dem Schrank holt, ist es eigenartig ruhig im Wohnzimmer.

›Sie wird ihre Neugier befriedigen‹, denkt er.

Fünf Minuten später findet er sie vor zwei kleinen geöffneten Schachteln sitzend vor, das Packpapier wahllos verteilt. Auf dem Tisch liegen eine Münze und ein alter Siegelring. Beiden Gegenständen sieht man an, dass sie Jahrzehnte auf dem Buckel und einiges durchgestanden haben. Der Ring ist teilweise verrußt, die Münze von einem grünlichen Belag überzogen.

Als ob er es gewusst hat! Wie vor zehn Jahren …

Helmut ist nicht gerade angetan davon. Er macht eine abwertende Bewegung und geht ins Bad.

»Da ist noch ein Brief …«, ruft ihn Kerstin hinterher.

»Jetzt nicht.«

Kurz darauf ist er startklar. Kerstin hat indes den Tisch abgeräumt und holt sich aus dem Schlafzimmer noch ihren Bikini. Für gewisse Fälle hat sie bei ihm einige Kleidungsstücke deponiert, damit sie nicht immer die Sachen hin und her schleppen muss.

Dann kann es losgehen – endlich, wie Helmut erleichtert zugeben muss.

Dicke Wolken am Horizont kündigen das vorhergesagte Unwetter an. Am See kommt ein Lüftchen auf. Von einem plärrenden Radio, welches ein Besucher auf volle Lautstärke laufen lässt, kündigt der Wetterbericht örtlich begrenzte Gewitter mit Starkregen und kräftigen Böen an. Hastig packt Kerstin die Decke und Handtücher zusammen, Helmut greift die Getränke und kleinen Utensilien. Bis zum Auto sind es fünf Minuten Fußmarsch. Der Feldweg dorthin ist ausgetrocknet und staubig. Durch die Windböen wird feiner Dreck aufgewirbelt. Helmut hustet.

Auch andere Badegäste packen hektisch ihre Sachen zusammen. Ein mit Luft gefüllter Wasserball wird über mehrere Meter herumgewirbelt. Kinder lachen, Mütter schreien, Väter fluchen.

Die Gewitterfront wirkt durch die Sonneneinstrahlung extrem dunkel und gewaltig.

»Sollte das nicht erst gegen Abend kommen?«

Helmut hebt unschuldig die Schultern. »Man kann sich eben auf nichts mehr verlassen.«

»Ob die noch rechtzeitig heimkommen?«

»Die Wolken sind noch kilometerweit weg; also wird das Gewitter nicht sofort losbrechen.«

Kerstin sieht ihren Freund grinsend an. »Ist das eine neue Masche, als Wetterfrosch? Oder bist du Hobby-Meteorologe?«

Helmut kuckt verdutzt.

»Du musst nur genauer hinsehen, Schatz, dann kannst du sehen, wie langsam die Front auf uns zukommt.«

Kerstin nickt. Wenn Helmut einmal anfängt, etwas zu erklären, dann amüsiert sie seine Hingabe innerlich. Seine Mimik wird dann kindlich sensibel, was wiederum ihr Herz erweicht.

»… also wird es noch ein wenig dauern«, endet Helmut.

»Dein Wort in Gottes Ohr.«

»Auf was hättest du jetzt Appetit?«

Da ist er wieder, einer seiner berühmten Gedankensprünge.

»Essen gehen?« Ihr Blick wandert besorgt zum Himmel.

»Klar. Hatten wir doch vor – oder etwa nicht?«

»Mir wäre wohler …«

Er setzt ein unschuldiges Gesicht auf. »Du kneifst?«

»Wieso kneif ich denn?«

»Ich habe gehofft, mit Verlaub, dass Ihr das Mahl bezahlet.« Helmuts Miene bekommt dabei einen Anflug eines neckischen Schmunzelns.

»So will ich mal nicht so sein«, lächelt sie zurück.

Als der Wagen startet, stiebt der trockene Boden und hinterlässt eine sich nur langsam legende Staubwolke.

Auf dem Weg zum Restaurant kommen sie am Münzladen vorbei. Helmut verringert die Fahrt. Was seine Augen wahrnehmen, widerspricht aller Logik eines wachen Verstandes. Der Laden hat geöffnet und mehrere Kunden sind anwesend.

Auch Kerstin sieht es, sagt aber keinen Ton.

Unweit des ausgewählten Lokals hält Helmut abrupt an. Sein Gesicht ist finster. Im Rückspiegel verfolgt er grübelnd das Betreten und Verlassen des Geschäfts, welches letzte Nacht leergeräumt und verlassen gewesen ist. Er hadert, und das Schweigen im Wagen wiegt schwer.

Immer wieder ruft sich Helmut das Gesehene ins Gedächtnis zurück. Oder glaubt, gesehen zu haben; ein winzig kleiner Unterschied, mit unabsehbaren Folgen. Er wagt nicht Kerstin anzusehen. Hat er sich etwas eingebildet? Was ist wahr, was unwahr?

Das Bild im Rückspiegel elektrisiert ihn. Der Ladenbesitzer! Und wieder – wie letzte Nacht – treffen ihre Blicke aufeinander und halten sich für Sekunden fest. In diesen Momenten scheint Helmut etwas zu treffen – ähnlich einer unerklärlichen Macht.

Als Helmut zwinkert, um dem Brennen der Augen entgegenzuwirken, ist der Alte verschwunden.

Plötzlich ist ihm der Appetit vergangen, und lenkt mit langsamer Fahrt lenkt er das Auto nach Hause.

Gedankenschwer sitzen Kerstin und Helmut stumm am Tisch. Vor ihnen liegen der Ring und die Münze; Relikte aus einer längst verflossenen Ära. Deutlich hat die Zeit an ihnen genagt und Spuren hinterlassen. Helmut hält die Münze in Händen und dreht sie hin und her. Bisher ist es ihm noch nicht gelungen, etwas Brauchbares darauf zu entziffern. Auf der Rückseite hat es den Anschein, als gleiche das gepresste Relief dem des Siegelrings.

Auch das Abkratzen der grün-schimmernden Patina bleibt erfolglos; dadurch werden die Zeichen nur noch unleserlicher. Entnervt legt Helmut die Münze demonstrativ hart auf den Tisch zurück, verschränkt beide Arme um seinen Kopf und lehnt sich mit geschlossenen Augen zurück.

Jetzt fällt Kerstin der kleine Zettel wieder ein. Sie hatte ihn vorsichtshalber eingesteckt und in der Tasche verwahrt, um ihn Helmut am See zu geben. Doch die Stimmung dort war ausgelassen und sie stürzten sich auch sofort ins kalte Wasser.

Nachdem Kerstin den vergilbten Zettel herausgesucht hat, schiebt sie diesen Helmut zu.

Wortlos nimmt er und entfaltet ihn. Das Schriftbild sagt ihm nichts. Er beginnt zu lesen.

Du, der Du diese Nachricht von mir erhältst, wirst einem alten Freund gern einen Gefallen tun. Mein Name tut nichts zur Sache, und würde Dich, während Du diese Zeilen liest, nur hindern, mir Glauben zu schenken. Leider ist es mir unmöglich, selbst die Relikte zum Bestimmungsort zu bringen. Daher bin ich auf Deine Hilfe angewiesen. Lass Dich nicht beirren. Was Du auch noch sehen wirst, nicht alles widerspiegelt die Wahrheit. Folge Deiner Eingebung, der Du von Kindesbeinen an vertraust. Sprich mit niemanden darüber. Nur Du wirst imstande sein, den richtigen Weg zu finden. Und besinne Dich auf Deine vor Jahren entdeckten Gabe. Ein alter Freund

Da ist es wieder – das tiefverwurzelte Unsicherheitsgefühl. Das Schriftstück ist nicht unterzeichnet. Jemand überträgt ihn eine

Aufgabe, der ihn anscheinend kennt! Weshalb aber dann kein Name?

Die ›Gabe‹!

Niemand hat je davon erfahren. Er hat es verschwiegen, denn geglaubt es hätte ihm sowieso keiner. Es war damals schon haarig gewesen, als das Kamerateam ihn eingefangen und die Bilder ins Internet gestellt hatte. Nicht zu vergessen diese hanebüchene UFO-Meldung.

Die Einzige, die hundertprozentig Bescheid weiß, ist Kerstin. Er sucht ihren Blick.

»Schlimme Nachrichten?«

»Nein«, sagt er nachdenklich. Kurz überlegend schiebt Helmut ihr das Schriftstück hin.

Deutlich blass um die Nase, liest Kerstin mehrmals die Zeilen, runzelt die Stirn, schaut ebenso oft auf, liest wieder.

»Du hast ... doch gesagt ...«, stottert sie ungläubig, verstummt, denkt nach, setzt wieder an, etwas zu sagen, bleibt aber letztendlich stumm.

»Ich hab's niemanden gesagt«, erwähnt Helmut wie beiläufig. Seine Erinnerung sucht krampfhaft nach den Namen der Filmcrew; doch nach so langer Zeit hat er seine Schwierigkeiten damit. Nur einer schwirrt ihm durch den Kopf, wie ein die Lüfte beherrschender Greifvogel, der sein Opfer anvisiert und jeden Moment darauf stürzen wird. Fahloben!

»Ich habe Angst, Helmut.«

Der nickt nur.

Vor seinem geistigen Auge läuft ein Film ab ...

Beide schweben durch eine Lücke in den Wolken. Der pralle Mond lässt in seinem Licht die Welt verzaubert erscheinen. Die Nacht ist klar. Myriaden von Sternen schicken Jahrtausende altes Licht herab. Als Kerstin die Wolkenoberfläche erblickt, ist sie voller Entzücken. Märchenhaft schön! Zahllose kleine zauberhafte Gebilde entstehen und vergehen im gleichen Augenblick. Während des Überschwebens wirkt die Wolkenformation fest und stabil. Unterschiedliche Farbnuancen hüllen Kerstin und Helmut ein. Es ist eine völlig andere Welt. Das Mysterium Erde hält zahlreiche Überraschungen parat. Man muss sie nur sehen wollen. Helmut zieht eine lang gestreckte Kurve. Dann geht es inmitten einer Wolke hindurch. Kerstin spürt deren sanften Widerstand. Nach dem Durchflug steht direkt vor ihnen eine vom blaugelben Licht beleuchtete Blumenkohlwolke. *Die vielen monströs wirkenden Knospen können ganze Familien beherbergen. An Stellen, an denen sich das Mondlicht besonders stark in den Eiskristallen widerspiegelt, hat Kerstin den Eindruck von brennenden Lichtern. Sie will Helmut darauf aufmerksam machen, doch er hat bereits die Richtung eingeschlagen. Ganz nah fliegt er heran.*

»Das ist unser Schloss, mein Schatz«, sagt er feierlich.

Kerstin drückt sich stärker an seinen Körper. Kindheitsbilder ziehen an ihr vorbei. Mädchen träumen oft von Schlössern und Prinzen. Beides hat sie gefunden. Ein Windstoß verweht genau vor ihnen die Kristalle. Wie ein riesiges Portal öffnet sich der Himmel. In weiter Ferne zucken Blitze. Schwülwarme Luft trägt Gewitterduft heran. Kerstin riecht die Elektrizität in den Luftbläschen.

»Tut mir leid, Schatz. Aber wir sollten umkehren.« Ohne die Antwort abzuwarten, dreht er ab und geht in einem leichten Sinkflug über. Die Lichter der Stadt werden größer. So sehr sich auch Kerstin anstrengt, kann sie nicht genau sagen, wo sie sich befinden. Helmut jedoch hält unerschütterlich den Kurs. Voller einzigartiger Eindrücke ist dieser Flug ein Meilenstein ihres bisherigen Lebens. Niemals wird sie diesen Moment des Glücks vergessen werden ...

Unter ihnen taucht das Mietshaus auf. Helmut sieht, dass seine Balkontür weit aufsteht. Kerstin muss also bereits in der Wohnung gewesen sein, bevor sie vor der Haustür auf ihn wartete. Kurz überlegt er. Der Balkon ist breit genug und nicht überdacht. So wagt er es und setzt zur Landung an. Sicher aufkommend hilft er Kerstin, die weiche Knie bekommen hat, ins Wohnzimmer. Erneut

umarmt sie ihn heftig. Dann umschließt die Nacht beide leiden-
schaftlich ...

Die Erinnerung ist unsagbar präsent und plastisch. Und plötzlich hat er einen Verdacht, dass ihn doch jemand gesehen haben könnte. Da war dieses hupende Auto gewesen. Aber beim besten Willen kann er es im Geiste nicht erkennen. Hat er es überhaupt damals gesehen? Könnte allerdings auch einfach nur ein *vorbeifahrendes hupendes Auto* gewesen sein.

»Wie geht 's jetzt weiter?« Kerstins Stimme klingt unsicher.

»Ich werde nicht zulassen, dass mein Leben davon bestimmt wird«, sagt er jedes Wort betonend. »Ich habe eine Feier vorzubereiten!«

Ruckartig steht er auf.

5.

Am Himmel hängen dicke, tiefliegende Wolken. Das vorhergesagte Gewitter kommt unaufhaltsam näher. Manchmal wetterleuchtet es inmitten des aufgetürmten Wolkenberges, und Windböen kündigen den bevorstehenden Wetterumschwung an. Helmut nimmt es nur am Rande wahr. Zum dritten Mal in Folge ist er heute mit dem Wagen unterwegs, um noch einiges zu besorgen.

Voll bepackt verlässt er den Supermarkt. Über einhundert Euro hat es gekostet; man will sich ja nicht lumpen lassen.

Sofort bereut Helmut die Menge an Knabberzeugs, Getränken und anderes. Mindestens die Hälfte wird wahrscheinlich übrigbleiben. Aber egal. Wenigstens ist er gerüstet.

Ein kurzes Aufleuchten lässt ihn zusammenzucken. Von weitem kommt ein tiefes, anhaltendes Donnergrollen. Wird Zeit, nach

Hause zu kommen!

Kaum hat er alles verstaut prallen erste Regentropfen gegen die Autoscheiben. Zusehends frischt es auf. Am Horizont treibt der Wind Nebelschwaden vor sich her; dort schüttet es bereits in Strömen.

Die *Shelf Cloud* wirkt bedrohlich, was die direkte Sonneneinstrahlung noch verstärkt. Wenigstens verschafft der Wind ein wenig Abkühlung.

Dann düst Helmut los. Die Tropfen klatschen nur so gegen die Frontscheibe, dass der Scheibenwischer es kaum schafft. Sintflutartig ergießen sich Unmengen von Wassermassen.

Helmut fährt erst einmal nach Hause. Bei solch einen Unwetter ist es ihm lieber, das traute Heim aufzusuchen, zumal niemand sagen kann, wie lang es dauert.

Schon an der Tür empfängt ihn ein köstlicher Duft selbst gebackenen Kuchens. Ihm läuft das Wasser im Mund zusammen und er bekommt Appetit, ja fast schon Heißhunger darauf. Als kleiner Junge hat er oft danebengestanden, wenn Mutter gebacken hat. Und er durfte immer die Reste aus der Schüssel kratzen, weil der frische Mürbeteig ihm einfach so gut geschmeckt hat.

»Wolltest du nicht zu deinen Eltern?«, begrüßt ihn Kerstin.

»Bei dem Wetter wollte ich erst einmal abwarten.«

»Ups, du bist ja völlig durch …«

Erst jetzt wirft sie einen Blick nach draußen. Es ist unheilvoll dunkel geworden. Unentwegt blitzt es, und der Donner scheint nicht hinterher zu kommen.

»Ich habe mir Kaffee gemacht. Möchtest du auch einen?«

Helmut lächelt. »Bei diesen verführerischen Duft … gerne …«

»Aber es gibt keinen Kuchen«, sagt sie augenzwinkernd. »Der ist für morgen.«

Jetzt setzt Helmut sein Schmoll-Gesicht auf. Auf der Anrichte entdeckt er die Schüssel, in der der Teig angerührt worden ist. Er greift danach und mit einem Finger der freien Hand wischt er die Teigreste heraus.

»Du bist unmöglich«, lacht Kerstin. »Da können wir ja uns den Abwasch sparen.«

»Der Hunger treibt 's rein …«

Kerstins Augen sprühen. »Hauptsache den Anderen schmeckt 's …«

Sie lachen.

Ein heftiger Donnerschlag lässt scheinbar das ganze Haus erbeben. Die Vibration ist deutlich in der Luft zu spüren. Wind und Regen drücken peitschend gegen die Fenster.

»Scheiße«, ruft Kerstin und verschwindet im Schlafzimmer. Helmut hört ihr Fluchen, dann klappt lautstark das Fenster zu.

Er geht, die Schüssel in der Hand, ins Wohnzimmer. Das Radio läuft, ab und an durch Interferenzen gestört. Heftig wütet der Sturm. Eine unmittelbare Auswirkung des voranschreitenden Klimawandels. Früher hat er immer mit Mutter am Fenster gestanden und das Gewitter beobachtet. Heute beschleicht ihn häufig ein mulmiges Gefühl dabei.

Plötzlich verstummt während mehrfach aufflackernden Blitzen das Radio. Stromausfall. Kerstin stößt wieder einen Schreckensruf aus; diesmal wegen des Kuchens im Herd, der ebenfalls ausfällt. Es folgt unheimliche Stille.

Die mit Elektrizität geladene Luft verheißt nichts Gutes. Gespannt wartet Helmut auf den Donnerschlag. Doch stattdessen wird der Strom wieder zugeschaltet und aus dem Radio kommt grässliches Rauschen.

Helmut hält instinktiv den Atem an, denn der erwartete Donner bleibt noch immer aus. Er zählt im Sekundentakt. Dann gibt es einen brachialen Knall …

Ohne es verhindern zu können, erschrickt sich Helmut bis ins Mark. Die Schüssel entgleitet seinem Griff. Für unselige Augenblicke ist er geblendet und taub. Er begreift nicht, was gerade passiert. Hilflos ist er der Naturgewalt ausgeliefert.

Kerstin hat sich gerade zum Backfenster hinuntergebeugt, als der

Donner alles, erzittern lässt. Die Wucht überrascht sie und sie wird gegen die Scheibe gedrückt. Gott sei Dank ist das Glas bruchsicher und gut isoliert.

Benommen rappelt sie sich wieder auf. Das hereinfallende Zwielicht unterstreicht die gespenstische, irreale vorherrschende Atmosphäre. Ihr erster Gedanke: Der Blitz hat eingeschlagen! Wenn nicht in diesem Mietshaus, dann aber ganz in der Nähe.

Den Schreck in den Gliedern und mit weichen Knien, macht sie vorsichtige Schritte. Begleitet von Blitzen und Donner durchstreift sie langsam die Wohnung. Alles scheint in Ordnung. Die Fenster sind geschlossen, die Scheiben ganz. Alles gut soweit; bis auf den erneuten Stromausfall, der eine ungewöhnliche Stille verursacht. Paralysiert schreitet sie weiter. Etwas macht sie nervös. Innere Unruhe erfasst Kerstin, wächst weiter ins unermessliche. Entweder ist etwas passiert, oder es steht unmittelbar bevor. Aber sie hat keinen Hauch einer Idee. Auch hat sie ein Gefühl, sich an etwas nicht erinnern zu können. Da war doch was?! Als hätte jemand einen Schalter umgelegt. Das Loch im Gedächtnis ängstigt sie noch mehr. Kerstin fühlt sich unter Strom gesetzt.

Inzwischen ist sie im Wohnzimmer angekommen. Auch hier ist auf den ersten Blick alles okay. Von irgendwoher dringen Feuerwehrsirenen. So ein Unwetter erfordert oft Einsätze. Unter Wasser stehende Keller – umgeknickte Bäume – ausgebrochene Feuer – Unfälle.

Eine ganze Weile steht Kerstin regungslos mitten im Raum. Sie lauscht abwartend. Sie kann nicht sagen worauf. Alles ist ihr plötzlich so fremd. Das Zimmer, ihr Hiersein, er, die ganze Wohnung.

Sie stockt. Wer ist ›er‹? Ist ihr Gehirn denn ganz vernebelt? Was ist passiert, was sie dermaßen aus der Bahn wirft?

Klack.

Durch den wiederkehrenden Strom werden alle elektrischen Geräte eingeschaltet. Radio und Fernseher überschlagen sich mit ihren Sendungen, die eigenständig die Programme wechseln. Ein unterschwelliges Rauschen entsteht. Trotz der enormen Lautstärke, mit der das Radio den Fernseher übertreffen will (oder umge-kehrt), dringt das Rauschen zu ihr durch; damit wird eine Präsenz und Wichtigkeit vermittelt, die Kerstin noch nervöser werden lässt.

Ohne weiter darüber nachzudenken, schaltet sie beide Geräte ab. Das Rauschen drängt sich regelrecht ins Gehirn. Sie lauscht. Ist da eine Stimme?

Einen Wimpernschlag später begibt sie sich auf die Suche nach dessen Ursprung. Am Kassettengerät der Achtziger Jahre, das Helmut Tags vorher aufgestellt hat, wird Kerstin fündig. Jedenfalls glaubt sie es. Am Deck leuchten einige Dioden im Rhythmus des Rauschens. Sanftes an- und abschwellen deutet auf eine gestörte Funktionalität hin.

Kerstin betrachtet das Teil aufmerksam. Sie besaß nie so ein schwerfälliges, robustes Gerät. Ihres war viel kleiner, handlicher. Ihr fällt auf, dass die Wiedergabetaste gedrückt ist, und das Band läuft. Daher also kommt das Rauschen! Das Band ist unbespielt. Winzig kleine, fast unscheinbare Ausschläge des Signalpegels machen sie stutzig. Hätte sie doch bloß Ahnung von der Technik!

Was Kerstin bisher entgangen ist, würde sie noch weiter beun-ruhigen. Nämlich die Tatsache, dass das Radio ausgeschaltet ist, aber trotzdem rauscht es aus den Lautsprechern …

Mitten im Rauschen, ganz leise und mehr zu erahnen, als wirk-lich zu hören, erklingen seltsame Tonfolgen. Kerstin lauscht kon-zentriert, schließt dabei die Augen. Könnte eine Stimme sein. Gespenstisch. Mitten in der Aufnahme knistert es. Das Rauschen schwillt an, um kurz darauf fast völlig zu verschwinden. Stille. Und dann, nach einer gefühlten immens langen Dauer, wird eine Stimme unerwartet verständlich.

»… Problem … Chance … Unwetter … ich nicht … rück … brauch … Hilfe …«

In einer Endlosschleife werden die Worte wiederholt; immer wieder überlagert von atmosphärischen Störungen.

»… wo ich bin …«

Die Stimme ist ihr eigenartig bekannt und vertraut. Aber sie kommt nicht darauf, wem sie gehört. Kerstin ist unwohl. Sie starrt auf den Fortschritt des Bandes. Leise und regelmäßig quietscht die Kassette; ein nerviges Geräusch.

Ein Donnerschlag durchbricht das Trommeln des Regens an den Fensterscheiben. Offenbar dreht das Unwetter und kommt zurück. Blitze peitschen durch die ins Zwielicht getauchten Wolkenschwaden. Für all das hat Kerstin keinen Blick.

»… wenn mich … hört … mein Name ist … Harge …«

Das laute Klacken kündigt das Erreichen des Kassettenendes an. Kerstin erschrickt, zuckt zusammen. Langsam nimmt sie die Gegenwart wieder wahr. Auf dem Fußboden sieht sie die leere Schüssel, zur Hälfte verklumpt zu einer unwirklichen Plastikmasse. Und plötzlich wird ihr bewusst, dass einer fehlt …

6.

Manchmal passiert etwas im Leben, das nicht vorhersehbar und begreifbar ist. Plötzlich sieht man sich einer Situation ausgesetzt, die es so eigentlich nicht geben darf. Wie ein winziger Gedankensplitter blitzartig das Denken bestimmt, und nach wenigen Augenblicken wieder im chaotischem Nichts verschwindet. Und doch bleibt er haften.

Helmut sieht sich soeben einer derartigen Situation ausgeliefert. Tief im Inneren drängt sich Angst an die Oberfläche. Kalter Schweiß auf Stirn und im Nacken lassen ihn wissen, es besteht Gefahr! Doch weshalb? Was ist der Grund dafür? So sehr er auch versucht, die letzten Stunden ins Gedächtnis zurück zu rufen, kommt er auf keine plausible Erklärung. Nur eines weiß er: Wenn er nicht schnellstens handelt, dann wird es wo möglich zu spät sein.

Nur was in aller Welt tut er hier?

Die Gegend kennt er nicht. Vereinzelte Bäume säumen einen ausgewaschenen Erdweg. Am Horizont erkennt Helmut kaum etwas. Es ist, als verschwimmt alles. Kurz schließt er die Augen. Nach dem winzigen Augenblick des innerlichen Sammelns öffnet er sie wieder, nur um zu bemerken, dass sich nichts geändert hat. Am Wegesrand wiegen sich vereinzelte Trocken-Gräser im Wind. Sein Herz schlägt wie wild im Brustkorb. Er fühlt sich gehetzt. Ohne erkennbaren Antrieb rennt er los. Erst in die eine, dann in die andere Richtung.

Die Luft ist diesig. Nebel berührt den Boden. Helmut friert. Seine Kleidung ist vom Nebel feucht und klamm. Nirgends gibt es eine Unterschlupfmöglichkeit. Darin sieht er sein größtes Problem. Er befindet sich inmitten einer endlosen Ebene. Außer Gras und Unkraut gibt es kaum einen Strauch, von Bäumen ganz zu schweigen.

Verzweifelt denkt er nach. Bislang kann er sich nur an das schwere Gewitter erinnern. Doch alles andere – Fehlanzeige. Im Kopf herrscht eine tiefe, grenzenlose Leere. Er weiß nicht wo er war, was er getan hat, wer er ist. Alles, an was er sich erinnern kann, sind Blitze und grelles Licht – anderes ist ausgelöscht.

Ohne jegliches Zeitgefühl irrt er umher. Es können Minuten sein, aber auch Stunden. Helmut hat keine Ahnung. Nur die Urinstinkte funktionieren; er hat Durst, auch ein Hungergefühl stellt sich ein.

Langsam zieht das Gewitter ab und der Nebel weicht. Einhergehender Wind macht es ungemütlich kalt. Jeder Muskel schmerzt und zittert wie Espenlaub. Wenn sich nicht bald eine Möglichkeit bietet, sich aufzuwärmen, dann wird er wohl oder übel erfrieren.

Ganz in der Nähe gibt es Hufgetrappel. Eine Herde von Wildpferden grast unweit von ihm, verdeckt vom dichten Nebel. Sie zupfen das nasse Gras. Der Leithengst dreht aufmerksam die Ohren. Es ist schon oft vorgekommen, dass Häscher unterwegs waren und einer seiner Stuten eingefangen haben. Gäbe es nicht die ausgezeichneten Futtergründe, hätte der Hengst die Herde schon längst von hier fortgeführt.

Helmut hört zwar die Laute, kann sie aber nicht sinnvoll zuordnen. Dafür fehlt ihm die nötige Erfahrung. Wann hatte er schon einmal mit einer Herde zu tun gehabt? Noch ahnt er nicht, dass sich alles verändert hat.

Aus der anderen Richtung kommen Stimmen näher. Seinem Instinkt folgend, bleibt er stehen, lauscht. Aus Helmuts tiefsten Inneren meldet sich eine vage Gewissheit, dass sich die herannahenden Stimmen seltsam anhören. Aus welchem Grund er zu dieser Annahme kommt, bleibt rätselhaft.

Es scheinen zwei Personen zu sein, wovon stets nur einer redet. Vermutlich erklärt der eine einem anderen etwas. Von der Wortwahl her hört es sich nach einem Teenie an.

»… hab ich gesagt. Der Kürschner hat seyne Ansicht. Die Taler sind hart verdient. Harte zîten.«

Der Klang der Sprache bereitet Helmut Freude. Diese Ausdrucksweise hat etwas Frisches, wie er findet. Neugierig hält er Ausschau. Bisher kann er die Richtung nur ahnen, denn der Nebel hält sich hartnäckig.

»zîten sind das …«

Die Stimme verstummt. Stattdessen erklingt ein fröhliches, unbekümmertes Pfeifen. Es macht Lust in die einfache und eingängige Melodie mit einzustimmen. Bald summt Helmut mit.

Jetzt verstummt das Pfeifen, dafür hebt die Stimme zum Gesang an.

> »Die Trummen, die Trummen, die Trummen schüret an,
> Mein Säckel ist gefüllt, lerman, lerman, lerman.
> Mein Buhlen tät weinen, wenn es die Trummen hört,
> Potztausend, was mich solch Weiberplagen schert!
> Die Trummen, die Trummen, lerman, lerman, lerman
> Ihr Bauern habet acht, der Landsknecht rücket an!«

Nahtlos geht der fahrende Sangesmann ins Pfeifen über. Hat er den Text vergessen?

Im Nebel wird eine Silhouette erkennbar. Gespannt wartet Helmut. Nur einen Augenblick darauf tritt die Silhouette aus dem Dunst und wird zu einem Körper aus Fleisch und Blut. Der Ankommende hält im Schritt ein, verstummt schlagartig und starrt Helmut an. Er hat mit niemanden in der Gegend gerechnet. Und nun steht er einem feinen Herrn gegenüber. Die Augen des Mannes sind schreckgeweitet.

Der Fremde ist einfach gekleidet. Das Gewand ist speckig und abgenutzt, die bräunliche Färbung an vielen Stellen abgewetzt. Hose und Fuß-Leder sind im ähnlichen Zustand.

Gleichfalls, wie Helmut den Ankömmling betrachtet, wird er selbst von Kopf bis Fuß gemustert.

»Seyd mit Gott«, spricht der Fremde. »Mir scheinet, Ihr seyd fremd.«

Helmut bleibt stumm; er getraut sich nicht, etwas zu sagen, und dann weiß er auch nicht was er sagen soll.

»Habct Ihr Euch verirrt, Edelmann?«

Helmut macht eine nickende Bewegung und hebt entschuldigend die Arme.

»Ihr seyd der Sprach nicht mächtig«, stellt er fest. »Hier treibt sich so manch Pack herum, hehrer Gevatter. Ihr müsst von weiter Ferne kommen.«

Wieder nickt Helmut.

»Ich bin Linhart, oh Herr. Derzeitig Wandersmann, um mich hie und da zu verdingen«, stellt er sich mit einem freundlicher werdenden Gesicht vor, und deutet eine Verbeugung an. Anscheinend wartet Linhart, dass Helmut sich ebenfalls vorstellt. Doch auf Grund seiner Verwirrung und Unwissenheit darüber, wer er selbst ist, erwidert er nur stumm den fragenden Blick des Wandersmannes.

Linhart wägt ab, ob von dem stummen Edelmanne, dessen Kleidung nach von hohem Stand, Gefahr ausgeht. Kaum ein Fleck verunziert den edlen Stoff, und die Farben sind außergewöhnlich für dieses Umland. Auch trägt er nichts bei sich, was man auf einem beschwerlichen Fußmarsch dringend benötigt.

Damit die Situation nicht umschlägt, imitiert Helmut lachend Linharts Lied.

»Euch gefällt mein Gesang? Wohl wahr, er wurd mir in die Wieg gelegt«, sagt er voller Stolz. »Dafür zahlt manch einfacher Mann.«

Etwas misstrauisch bleibt Linhart stehen. Seine Miene verfinstert sich.

»Habt Ihr Euch verirrt?«

Helmut macht ein nachdenkliches Gesicht.

Wenn ein hoher Herr hier ziellos umherschweift, ist das sehr gewagt von ihm. Zudem ohne etwas zu Essen und zu Trinken. Eine gute Gelegenheit, dem Edlen beiseite zu stehen. Wer weiß, vielleicht erwartet ihn dann ein hoher Lohn.

»Zeit für ein Mahl«, unterbricht Linhart seine Gedanken. »Ihr müsst hungrig seyn …«

Aus seinem Bündel holt er ein Stück gedörrtes Brot und einen Laib angeschimmelten Käse. Linhart bricht einige Krümel ab und reicht sie dem Stummen.

»Wohl bekommet 's.«

Helmut kaut die trockenen Brotkrumen.

»Ihr seyd von edlem Geschlecht«, sagt Linhart und deutet auf Helmuts rechte Hand. Am Ringfinger trägt er einen auffälligen Siegelring. Beim Anblick glaubt Helmut, sich an etwas Wichtiges erinnern zu müssen. Aber leider gelingt es nicht.

Linhart entgeht Helmuts Unsicherheit nicht. Ob es sich um einen Verlorenen handelt? Es ist ja bekannt, dass immer mal wieder einige spurlos verschwinden. Sei es aus Unvorsicht oder durch Raubgesindel.

Inzwischen kommt die Sonne durch. Das Licht durchschneidet den restlichen Nebel und verleiht den Tag einen idyllisch friedlichen Anstrich. Einige der Wildpferde schnauben zufrieden.

Aus seinem Beutel zieht Linhart einen Wasserschlauch, der ebenfalls viel erlebt hat.

»Trinkt einen Schluck.« Linhart reicht den Stummen den Schlauch. »Weiter in die Richtung«, Linhart deutet mit dem Arm dahin, wohin es ihn treibt, »gibt es eine *quecbrunno*[1].«

Dankbar nimmt Helmut und trinkt einige Schluck. Das Wasser schmeckt würzig, auch wenn es nicht mehr ganz so frisch ist.

»Euch hat 's rumstrolchende Gesindel gepackt ...« Linhart wirft prüfende Blicke nach allen Seiten, als erwarte er einen hinterhältigen Angriff. »Ich helfe Euch, Herr. Wenn Ihr die Güte hättet, Euch mir anzuschließen ...«

Helmut lächelt dankend.

»So wollen wir aufbrechen, bevor die Mittagssonne brennt.«

Unter Linharts Führung kommen sie gut voran. Linhart ist Mitte zwanzig, trägt eine zerzauste Frisur und einen flaumigen Bart. Seine Haut hat schon länger kein Wasser gesehen. Bei ungünstigen Wind kann ihn Helmut sogar riechen.

Für den in der Fremde Gestrandeten ist es ein schöner Tag. Sein leerer Kopf, ohne jegliche Erinnerung, erlebt er diesen Tag wie ein Geschenk. Mit neugierigen Augen saugt er alles auf, was sich ihm zeigt. Pflanzen, ein Vogel, sogar der Rücken dieses Linharts. Besonders tut es ihn der frische Duft der Wildkräuter an. Fast unentwegt riecht und schnuppert Helmut in den vom Windhauch entgegenwehenden Düften.

Die Sonne wärmt und die Kleidung trocknet bereits spürbar. Vor ihnen wird die Landschaft abwechslungsreicher. Kleine dicht bewaldete Hügel erheben sich vor ihnen.

»Dem absonnig Volk tut 's Leben manch Wunder kund.« Linhart deutet auf den Wald. »Mir dünkt, dort werden wir 's *gislof*[2] aufschlagen. Dort seyend all unsere Wünsch erfüllet zu werden.«

---

[1] Fließendes Wasser, Quelle
[2] Lager

Der Wanderbursche wendet sich während des Gehens zu Helmut um und lächelt aufmunternd. »Dort werden wir einen hervorragenden Unterschlupf finden. Ihr werdet entzücket seyn.«

So ist es auch. Die Sonne steht noch nicht am Zenit, als sie im Wald eine Lichtung erreichen, an deren Rand ein aus Ästen errichteter Unterstand steht. Davor ist ein dicker, etwa Bauch hoher Stamm aufgerichtet, der als Tisch dient.

Linhart verschwindet kurz in dem gut getarnten Verschlag und rollt zwei, im Durchmesser kleinere, Baumstämme heraus. Während er sie aufstellt, erklärt er, dass diese Behausung mehr oder weniger sein Zuhause ist. Im Dorf fühlt er sich nicht wohl, und der Wald bietet alles, was man zum Leben braucht.

Helmut hört wie immer ruhig zu. Linharts seltsame Ausdrucksweise wird immer gewöhnlicher, sodass Helmut immer besser versteht. Er mag diesen Knaben, der sich seiner angenommen hat. Von dem Burschen geht eine wohlwollende Hilfsbereitschaft aus, die ihn zutiefst rührt. Gern würde sich Helmut, der von Linhart der Einfachheit halber der ›Stumme‹ genannt wird, sich mit ihm unterhalten. Allerdings hat Helmut immer noch keinen blassen Schimmer, wer er ist; er zieht es vor, zu schweigen.

»Nachher werd ich nach den Fellen sehen«, erklärt Linhart weiter. »Vielleicht wird guter Wildfang unsren Hunger stillen.«

Vielmehr als Linharts Worte interessiert den Stummen das Vogelgezwitscher. Mit halb zugekniffenen Augen blinzelt er in den Himmel. Nur wenige fliegen im eingeschränkten Blickfeld. Die meisten sind unterwegs auf Futtersuche oder brüten vielleicht. Irgendetwas fasziniert ihn. Auf einmal entrückt er der Gegenwart und rutscht ab in eine andere Zeit …

Sanft trägt das Luftpolster ihn in höhere Sphären. Durch kontinuierliche Armbewegungen kommt er schneller vorwärts. Beeindruckend überwältigend, wie er sich ohne mechanische Hilfe nach oben schraubt. So muss sie aussehen, die Leichtigkeit des Seins*!*

„Wow, wow, wow!"

Breit sein zufriedenes Grinsen. Glückselig erobert er luftige Höhen. Durchdringt wie ein Pfeil die unterschiedlichen Luftmassen. Lässt sich nicht aus dem Gleichklang bringen. Souverän setzt er Erfahrenes ein. Und genießt abgöttisch dieses – im wahrsten Sinne des Wortes – himmlische Treiben.

Er vollführt die tollkühnsten Flugkünste. Auf und ab. Im weiten Bogen gewinnt er, einzig und allein durch Muskelkraft, steil an Höhe. Erhaben schwimmt er scheinbar schwerelos durch den Sauerstoffozean. Nimmt bewusst die eingegangene Symbiose auf.

Eine Unzahl von Wow's, die lauthals ausgerufen und vom Wind in die Endlichkeit verweht werden, zeugen vom Sieg einer Evolutionsstufe. Anders ist es kaum erklärbar, was Helmut glühenden Herzens vollführt.

Von seinem Standpunkt aus ist es überhaupt nicht einfach, die Orientierung zu behalten. Unter sich nur Wald und Wiesen. Wo genau ist der Unterstand? Gut getarnt ist der für ungeübte Augen unsichtbar. Nur anhand des Hotels weiß er die ungefähre Richtung. Verdammt!

Weiter trübt nichts seine Euphorie.

Immer feiner wird der Flugablauf. Und Helmut immer mutiger. Manchmal trennt Mut nur ein Wimpernschlag von Leichtsinn. Außenstehende würden den Atem anhalten. Einige die Augen verdecken, um nur nicht hinschauen zu müssen.

Loopingmäßig geht es per Sturz in die Tiefe. Am Beginn der Übungen, wie Helmut sie nennt, vollführt er noch in gebührendem Bodenabstand die Kehrtwende hinauf. Es ist wie Anlauf nehmen. Im Rausch der Geschwindigkeit wird er immer waghalsiger. Gerade eben zieht er einen halben Meter über dem Strauchwerk hoch. Unermüdlich reizt er die erworbene Fertigkeit aus ...

7.

Die vorangegangenen Bilder sind verwirrend. Hat *er* das erlebt? Wirklich *er* – hautnah? Handelt es sich um tatsächlich stattgefundene Ereignisse? Dies bedeute ganz neue Perspektiven. Fast sehnsüchtig sieht Helmut nach oben. Außer ein paar Vögel nutzt keine andere Art diese Form der Fortbewegung. Er zweifelt. Spielt ihm das Gedächtnis einen Streich? Kann er sich selbst trauen?

Helmut hört Linhart nur mit halbem Ohr zu. Für den neuen Freund ist diese Begegnung ein Glücksfall, hat er doch endlich jemanden zum Reden. Der Bursche hat keine ausgeprägten sozialen Kontakte. Wie Helmut heraushört, hat Linhart niemanden mehr. An sein eigenes Umfeld kann sich Helmut nun gar nicht erinnern. Er sieht in Linhart einen Leidensgenossen, wenn sich auch ihre Biografien deutlich unterscheiden. Mit jeder weiteren Äußerung des ärmlichen jungen Mannes, der vieles erlebt zu haben scheint, fühlt Helmut sich ihm sehr verbunden.

Der Stumme versinkt erneut in die gedankliche Suche und Überlegungen nach seinem Selbst. Er lauscht in sich hinein, erntet jedoch, wie bisher, nichtssagende Stille. Der Ruf nach dem *Ich* verhallt ungehört.

Linhart verschwindet zwischen Bäumen und Sträuchern. Eine Weile bleibt Helmut sitzen, dann ist er des Wartens müde. Doch was kann er tun?

Nervös und voller Unruhe erhebt er sich, geht ein paar Schritte. Den Blick stets nach oben gewandt, als läge dort die ersehnte Antwort. Ein Vogel flattert hilflos im oberen Bereich der Fichte; Einzelheit sind nicht erkennbar. Könnte ein Jungtier sein.

Je länger er die Baumkrone betrachtet, umso mehr arbeitet es in Helmuts Kopf. Ein weiterer Erinnerungssplitter drängt an die Oberfläche.

Etwa einen Meter von den Baumkronen entfernt, kann Helmut jetzt genauer den freien Platz zwischen den Bäumen ausmachen. Ein seltsames Glitzern erregt seine Aufmerksamkeit, da es nicht ins Bild passen wollte. Ungeachtet dessen versucht Helmut die Landung. Ungeschickter als gewollt streift er einen tieferliegenden Ast, kommt ins Trudeln. Dabei die Orientierung verlierend, geht es fast ungebremst hinab.

Unter den Bäumen wachsen wilde Sträucher, die er wegen der zwielichtigen Sicht hatte von oben nicht erkennen können. Und genau dieses Buschwerk bremst den freien Fall am Ende ausreichend ab, um ohne bösartige Verletzungen den Aufprall zu überstehen. Außer ein paar wenigen Hautabschürfungen kommt er glimpflich davon. Helmut rappelt sich auf. Benommen tastet er sich ab. Alles heil! Soweit – so gut. Gerade als er neben dem Gebüsch steht und noch einmal hinaufschaut, hört er Schritte.

„Bist Du vom Baum gefallen?" Es ist ein kleiner Junge mit einem Roller.

„Ja", sagt Helmut lachend. „Ja, vom Baum gefallen ..."

Wenn in der Gedächtnisleere plötzlich doch Bruchteile auftauchen, dann müssen sie ein wichtiger Bestandteil im Leben sein, schließt Helmut daraus. Was auch immer das Gehirn veranlasst hat, alles zu vergessen, eines konnte es nicht: visuelle Anreize stimulieren das Unterbewusstsein.

Helmut erahnt vage eine Komplexität, die einst sein Leben beherrscht haben muss. Derzeitig lebt er von einem zum anderen Moment. Doch die einfallenden Gedankensplitter nähren stetig sein Gehirn, das die einströmenden Puzzleteile zusammensetzen versucht.

Mitten auf der sonnengefluteten Lichtung bleibt er, den Kopf immer noch nach oben gerichtet, stehen. Zu fliegen ist ja gut und schön, aber – wie kommt er dort hinauf? Vieles was er jetzt macht ist rein intuitiv. Er könnte es nicht einmal erklären – es passiert einfach. Sollte es so einfach sein?

Er hebt beide Arme. Nichts. Vielleicht muss er es den Vögeln gleichtun, die mit den Flügeln schlagen!? Seitlich weit die Arme ausstreckend, beginnt er Flügelschläge zu imitieren. Aber auch das ist vergebens. Immer schneller wedelt er mit den Armen, hüpft auf der Stelle. Außer, dass es anstrengend ist, fühlt er nichts, was der Erinnerung gleichkommt.

Entmutigt will er aufgeben, da verliert er durch das Gespringe und Gehüpfe das Gleichgewicht und droht vornüber zu stürzen. Da spürt er im Brustbereich einen Gegendruck, der – je schräger seine Schieflage wird – ein weiteres Absinken verhindert. Helmut verlagert sein ganzes Gewicht darauf. Mit einem kräftigen Schwimmzug schwebt er einen halben Meter in der Luft. Ein Glücksgefühl überkommt ihn. Helmut vollführt zwei, drei – nein vier gleichartige Bewegungen, die ihn immer höher tragen. Dann begeht er einen Fehler: Um das erhabene Gefühl auszukosten verharrt er reglos; im Resultat verliert er augenblicklich die Kontrolle und stürzt ab. Wären da nicht die Büsche gewesen, wäre er hart auf den Boden aufgeschlagen.

Mit Mühe krabbelt er unbeholfen aus dem Gestrüpp. Erst danach bemerkt er unzählige Riss- und Schürfwunden an Armen und im Gesicht. In diesen Augenblick kommt Linhart von seinem Ausflug zurück. In der Hand hält er den Kadaver eines Hasen. Als er die Blessuren des Stummen sieht, lässt er den Fang fallen und eilt entsetzt herbei.

»Was ist geschehen?«, ruft er mitleidig. »Ihr seyd verletzt …«

Linhart weiß, wie gefährlich solche Wunden sein können, besonders, wenn sie verschmutzt sind. Sie können Fieber auslösen, das die Betroffenen innerlich verbrennen. Auch Wundbrand ist lebensbedrohlich.

Linhart betrachtet die Wunden. Der Stumme muss in den Busch gefallen sein. Spuren eines Überfalles kann er nicht erkennen. Einmal mehr bestätigt dieser Zwischenfall, wie hilflos der Stumme ist.

»Kommt mit zum *rinnilīn*[3]. Ich wasch Euch die Wunden aus.«

---

[3] Bächlein

Linhart zieht Helmut mit sich.

»Welch Glück – ich kenne ein Kräuterweib, die kann Euch helfen.«

Schweigend führt Linhart den Verletzten durch den Wald. Am Bachlauf angekommen, zupft er einige größere Blätter, wäscht sie ausgiebig im Wasser. Anschließend betupft er die Wunden.

In Helmut, der es schweigend über sich ergehen lässt, geht ungemein viel vor. Er ist gewillt, schnellstmöglich einen Flug zu wiederholen. Dass er dabei allein sein möchte, sagt ihm sein Instinkt. Der sagt ihm nämlich auch, dass Linhart es verängstigen würde. Könnte dieser Bursche auch fliegen, hätte der sich vermutlich schon längst in die Lüfte erhoben. Plötzlich wird Helmut klar, welch besondere Fähigkeit in ihm schlummert.

»Werd Euch Arnika suchen. Das wird helfen …«

Manche Abschürfungen brennen bei Berührung. Unweigerlich zuckt Helmut und verzieht das Gesicht. Aber er unterlässt es, auch nur den kleinsten Schmerzenslaut auszustoßen.

Nachdem Linhart alle Wunden säuberlich gereinigt hat, lässt er Helmut wieder allein, um besagte Kräuter zu suchen. Die Zeit nutzt Helmut, um sich mit dem wiedererlangten Wissen vertrauter zu machen. Kaum ist der hilfsbereite Linhart verschwunden, beginnt er mit einem erneuten Test.

Helmut nimmt die gleiche Position wie vorher ein. Das Luftpolster wird spürbar und er stößt sich ab. Mangels Platz zwischen den Bäumen hat er Mühe, nicht mit ihnen zusammenzustoßen. Das Unmögliche gelingt. Manchmal ist es sehr knapp und es bleibt nicht aus, dass er Äste streift. Aber er hält sich gut in der Luft. Sobald er sich weniger kraftvoll mit den Armen durch die untere Atmosphäre zieht, verliert er deutlich an Höhe, kann dies aber recht gut steuern.

Die Verletzungen schmerzen, halten Helmut jedoch nicht davon ab, weiter zu fliegen.

Mittlerweile hat er eine Höhe von etwa zehn Metern erreicht. Zwischen zwei Baumkronen wird ein Freiraum sichtbar, den Helmut anvisiert. Da hindurch zu kommen ist ein Kinderspiel. Einige Arm-Züge später hat er das Dach des Waldes erreicht. Vor ihn erstreckt sich eine endlos erscheinende Weite. Ohne weiter nachzudenken, schwebt er weiter. Das erhabene Gefühl aus der Erinnerung ist in Wahrheit viel bombastischer! Euphorisch navigiert Helmut, weicht aus dem Kronendach herausragenden Spitzen geschickt aus. Es macht tierisch Spaß. Übermütig fliegt er höher und höher. Vorbeiziehende Vögel verändern erschrocken die bisherige Flugroute. Helmut lacht und jauchzt. Geht er in den Sturzflug, kribbelt sein Bauch und Adrenalin schießt durch seine Adern. Mehr oder weniger geschickt fängt er sich kurz über die Baumkronen. Ebenso oft streift ihn ein Ast am Bauch. Sogar der Gleitflug gelingt ihm immer öfters, wenn auch manchmal recht unbeholfen.

Längst hat er den Überblick verloren, wo er sich gerade befindet. Ihm wird bewusst, dass er vermutlich Linhart nicht mehr wiederfinden wird.

Das wieder erworbene Lebensgefühl beschwingt Helmut. Am liebsten würde er nur noch fliegen und die grenzenlose Freiheit genießen. Allerdings spürt er erste Erschöpfungsanzeichen. Und je länger er nach einem geeigneten Landeplatz Ausschau hält, umso mehr verlassen ihn die Kräfte. Schon wird sein Flug instabiler und es bereitet Helmut unsagbar Mühe, eine konstante Höhe zu halten.

Endlich – da!

Etwa in zwanzig Metern unter ihm entdeckt er ein relativ freies Feld. Helmut geht runter. Seine lang gestreckte Arme und Finger fungieren als Ruder. ›Jetzt nur die Nerven behalten‹, mahnt er sich. Zusehends kommt der Erdboden näher.

›Ich bin zu schnell‹, registriert er.

Am Rand des Feldes ragen wiederum Bäume empor, die seine Route kreuzen, sollte er nicht die Richtung ändern. Rasant schnell überwindet er die Entfernung, die sich bereits mehr als halbiert hat.

Aber er schafft er noch rechtzeitig, mithilfe der Arme rudernd einen Richtungswechsel zu vollziehen.

Etwa drei Meter trennen Helmut noch vom festen Untergrund. Zwei. Eins.

›Verdammt! Immer noch zu schnell!‹

Blitzartig muss er jetzt reagieren, um keine Bruchlandung hinzulegen. Ein Sturz aus dieser Geschwindigkeit heraus würde ihn unweigerlich schlimme Verletzungen zufügen. Und das ohne jegliche ärztliche Hilfe …

›Konzentriere dich!‹

In letzter Sekunde bringt er den Körper aus der Waagerechten in einer eher senkrechten Position, was die Reibung verstärkt und ihn deutlich abbremst. Er bekommt Bodenberührung. Reaktionsschnell beginnt er zu laufen, als würde er einen Hundert-Meter-Lauf beenden.

Außer Atem, aber glücklich, kommt er zum Stehen. Seine Knie sind butterweich. Ein leichtes Schwindelgefühl übermannt ihn. Erschöpft sinkt er nieder.

Lang schaut Helmut, auf dem Rücken liegend, in den Himmel. Von dort oben ist er gekommen! Dort oben also liegt seine Leidenschaft.

8.

Lang bleibt ihm nicht, sich dem gerade erlebten, wundersamen Gefühl hinzugeben. Kaum hat er sich ein wenig erholt, als unweit Stimmen laut werden. Offenbar ist jemand sehr erregt. Jedenfalls scheinen zwei, deutlich unterscheidbare Stimmen einen Disput auszutragen. Interessiert sucht sein Blick nach den Verursachern menschlichen Geplärres.

Helmut steht inmitten eines Feldes. Für mögliche Herannahende gut sichtbar und ohne jegliche Schutzmöglichkeit. Bis zum Feldrand wird er es nicht rechtzeitig schaffen. Ihm bleibt nur die Flucht nach vorn.

»Der *satanās*[4] hat die Hand im Spiele, sag ich«, ruft erbost eine der Stimmen.

»Oder die alte *wildaz wīb*[5] im Wald, Sewolt. Die steht doch mit allerlei finst'ren Mächten im Bunde.«

»Die war noch nie rechtschaffen.«

»Ruhig«, zischt der eine. »Man kann nie wissen, ob sie in der Näh' ist!«

Angewurzelt bleibt Sewolt stehen.

»Was ist dir?«

Doch Sewolt kann nichts sagen. Dafür fehlen ihm die Worte. Hastig bekreuzigt er sich. Auch sein Begleiter sieht, was Sewolt erstarren lässt.

»*Tiufal*[6] auch …«

Vor ihren entsetzt dreinschauenden Augen erhebt sich eine Gestalt, ganz ohne Flügel, in die Lüfte, schlägt mit den Armen und entschwindet den Blicken.

›Nochmal gut gegangen‹, denkt Helmut, als er sich sicher wähnt.

---

[4] Satan
[5] wildlebende Frau
[6] Teufel

Auf einer neuerlichen Begegnung steht ihm nicht der Sinn. Gut, dass er auf diese Art schnellstens verschwinden konnte.

Gemächlich zieht er gleichmäßig die Arme durch. Trotz einer gewissen Mattheit fühlt er sich relativ erholt. Die Wunden an den Armen beginnen zwar zu schmerzen, dennoch hindern sie ihn nicht daran, den Flug fortzusetzen.

Es ist entspannend. Fernab von menschlichen Behausungen und hektischen Getümmel – eine richtige Wohltat! Kein Laut stört diese natürliche Idylle. Das Rauschen des Waldes wirkt wie der Gesang von Abertausenden von miteinander harmonisierenden Freunden, deren Herz im gleichen Takt schlägt. Es ist ein Choral, den nie ein Mensch hätte besser komponieren können.

Helmut genießt den Klang der Natur, der immer gleich und doch anders ist. Unter ihm rast das Blättermeer dahin. Keine Wolke am azurblauem Himmel ist zu sehen. Nichts stört den malerischen Anblick, der frei ist von alles verunreinigenden Abgasen.

Helmut hält in seinen Gedanken inne. Wie war das eben? Abgase? Nochmals sieht er nach oben. Kein einziger Kondensstreifen. Was hat das zu bedeu …

Weiter kommt Helmut nicht. Einen Armschlag zu wenig vollführend, verliert er die Kontrolle. Trudelnd, sich währenddessen mehrmals um die eigene Achse drehend, fällt er wie ein Stein in die Baumkrone, die er gerade noch stolz überflogen hat.

Zweige krachen. Aufgescheuchte Raben schreien, fliegen wild durcheinander. Durch Helmuts Gewicht und der Schwerkraft durchbricht er die obersten Verästlungen des Baumes. Und sein Fall geht weiter.

Dickere Zweige können ihn ebenfalls nicht aufhalten. Dafür bekommt er mächtige Schrammen. Ein gut im Saft stehender Ast, mit mehreren Zentimetern Durchmesser, bremst den Absturz äußerst schmerzvoll. Doch zweiundsiebzig Kilogramm sind für den Ast einfach zu viel. Laut krachend birst er, und fällt nur eine Handbreit von Helmut entfernt, mit ihm in die Tiefe.

Naturgemäß hat ein Baum die dickeren Äste in Nähe des Erdbodens, zumal, wenn es eine Fichte ist. Da diese Auswüchse teils vertrocknet sind, sind sie nicht ungefährlicher. Leicht könnte sich ein Körper an den Bruchstellen schwer verletzen. Genau dies will Helmut vermeiden, und sieht sich dem nun hilflos ausgeliefert.

Innerlich flucht er. Nach außen hin erschallt ein verzweifelter, endlos langwährender Angstschrei.

Immer mehr Bruchstücke fallen hinab. Und dann kommt eine dicke Verästlung beängstigend schnell näher. Hart schlägt Helmut dagegen. Schlagartig wird ihm die Luft aus den Lungen gepresst. Vor seinen Augen sieht er Sterne, und der Schmerz raubt ihm fast die Sinne. Er japst. Jeden Knochen scheint er zu spüren. Es ist eine Sinfonie fürchterlich quälenden Schmerzes, der einer Folter gleichkommt. Sein Blick ist stark eingeschränkt; eine unmittelbare Nebenwirkung, ausgelöst vom Schmerzzentrum.

Glücklicherweise hat sich Helmut nichts gebrochen und wird auch keine schwerwiegenden inneren Verletzungen davontragen. Allerdings ist das nur ein kleiner Trost, sind doch Prellungen langwieriger.

Etwa drei Meter über dem Boden liegt er eingeklemmt in der Verästlung. Es wird dauern, bis er halbwegs seiner Sinne wieder Herr sein wird, und die Lage einschätzen werden kann. Vielleicht ist die vom unerträglichen Schmerz verursachte Bewusstseinstrübung für das Abdriften seines Geistes verantwortlich, der – frei von Schranken – eine ungeahnte Entfaltung erfährt …

In einem Hinterzimmer in Großmutters alter Wohnung, stand ein Tisch. Oft, wenn er auf Besuch war, hielt er sich dort auf. Erwachsenengespräche sind öd und trocken und total uninteressant. Unter einer weißen Tischdecke war ein herausziehbarer Kasten verborgen, der für ihn damals wahre Schätze barg. Beherbergte dieser Tischkasten doch alles, was ein vierjähriges Kinderherz begehrte. Murmeln in verschiedenen Facetten, alte Knöpfe, diverser Kleinkram, dessen Sinn sich Helmut nie erschloss. Da die Erwachsenen ihm keine Zeit schenkten, ging er stets zu dem Tisch und spielte. Über viele Jahre hinweg füllte sich der Kasten. Und immer neue Sachen brachten dem kleinen Helmut Stunden voller Entdeckungen.

Alles war gut. Gewohnt leicht ließ sich die Lade öffnen. Mit klopfendem Herzen zog er sie einen Spalt auf. Vertrauter, im Innenraum scheinbar für die Ewigkeit konservierter Duft, schlug dem Kleinen entgegen. Doch Helmut hatte keine Ahnung von ewiger Dauer und so. Noch war er viel zu klein für das Große, für die Mysterien der Welt, die auf ihn warteten. Die Welt war riesig; überall kam er durch, wo Erwachsene sich umständlich bücken mussten. Dann grinste er fast unverschämt, trotz grimmig-belustigter Blicke. Jeden Tag gab es Neues zu entdecken – etwas, was vorher nicht da war.

Zahllose Dinge, gesammelt oder einfach aufgehoben, harrten über die Zeit in der Schublade. Seit dem letzten Besuch bei Oma hatte sich nicht viel verändert, außer vielleicht die Unordnung, die Helmut hinterlassen hatte. Vertrautheit schlug den Knaben entgegen. Glasmurmeln unterschiedlichster Art und Größe begrüßten ihn wie alte Freunde und zauberten ein glückliches Lächeln ins Knabengesicht. Einfallendes Licht hinterließ leuchtende, strahlenförmige Punkte. Helmut konnte sich kaum sattsehen.

Beinah ehrfürchtig ergriff Helmut eine besonders Schillernde. War sie neu? So richtig konnte er sich nicht erinnern. Aber das war im Moment uninteressant. Berauschende Schönheit und der Glanz von Unbekannten entzückten Helmut.

Zwischen Daumen und Zeigefinger haltend, hielt er eine Glaskugel ganz nah ans Auge. Zahllose Lufteinschlüsse ließen das Lichtspektrum regenbogenartig erscheinen. Mal sah er Luftblasen im Wasser aufsteigen, mal wandernde Sterne.

Eines Tages befand sich eine alte Zigarrenschachtel in der Schublade. Der Verschluss war verrostet, das Etikett abgegriffen. Auch sonst war die Schachtel übersät von Verbrauchsspuren. Ein

Hauch von Abenteuer ging von ihr aus, das Helmuts Augen sahen. Er zögerte, sie zu öffnen. Stattdessen wog er sie in den Händen. Der Größe nach musste sie schwer sein; doch sie war leicht. Ehrfurchtsvoll stellte Helmut die Kiste auf den Tisch. Was mochte drin sein? Weitere Murmeln? Vielleicht noch bunter und prächtiger, als die im Kasten? Etwa aus Glas? Die waren selten. Und wenn er doch einmal eine davon sah, konnte er sich kaum von dieser trennen, hielt sie direkt vors Auge und sah hindurch. Die Welt war dann noch bunter und schillernder, als dieses alles beherbergende Tischfach.

Mit weit aufgerissenen Augen starrte er die neue Entdeckung an. So vergingen die Minuten ohne etwas vom Inhalt zu erfahren. Durfte er es öffnen, oder hatte Großmutter etwas dagegen? Sie konnte böse werden – sehr böse! Davor hatte er Angst. Auch die Tante, Omas Tochter und die Schwester Papas, konnte bestimmend sein. Also blieb ihm nur eines übrig: Er musste Oma fragen. Oder einfach heimlich das Ding öffnen; ist ja keiner hier. Nur – hatte er dazu den Mut?

Er öffnete die hölzerne Zigarrenschachtel, die einen bestimmten charakteristischen Duft abgab. Es war eine Mischung aus Tabak, in den Holzfasern gespeicherte Feuchtigkeit und ein Mix anderer Düften, die für den Kleinen nicht identifizierbar waren. Ein alter zusammengelegter Leinenstoff, von dem ein penetrant starker, öliger Geruch ausging, dominierte das Innere der Zigarrenschachtel.

Wieder überlegte er. Nur etwas ganz besonders Wichtiges, oder Kostbares, wurde so gut verpackt aufbewahrt. Helmut besaß nicht den Mut, mal eben so nachzusehen, was die Schachtel barg. Jedenfalls nicht bewusst …

Ohne dass er sich daran je besinnen kann, wickelte er einen Gegenstand aus, der sich für einen kleinen Buben wahrlich nicht zum Spielen eignet: Einen aufwändig verzierten Dolch. Sein Herz schlug höher. Schon allein das Azurblau des Griffs faszinierte und verleitete ihn zum Träumen. Das Material schimmerte von allen

Seiten und je nach Lichteinfall wechselten auf zauberhafter Weise die Farben.

Gequält stöhnt Helmut. Langsam kehrt er in die Gegenwart zurück. Die Pein des nicht nachlassenden Schmerzes reißt ihn aus seinem Dämmerzustand; macht ihm bewusst, welch törichter Narr er doch wirklich ist. Anstatt sich auf eines voll und ganz zu konzentrieren, um es erfolgreich zum Abschluss zu bringen, lässt er sich von Nebensächlichem ablenken.

Den Lohn solch naiver Unachtsamkeit bekommt er augenblicklich. Jede Bewegung schmerzt und erinnert an die begangene Leichtsinnigkeit.

In schier ausweglos erscheinenden Situationen hat sich oft bewährt, sich den Tatsachen zu stellen und sie zu benennen. Helmut folgt einer Eingebung, um seine Lage erträglicher zu machen.

»Was bin ... ich doch für ... für ein Trottel«, ruft er ärgerlich aus. Auch das Sprechen wird zum Kraftakt. Die Lungen brennen und der Brustkorb fühlt sich an, als ist er unter die Räder gekommen.

Mehrmalige Anläufe sind nötig, um die jetzige, sehr unbequeme und nicht gerade gesundheitsfördernde Lage zu wechseln. Was unter anderen Umständen ein Klacks ist, gestaltet sich als überaus anstrengend und fast unmöglich.

Helmut kommt es vor, er ziehe momentan derlei Unfälle magisch an und fordere sie leichtfertig heraus.

»Nichts leichter ... als das ...«, bestätigt er diesen sich aufdrängen Gedankengang. »Wie immer!«

Durch das Selbstgespräch macht er sich Mut. Dass er damit allerdings mögliche, in der Nähe weilende Waldbewohner auf sich aufmerksam macht, soweit denkt er nicht.

»Sieh endlich zu, dass ... du runter ... kommst!«

Ist das seine Stimme? Ätzend! Rau und farblos. Kein Wunder, dass er bisher schwieg. Aber was hätte er schon sagen können?

Dass er von weither gekommen ist, aber nicht weiß wie? Dass er nicht hierhergehört? Wer gehört schon irgendwo hin?! Linhart hätte damit sowieso nichts anfangen können.

Er zählt still bis drei. Eins, zwei und … Oder sollte er lieber rückwärts zählen? Egal – Hauptsache er kommt heute noch nach unten!

Die Zähne fest aufeinandergebissen und mit angehaltenem Atem verändert er nochmals seine Lage.

»Geht doch«, presst er atemlos hervor.

Schwerfällig kommt er mit dem Oberkörper hoch. Man tut das weh! Doch da muss er durch! Nur nicht das Gleichgewicht verlieren! Bei seinem Glück heute wird es vermutlich nicht gelingen …

Kaum gedacht, gerät er ins Schwanken, kann aber in letzter Sekunde mit einem Arm ausbalancieren.

»Na klasse«, entfährt es Helmut, als er nach unten sieht. Alles über zwei Meter Höhe kann ihn verletzen. Da runter springen fällt also aus …

In seinem angeschlagenen Zustand wird er Stunden benötigen, sicheren Boden zu erreichen. Er atmet ein. Sofort geht ein heftiges Ziehen durch die Lungen. Lichtblitze tänzeln ihm vor Augen und ein Schwindelgefühl setzt ein.

Was soll's …

Sich zusammenreißend umfasst sein Arm den Baumstamm. Mit dem anderen stützt er sich ab und wägt den richtigen Moment ab, den Baumstamm ganz zu umarmen. Irgendwie gelingt es Helmut. Doch jetzt hängt er wie ein nasser Sack am Stamm. Mit dem herunter Rutschen wird es wohl auch nichts; die Rinde ist dafür denkbar ungeeignet, weil scharfkantig. Und schon jetzt, kaum, dass er so hängt, verlässt ihn die Kraft. Beide Oberarme zittern unter der verkrampften Stellung.

Wenn er mit den Beinen den Stamm ganz fest umschlingt, dann könnte er mit den Armen den Druck verringern und ein Stück drunter nachfassen.

Zögernd führt er den Plan aus, jederzeit gewärtig, sich noch mehr die Haut aufzureißen. Aber es gelingt; so wird er mutiger. Einige Zentimeter verringert er die Distanz zum rettenden Boden. Bis es plötzlich nicht mehr weitergeht.

Ein dicker Ast versperrt den Weg!

Genau zwischen den Beinen kommt er darauf zu sitzen. Na toll! Und jetzt? Die Kraft fehlt, um sich nochmal hochzuziehen. Lässt er mit den Händen los, hat er Angst, rücklings hinab zu fallen.

»Verdammter Scheißdreck!«

Wut kocht auf. Er hätte schon längst unten sein können!

»Denk nach!«

Wenn nur nicht diese fürchterlichen Schmerzen wären!

Helmut verlagert sein ganzes Gewicht auf den Ast, der seltsam knackt. Eine Idee keimt. Wenn es nun gelänge, den Ast abzubrechen? Ist der Ast erst einmal ab, wäre der Weg frei!

Morgenluft witternd, wippt Helmut. *Der ist zäher als gedacht!* Also mit mehr Schmackes! Es knackt und knirscht. Gut so – weiter!

Das Bersten kommt unerwartet heftig. Trotzdem er sich festhält, schrammt er einige Zentimeter hinab, was sofort an den abgeschürften Hautstellen zu spüren ist. Glücklicherweise ist der Ast direkt am Stamm abgebrochen. Ein Splitter jedoch ragt gefährlich heraus und drückt ihn gegen den Schritt. Jede weitere Bewegung könnte richtig fatale Folgen haben!

Helmut rollt genervt mit den Augen. Kann denn nicht einmal etwas reibungslos funktionieren?

Um dem drohenden Unheil zu entgehen, stemmt er sich, auf gleicher Höhe bleibend, um einige Grad nach rechts. So kommt der Splitter aus dem Gefahrenbereich. Dann setzt er den langsamen Abstieg fort. Deutlich kommt er dem Ziel näher, und wird dadurch auch zuversichtlicher. Er merkt es an markanten Punkten des Stammes, die mittlerweile viel höher als er auszumachen sind. Helmut hat keinen blassen Schimmer, wie weit es noch ist, ist aber fest entschlossen, es bis zum Ende durchziehen.

Zu allem Überfluss hat er ein starkes Bedürfnis, austreten zu müssen. War ja klar – zum unmöglichsten Zeitpunkt!

Vielleicht liegt es daran, oder auch an der zunehmenden Ungeduld, dass er unvorsichtig wird. Somit folgt, was kommen muss, Gott sei Dank in nur einem Meter über dem Waldboden.

Mit einem lauten Krach und Angstruf kommt er auf.

Als er dies begriffen hat und sich auf die Seite wälzt, erblickt er eine gebückte Gestalt. Neugierig begutachtet sie ihn. Und dann fragt sie mit weiblicher Stimme: »Seyd Ihr vom *Boum*[7] gefallen?«

Diese Frage ruft eine Erinnerung auf den Plan. Wie sich doch einiges wiederholt.

Nachdem er gierig nach Atem ringt, antwortet er leise und sichtlich mitgenommen: »Ja, sieht ganz danach aus …«

„Ein *anttrunno*[8]!", ruft erschrocken die Weiberstimme.

---

[7] Baum
[8] Abgefallener

9.

»Es scheinet Euch gar zu belustigen«, krächzt eine Alte, als Helmut in ein erleichterndes Gelächter verfällt. »So scheint es, Ihr machet dies oft.«

»Nein, weiß Gott nicht«, antwortet er lachend.

»Nun, so seyd Ihr unverletzt …« Die Greisin stützt sich auf einen bearbeiteten Ast, der ihr als Stock dient. Es ist ihr anzumerken, dass Helmuts Erscheinen eine willkommene Abwechslung des sonst tristen Alltages ist.

»Ein paar blaue Flecken und Abschürfungen. Nichts Weltbewegendes«, winkt Helmut ab.

»Die Welt bewegt einiges, Herr. Gottes Wege sind unergründlich.«

»Ja, der Herrgott vergällt 's …«

Um nicht weiter in eine Glaubens-Diskussion verstrickt zu werden, die er mangels Wissens definitiv verloren würde, rappelt er sich schwerfällig auf. Es ist eine Wohltat, endlich wieder zu stehen.

»Ihr seyd fremd, Herr. Und wenn Ihr nicht vom Himmel kommt, so doch von weit, weit her.«

»So ist's«, entgegnet er.

»Wohin führt Euch der Weg?«

Gute Frage!

»Ihr blutet ja. Ich mach Euch einen Kräutersud.«

Ohne Helmuts Reaktion abzuwarten, geht sie voran. Offenbar ist es ihr gleichgültig, ob er ihr folgt oder nicht. Doch wo will er denn hin? Obwohl die Alte mit dem Buckel ihn merkwürdig vorkommt, geht von ihr etwas aus, was ihm vertrauen lässt. Und vielleicht hat sie sogar ein Plätzchen für ihn, wo er sich ausruhen kann.

Im Wald wird es bald düster. Helmut kann keinen Weg ausmachen. Seine Achtung vor dem alten Mütterlein wächst.

»Wer seid Ihr?«, fragt er nach einer Weile, im selben Duktus, der hier üblich erscheint.

»Könnt Ihr es Euch nicht denken?«

»Ich würde sonst nicht fragen …«

Sie bleibt stehen und dreht sich um. »Mein Ruf eilet mir stets voraus, Herr. Habt Ihr denn noch nichts vom alten *holzwīb*[9] gehöret?«

Sie ist sichtlich belustigt.

Haben nicht die Stimmen vorhin auf dem Feld von einem Waldweib gesprochen?

»Ich bin nicht abergläubisch und mir käme nie in den Sinn …«

»Macht Euch keine Gedanken«, unterbricht sie ihn. »Was kann ein altes Kräuterweib schon ausrichten?« Ihr Blick ruht forschend auf Helmut. »Ich sehe Euch Gutgläubigkeit und *sin*[10] an, Herr. Kommt, gehen wir. Bald dunkelt es im Forst.«

Wortlos geht es weiter. An einigen Stellen kniet sich die Alte nieder und rupft einige Kräuter, die sie in einem Tuche wickelt. Auch einige Pilze werden gepflückt. Allein vom frischen Duft bekommt Helmut Appetit.

»Das Mahl wird Euch munden«, sagt sie beiläufig, ohne den Blick zu heben.

»Ihr seid sehr freundlich …«

Den Rest des Weges wechselten sie kein weiteres Wort. Der Wald wird immer dichter und das Tageslicht hat es schwer, das Halbdunkel zu durchbrechen. Von irgendwoher sind leichtfüßige Geräusche zu hören. Ein Specht trommelt wild, ein Kauz ruft. Von alldem bleibt das Waldweib unbeeindruckt. Eindeutig ist diese Gegend ihre Heimat.

Schon bald erreichen sie ein dichtes Waldstück. Wer sich hierher verirrt, wird den Wald wahrscheinlich nie mehr verlassen. Helmut zieht ein Schauer über den Rücken.

Gezielt schlägt die Alte eine Richtung ein, die unweigerlich in

---

[9] Waldweib, Holzweib
[10] Vernunft, Sinn

eine Sackgasse führen wird. Erst denkt Helmut noch, sie hätte etwas gesehen, was sich lohnt, mitzunehmen. Weit gefehlt. Sie greift in einen aufgetürmten Reisig-Haufen und drückt ihn beiseite. Helmut staunt. Beim Näherkommen fällt ihm ein einfaches Gestell, ähnlich eines Lattenzaunes auf, das mit ausgedörrten Ästen und Zweigen getarnt ist.

Nachdem Helmut den Eingang passiert hat, verschließt die Alte ihn wieder sorgfältig.

»Ängstigt Euch nicht. Bis hierher hat sich noch keiner vorgewagt. Nur die Wölfe.«

›Wölfe? Seit wann gibt es denn hier wieder Wölfe?‹

»Dieser Wall hält die Biester fern.«

Langsam dämmert es Helmut nach. Weitab seiner Welt ist er in einer anderen geraten, die es offensichtlich noch gibt. Von Zivilisation hat die Alte sicherlich noch nichts gehört. Ihm schwant Übles! Wenn er sich doch erinnern könnte …

Während das alte Weib die mitgebrachten Kräuter und Pilze zubereitet, denkt Helmut. Die Erkenntnis, die den fatalen Sturz auslöste, will er durchleuchten. Zuviel liegt noch im Verborgenen. Seitdem geistert ihm ein Begriff durch den Kopf: Abgase! Wie kommt er darauf? Will ihm dieser Begriff etwas weitaus Wichtigeres sagen? Was könnte wichtiger sein, als die Wahrheit?

Essengerüche wehen zu Helmut herüber. Erst jetzt schaut er sich genauer um. Seine Augen haben sich langsam an das Zwielicht gewöhnt. Was vorher noch Schatten waren, entpuppt sich nach und nach als eine Hütte. Den Eingang verdeckt ein schwerer Stofffetzen, wohl um lästige Fliegen abzuhalten. Helmut tritt ein. Der Geruch wird stärker, nimmt ihn fast den Atem – so viele Gewürze, Kräuter, Wurzeln und andere Pflanzen hängen an den Wänden oder liegen lose herum.

Die Hütte umfasst einen Raum, der für eine Person alles bietet. Eine Sitzmöglichkeit, ein Tisch, ein Schlaflager. In der Mitte – gegenüber dem Eingang –, gibt es eine mit Steinen ausgelegte Kuhle, in der die Alte Feuer entfacht hat. Inmitten der Glut steht ein Kessel.

Die Flammen spenden Wärme und Licht gleichzeitig. Helmut geht näher heran. Im Kessel liegen gleichmäßig geschnittene Pilzstücke, die in der Hitze schmoren. Der aufsteigende Wasserdampf ist angereichert mit dem Duft des Waldes.

Neben dem großen Kessel steht weiter hinten eine kleine Pfanne. In ihr köchelt Wasser, auf dessen Oberfläche einige kleingezupfte Kräutergräser schwimmen. Helmut riecht auch daran und hustet.

Die Alte lacht. »Der Sud wird Eure Blessuren heilen. Über Nacht aufgetragen, spürt Ihr morgen kaum noch etwas.«

Helmut verzieht das Gesicht, sagt aber nichts.

»Setzt Euch zur Ruhe, Gevatter. Ich wecke Euch, wenn's Mahl fertig gegart ist.«

Gern nimmt er das Angebot an und setzt sich auf das bereitete Lager. Die plötzliche Müdigkeit ist vermutlich nicht nur seinem Abenteuer geschuldet, sondern auch der anheimelnden Gerüche. Nach einigen Atemzügen schläft er ein.

Für einen eingefleischten Stadtmenschen sind Geräusche natürlicher Art nicht immer suspekt. Fehlender Straßenlärm geht gar nicht, schließlich pulsiert ja die Stadt. Dorfmenschen hingegen lieben die Stille und vermissen auch die ganze Hektik nicht. Helmut gehört eher zu den Menschen, die zwar die Ruhe mögen, aber trotzdem kurze Wege bevorzugen. Diesbezüglich ist er ein kompromissbereiter Mensch. Ganz ohne Straßenlärm jedoch geht es in seinem Wohngebiet auch nicht.

Im Moment irritiert ihn die Stille. Ungewöhnlich empfindet er das permanente Knacken und Quietschen der Bäume. Die Geräuschkulisse ist ungewöhnlich. Er erhebt sich und steht auf. Wo ist das Kräuterweib? In der Hütte ist es stockdunkel. Nur die restliche Glut wirft ihren matten Schein, dass eher an bewegungslose Glühwürmchen erinnert. Helmut lächelt verschlafen. Glühwürmchen. Hat er die überhaupt schon Mal in natura gesehen?

Noch in Gedanken wird ihm klar, dass wieder eine kleine Erinnerung der Vergessenheit entrissen wurde. Er ist zuversichtlich, recht bald wieder sein Gedächtnis in altehrwürdiger Form benutzen zu können.

Guten Mutes setzt er einen Schritt. Die Hütte besitzt keine Dielen, es ist alles naturbelassen, somit knarrt auch nichts. Nur ein leises Knirschen ist zu hören, wenn etwa Schuhsohlen auf kleine Steine treten.

Ohne jegliches Licht ist es schwierig, in einer fremden Umgebung etwas zu finden. Wäre es da nicht besser, den Morgen abzuwarten? Er lauscht in die Nacht. Irgendwo muss doch das Kräuterweib sein! Er kennt niemanden, der nicht während des Schlafes Geräusche von sich gibt. Nichts zu hören.

Nach einem weiteren Schritt ächzt das Holz der Hütte. Eindeutig stehen die Bretterwände unter Spannung. Auch quietscht es wieder, als reiben zwei Stämme aneinander. Alles vermittelt einen schaurigen Eindruck.

Er traut der zusammengezimmerten Bretterbude nicht. Jetzt, da er ausgeschlafen ist, und auch kaum Schmerzen hat, drängt es ihn nach draußen. Doch wo ist der Eingang? Wie gesagt, es ist stockfinster – bis auf den Schein der abkühlenden Glut.

Wenn er diese als Anhaltspunkt nimmt und sich recht besinnt, liegt die Tür genau in deren Flucht. Vorsichtig setzt er die Füße und unter höchster Anspannung gelingt ihm, den als Sichtschutz angebrachten groben Stoff zu erreichen. Draußen holt er als erstes tief Luft. Mit der Zeit vernebeln all die Kräuter in der Gesamtheit nicht nur den Geruchssinn. Hier unter fast freien Himmel kann er endlich durchatmen.

Auch außerhalb der Kräuter-Hütte sieht man die Hand vor Augen nicht. Der Wald ist gesund und steht voll im Saft. Einige der Bäume werden in hundert Jahren noch stehen, vielleicht noch länger. Gesunde Bäume strotzen vor Kraft; kein Wunder also, dass sie austreiben.

Ein Uhu ruft. Gleich darauf gleitet etwas durch die Luft. Es raschelt. Dann prallt etwas auf den Waldboden. Flügel schlagen. Ja, ein gesunder Wald lebt …

Nächtliche Waldgeräusche überfordern leicht menschliches Verständnis. Es fällt schwer sie richtig zuzuordnen, vor allem, wenn Basiswissen fehlt. Überall knistert es im Dunklen. Vielleicht huscht ein Tier über den trockenen Boden; entweder auf der Flucht oder im Jagdfieber. Kleingetier soll es im Wald ja zuhauf geben, auch wenn man sich das nicht vorstellen mag.

Ein Knarzen erschrickt Helmut. Seine Nerven sind angespannt. Er fühlt sich allein gelassen und hilflos ausgeliefert. Schon bekommt Helmuts Fantasie Flügel. Er sieht sich umzingelt, von alles verschlingen wollenden Monstern. Fliehen könnte er noch nicht einmal, denn er ist so gut wie nachtblind.

»Ihr seyd wach, Gevatter?« Die Stimme kommt aus dem Nichts und unvorhergesehen. »Gebt Obacht vorm schwarzen *trugitinfal*[11].«

Es ist die Greisin.

»Jetzt habt Ihr mir aber reinen Schrecken eingejagt …«

Das einsetzende Lachen ist schwer zu deuten.

»Euer Schalk gefällt mir«, erwidert das Kräuterweib.

»Habt Ihr nicht geschlafen?«

»Ein altes *wîb* braucht nicht viel Schlaf. Dafür ist später *zît*.«

Helmut stiert in die Nacht. Nur sehr schwach sind Konturen auszumachen. Alles geht nahtlos ineinander über.

»Ihr werdet *hungar*[12] haben. Kommt näher, Herr und langt zu.«

Behutsam geht er in Richtung, aus der die Stimme kommt. Es gestaltet sich schwer, nicht irgendwo dagegen zu treten oder zu stürzen. Doch nach einigen zaghaften Schritten wird er sicherer. Hinter dem Holzverschlag ist ein matter Schein zu erkennen, und je näher er kommt, desto mehr kann er sehen.

---

[11] Betrügerischer Dämon
[12] Hunger

Das Kräuterweib sitzt auf einem querliegenden Baumstamm, mit dem Rücken an die Hinterwand der Hütte gelehnt. Vor ihr steht die Pfanne mit einem dickflüssigen, stark riechenden Brei. Daneben die gegarten Pilzstücke und ein Brotlaib.

»Greift zu«, fordert sie Helmut mit freundlicher Geste auf.

Neben ihr ist genügend Platz; er setzt sich. Der Schein rührt von einer kleinen, halb nieder gebrannten Kerze.

Helmut hat tatsächlich Hunger.

Das Essen ist fast kalt, schmeckt dennoch vorzüglich. Auch der abgerissenen Brotkrumen ist schmackhaft und sättigt. Zwischendurch tunkt er ein Stück Brot in den Sud, der sich auf den Teller sammelt.

Während Helmut seinen Hunger stillt, versinkt die Alte in ihren Gedanken. Ihre ausstrahlende Gelassenheit schlägt auf ihn über, der ebenso still und ruhig wird. Ist das die wohlgerühmte Leichtigkeit des Lebens?

Wer keine großartigen Ansprüche stellt, kann es so aushalten. Aber kann das alles sein, was erstrebenswert ist? Was macht das Wesentliche aus, dass es sich lohnt, dieses zu erlangen und zu erhalten?

Wieder knackt es, diesmal recht nahe am Wall. In der nächsten Sekunde erlischt die Kerze; die Alte hat sie ausgeblasen. Sie lauschen.

Jemand macht sich am Gestrüpp zu schaffen. Ist es ein Tier? Vielleicht ein Wolf? Gänsehaut überzieht Helmuts Körper, und er wird unruhig. Er kann die Gefahr spüren, die plötzlich nicht nur das Kräuterweib bedroht.

Sein Instinkt rät ihn, sich still zu verhalten. Die Alte steht auf und schleicht mit unerwarteter Gewandtheit zurück zum Hütteneingang. Die karge Behausung ist ihr ganzer Besitz. Aber was hat sie vor?

Helmut kann nicht untätig sitzen bleiben und einfach abwarten. Das Weib benötigt seine Hilfe. Was immer in der Nacht lauert, er muss ihr beistehen; das ist er der Alten schuldig.

Vorsichtig steht er auf. Jedes Geräusch weitestgehend vermeidend, schleicht er bis zur Ecke der Hütte. Hier wartet er ab. Obwohl sein Gehör nicht so fein ist, wie das der Alten, glaubt er so etwas wie Schritte und auch ein Flüstern zu hören. Er hält den Atem an. Ja, es ist ein Flüstern. Menschen! Innerlich sich auf alles einstellend, harrt er weiter regungslos aus.

Nicht lange, und das Tor im Wall wird geöffnet. Da kennt sich aber jemand gut aus! Entweder derjenige kennt sich aus, oder – was bedrohlicher wiegt – das Kräuterweib wurde beobachtet.

Um nicht frühzeitig entdeckt zu werden, kniet er sich nieder, presst sich so gut es geht gegen die Bretter. Der Boden ist feucht, ebenfalls der untere Teil der, bis auf den Boden ragenden, Bretter. Der Geruch von Fäulnis und Schimmel steigt ihn in die Nase.

Mindestens zwei Personen betreten das Terrain. Helmut beschleicht der Verdacht, dass es die beiden vom Feld sind. Zwar hat er sie nicht gesehen, aber die Art, wie sie miteinander sprechen, deutet darauf hin. Noch kann er keinen anhand einer bewegenden Kontur ausmachen. Aber er fühlt ihr Näherkommen. Angespannt wartet er ab.

»Du meinst, das *wīb* ist allein?«, fragt einer flüsternd.

Der andere zischt warnend.

»Klar«, raunt der andere zurück. »Wer gibt sich schon mit einer Gotteslästerin ab …«

Es wird wieder still. Nur kaum vernehmbare Trittgeräusche stören die Ruhe.

»Hast du alles dabei?«

»Ja doch!«, flüstert der Zweite verärgert. »Also, wie geplant …«

Das Stofftuch am Eingang wird beiseitegeschoben und die beiden Eindringlinge schlüpfen hinein.

Helmut kann von seiner Position aus nichts sehen. Vorsichtshalber erhebt er sich, um schnell eingreifen zu können, wenn's nötig ist. Aber nichts geschieht. Er horcht, späht um die Ecke. Die Anspannung ist kaum auszuhalten. Plötzlich vernimmt er hart auftretende Schritte. Der Stoff wird aus der Halterung gerissen, fliegt achtlos zu Boden. An einem Luftzug merkt er, dass jemand eilig davonrennt. Dann ist der Spuk vorbei.

Jählings erklingt ein Schreckensschrei, gefolgt von Gejammer und Himmelsanrufungen. Helmut sprintet um die Ecke. Ein zuckernder Lichtschein erhellt das vom Schrecken verzerrte Gesicht der Alten. Mit einem Satz ist er bei ihr, folgt ihrem Blick. Feuer! Die Zwei haben die Hütte in Brand gesetzt, die wie Zunder brennt.

Hilflos schreit das Kräuterweib, wird doch ihr gesamtes Hab und Gut vernichtet. Sie will hinein, wenigstens noch etwas retten. Helmut jedoch hält sie zurück, denn die Flammen schlagen bereits aus dem Dach.

Unerträgliche Hitze schlägt ihnen entgegen. Die wimmernde Alte bittet und bettelt, doch hineingehen zu dürfen. In dem Augenblick stürzt das Dach ein. Helmut weicht einen Schritt zurück. Funken fliegen, schweben glühend herab. Dort, was einmal eine Behausung war, gibt es eine Verpuffung – vermutlich ausgelöst von der Unzahl der gesammelten Kräuter. Eine Wolke glühenden Funkenregens prasselt hernieder, übergießt den Wall an der Stelle, an dem dieser der Behausung am nächsten steht. Sofort schlagen – begünstigt durch die enorme Brandhitze – Flammen empor. Im Nu brennt der gesamte, einst in Schwerstarbeit errichtete Reisig-Wall.

Sie sind vom Feuer eingekesselt. Meterhohe Flammen nagen an den Bäumen, die zischend und krachend den Kampf verlieren. Krachend springt deren Rinde ab. Helmut erkennt, dass sie gegen die Feuersbrunst chancenlos sind.

Die Alte starrt fassungslos, mit tränenbenetzten Wangen auf ihr vernichtetes Zuhause. Alles was sie je besessen hat wird auf einen Schlag vernichtet. Sekundenschnell wird ihr Lebensinhalt ausgelöscht, und existenziell ruiniert.

Angst ist ein schlechter Ratgeber, dass weiß Helmut. Aber sie ergreift ihn. Um ihn herum ist überall nur Feuer, dessen züngelnde, gierigen Flammen alles fressen!

Panisch rennt Helmut im Kreis, hält Ausschau nach einem

Fluchtweg, um dem Inferno zu entrinnen. Aber die Flammen schlagen so hoch, dass eine Flucht unmöglich geworden ist. Sie sitzen in der Falle …

Helmut denkt verzweifelt nach. Und kommt zu einem folgenschweren Entschluss.

Entschlossen packt er die Alte.

»Halt dich fest, *wīb*!«, schreit er ihr durchs lautstarke Geprassel der Feuerhölle zu.

Ihre leeren Augen sehen durch Helmut hindurch.

Heftig schüttelt er sie.

»Hörst du! Schling die Arme um meinen Hals!«

Da sie nicht reagiert, dreht er der Alten den Rücken zu, fasst ihre Arme und legt sie sich um den Hals.

»Festhalten!«

Als er eine ruckartige Bewegung macht, krallt die Alte sich fest.

Helmut beugt sich weiter vor. Ja, er kann das entstehende Luftpolster spüren. Jetzt gilt es!

Mit einem Satz und kräftigen Zügen mit den Armen, steigt er in die Luft. Um den Flammen zu entgehen, zieht er kleine Kreise. Aber die Dynamik des Feuers ist unberechenbar. Es kostet unsagbare Anstrengungen, um nicht doch noch geröstet zu werden. Mehr als einmal entgeht er geradeso den hochschlagenden Flammen. Die leichten Verbrennungen an den Armen und im Gesicht ignoriert er im Augenblick.

Bis die Gefahr gebannt ist, vergehen endlose Minuten. Zwar sind sie dem Feuertod entkommen, doch ein weiteres Problem tut sich auf …

10.

Weithin ist die lodernde Feuersäule zu sehen. Wie ein Leuchtturm weist sie Helmut die Richtung, nur in die Entgegengesetzte. Mit der Alten auf dem Rücken, benötigt er viel mehr Kraft, um die Höhe zu halten. Wäre er nicht durch den gestrigen Sturz angeschlagen, würde es ihn wahrscheinlich nicht so schwerfallen.

Wenigstens ist Vollmond und der Himmel kaum bedeckt. Das erleichtert es ungemein, sich orientieren. Unten zieht der Wald dahin. Das ständige auf und ab der Flugbahn ist anstrengend, zudem er nicht sicher ist, wie lang das Kräuterweib durchhält. Bisher ist sie tapfer. Doch wer weiß schon, wann der Schockmoment nachlässt und sie registriert, was gerade passiert? Schon jetzt umklammert sie krampfhaft seinen Hals.

Die Alte hat viel für ihn getan; vielmehr, als er erwarten durfte. Dafür will er sich erkenntlich zeigen, sich revanchieren. Das glaubt er, ihr schuldig zu sein.

Eine Wolke verdeckt den Mond. Diese zusätzliche Erschwernis veranlasst Helmut, noch mehr die Augen aufzureißen. Jedes ungesehene Hindernis bedeutet schlichtweg Lebensgefahr.

Nach einiger Zeit ist die Wolke weggezogen. Dunkle Flecken am Boden bedeuten nicht zwangsläufig, dass er dort gefahrlos landen kann. Er ist vorsichtig geworden. Eigene Erfahrungen wiegen eben schwer.

Es wird Zeit, runter zu gehen. Leider scheint der Wald in diese Richtung kein Ende zu nehmen. Mangels Lichts ist es selbstzerstörerisch, Hals über Kopf und auf Teufel komm raus ein waghalsiges Manöver einzugehen. Schon jetzt muss er mit seiner Kraft haushalten.

Zufällig sieht er linker Hand einen See. Glatt liegt die Wasseroberfläche und widerspiegelt mystisch das Mondlicht. Kurzentschlossen steuert Helmut ihn an. Gefühlvoll beginnt der Sinkflug. Diesmal wird ihm nichts ablenken. Aus den einen Fehler hat er gelernt.

Vom See her weht ein kühler Wind. Das Gewässer ist unvermutet groß. Er beschließt, über dem Wasser soweit runter zu gehen, bis er das Ufer erreicht. Da er schwimmen kann, glaubt er, das Risiko dadurch zu minimieren, erneut eine Bruchlandung hinzulegen.

Langsam macht es Spaß, im Gleitflug die Distanz zum Boden zu verringern. Bisher geht alles gut. Fast vergisst er seine Passagierin. Da packt die Alte unvermutet fester zu. Ihm bleibt die Luft weg.

»He, pass doch auf!«, presst Helmut heraus, was die Atemnot kurzzeitig verstärkt.

Ihr Griff lockert sich nicht. Nur ein gequältes Stöhnen neben seinem Ohr verrät ihre Reaktion. Mit einer Hand versucht er, den Druck vom Kehlkopf zu nehmen, was zu Lasten des Flugverlaufs geht. Gleichzeitig verlieren sie mindestens zwei Meter an Höhe.

Helmut flucht. Bis zum Ufer ist es noch weit. War es doch keine so gute Idee? Er wird wütend. Der Schock der Alten hält an. Wenigstens hält sie dadurch still. Jeder freie Atemzug ist ein Segen. Helmut navigiert jetzt einhändig – ungewohnt, aber es funktioniert. Indes kommt die Wasseroberfläche verdammt nahe. Tagsüber könnte er den Abstand mit Sicherheit besser abschätzen. Jetzt aber, bei Nacht und reflektierendem Gegenlicht, ist es schwierig – vielleicht sogar unmöglich.

Am Horizont scheint ein feiner Silberstreif. Bald wird die Sonne aufgehen, aber solang kann er nicht warten. Einhändig zu fliegen erfordert volle Konzentration. Der Flug ist unstet und anfällig. Ein kleiner Fehler kann den Absturz bedeuten.

Wieder stöhnt die Alte, der die Lage zu unbequem ist und zu lang andauert. Etwas in ihrem Bewusstsein scheint ihr die Gefahr, in der sie schwebt, zu verdeutlichen.

Das rettende Ufer kommt näher. Helmut lässt sich zu einem frohlockenden Schrei hinreißen. Gleich ist es geschafft!

Bis zur Wasseroberfläche mögen es drei Meter sein. Angesichts des herannahenden Zieles nimmt er die Hand von den Armen des Kräuterweibs, um den Anflug zu beschleunigen. Ein, zwei Minuten noch, dann ist der Spuk vorbei.

Bertrâdis, so der Name des Kräuterweibes, ist seit Ausbruch des Feuers in eine Schockstarre gefangen. Ihr Allerheiligstes Gut ist vernichtet worden. Alle Mühe ist vergebens gewesen. Keine Unterkunft zu haben ist schrecklich. Niemand wird das alte Weib aufnehmen. Sie haben Angst vor ihr; Angst vor ihren Künsten, Leid zu mindern, Leben zu retten. Was das Pack nicht begreift, verdammt es.

Allmählich kehren Bertrâdis' Sinne in die Gegenwart zurück, erwachen aus dem Delirium und verlassen die geistige Starre. Was sie aber jetzt wahrnimmt, übersteigt ihre Vorstellungskraft. Noch immer sich im Wald wähnend, muss sie feststellen, dass sie im Irgendwo ist. Kein fester Boden trägt sie. Hat sie nun doch der Teufel geholt?

Tiefgläubig, erfasst Bertrâdis das Grauen. Entsetzt wagt sie sich nicht zu bewegen. Intuitiv hält sie fest, was ihr seelischen Halt suggeriert. Die Welt ist plötzlich weniger starr, als sie es noch vor den Flammen war. Jede unbedachte Bewegung scheint den Untergrund gefährlich ins Wanken zu bringen. Bis jetzt wagte es Bertrâdis nicht, die Augen zu öffnen. Doch nun hält sie die Ungewissheit nicht länger aus. Zaghaft blinzelt sie.

Das Mondlicht widerspiegelnde Wasser versetzt ihr einen weiteren Schrecken. Silbern tänzeln die Wellen dahin; verbreiten eine ungemeine, sie ängstigende Unruhe. Nie war sie einem Teich so nah. Des Schwimmens nicht mächtig, nutzt Bertrâdis derartige Gewässer höchstens um ehernen Durst zu bändigen.

Gottes Prüfung verlangt ihr viel ab. Ist er unzufrieden? Machte sie etwas falsch?

Der Boden gibt nach. Vor Schreck entfährt ihr ein grausiger Schrei. Will denn die Prüfung nie enden? Gott reagiert prompt, lässt aufgrund ihres Ausrufs gleich wieder den Boden schwanken. Das Herz will dem Weibe stehenbleiben. Die Furcht nimmt zu.

Am Ufer erscheint eine grasige Anhöhe. Dort scheint ein geeigneter Platz zu sein. Helmuts schwindende Kraft, ständig auszubalancieren, fordert Tribut. Die letzten Meter geht er enthusiastisch an. Achtet weniger auf die Alte. Zieht sich, alle Anstrengung in die Arme gebend, durch die tragende Luft. Leise zählt er die Armzüge, stößt kräftig mit den Beinen.

Schneller als vermutet kommt der angepeilte Abhang näher. Er hält sich bereit. Einen Fuß setzt er ab. Dann unterbricht ein Ruck das tragende Luftpolster. Aus einem Meter Höhe geht es urplötzlich runter. Kaum Boden unter den Füßen, läuft er noch ein Stück, um nicht abrupt hinzufallen.

Erschöpft und völlig außer Atem, aber unendlich glücklich, geht er in die Knie. Das scheinbar Unmögliche ist geschafft.

Das Kräuterweib umklammert seinen Hals nicht minder krampfhaft. Er muss seinerseits alle Kraft aufwenden, um ihre Arme zu lösen. Dann legt er sie sanft auf den Boden. Jetzt kann er aufatmen. Den Flammen entkommen, hat endlich, weitab die Flucht ein Ende gefunden.

Ein neuer Tag erwacht. Aufgeregt singen Vögel. Im Wasser springen vereinzelt Fische. Helmut liegt rücklings auf der Wiese, sieht verträumt in den Himmel. Etwas abseits rührt sich das Kräuterweib. Sie keucht. Die Alte kann nicht verstehen, was passiert ist. Und eine neue, völlig gegenteilige Umgebung zum geliebten Wald, verschärft ihren Schock.

Ihre Lippen verlässt ein derber Fluch.

Helmut schenkt der Alten weiter keine Aufmerksamkeit. Er genießt den guten Ausgang des Abenteuers. Ein wenig Stolz auf das Geleistete ist da schon. Leben rettet man nicht alle Tage. Ob der Brand noch wütet?

Er setzt sich auf. Weit entfernt hängt eine tiefhängende, schwarze Wolke über den Bäumen, deren Saft den Flammen Einhalt geboten haben.

»Seid Ihr des Teufels, Narr!?«

Das alte Weib hat Helmut als den Übeltäter ihrer jetzigen Situation ausgemacht, und giftet gegen ihren Retter.

»Was regst du dich auf?« Helmut ist verwirrt. »Ich habe dich gerettet …«

»Errettet?«, schreit sie wie eine Furie. »Der Teufel seyd Ihr! Leibhaftiger!« Verachtend spuckt sie vor ihm aus.

»Du wärest verbrannt, Alte. Eine andere Möglichkeit herauszukommen gab es nicht.«

»Gott allein entscheidet, wer lebet! Euer niederträchtiges Tun werdet Ihr in der Hölle noch bereuen! Dort werdet Ihr schmoren!«

Ihm reicht es. Er kann es sich nicht gefallen lassen, dass so mit ihm umgesprungen wird. Außerdem hat er ein reines Gewissen.

»Hör mal, altes borstiges Mütterlein. Wer zündete deine Hütte an? Ich ganz bestimmt nicht …«

Vor Bertrâdis' Mund schäumt es.

»Ihr stehet mit dem Bösen im Bunde!«, zischt sie mit hasserfüllten Blick. »Waget nicht mir zu heucheln!«

Der gescholtene Helmut hebt beide Arme. *Lass sie reden*, denkt er leichthin. Seltsam, wie leicht es ihm fällt, im hiesig gebräuchlichen Slang zu sprechen. Anfangs bereitete es Mühe, aber mittlerweile beherrscht er ihn wie seine Muttersprache.

Da fällt Helmut etwas Merkwürdiges ein. »Sag mal, Alte. Warum gingst du eigentlich in die Hütte, bevor sie gekommen sind? Sie hätten dich sehen müssen …«

Bertrâdis kocht. Ihr Gesicht ist rot vor Wut. »Das geht Euch nichts an, *tinfal* …«

Hat er etwa einen wunden Punkt getroffen?

»Nenn mich nicht Teufel, Alte!«

Bedrohlich langsam geht er ein Stück auf sie zu. Schreiend und sichtlich verängstigt weicht sie ebenso weit zurück.

»Und jetzt beruhige dich! Genug der Aufregung.«

Blass schaut Bertrâdis ihm nach, als er sich in respektvoller

Entfernung wieder niederlässt. Der Fremde ist ihr nicht geheuer. Bei der Seele ihrer Vorfahren, aber noch nie vorher hatte sie jemals vor einem Menschen solche Angst …

Ein von einem Ochsen gezogener Stellwagen fährt unweit des Sees auf einen ausgefahrenen Pfad vorbei. Dem Kutscher wäre im Leben nicht eingefallen, hier eine kurze Rast einzulegen. Doch das unüberhörbares Gebrüll des alten Kräuterweibs ändert seinen Plan. Die Ladung Holz ist geliefert und er hat Zeit. Morgen erst geht es wieder in den Wald, wo er neues Holz schlagen wird.

Der Waldarbeiter steigt ab. Durch das ständige Schaukeln des Wagens spürt er sämtliche Knochen. Er ist die ganze Nacht unterwegs gewesen. Zwei Tage pro Woche gehen dadurch verloren. Würde er nicht durchfahren, dann fehlt leicht ein weiterer.

Im Moment ist alles ruhig. Dieses Gewässer ist ihm nicht geheuer. Man erzählt, dass von diesem Ort viele nicht wiederkehren. Er sei verhext. Im Dorf gehen unzählige Gerüchte um. Dazu passt dieses Geschrei. Hat der See sein nächstes Opfer geholt?

Während der Mann Unverständliches vor sich hin brabbelt, grast der genügsame Ochse friedlich. Er tätschelt das Tier und wendet sich dem Erdhügel zu, hinter dem das Ufer liegt. Zu sehen und hören ist im Moment nichts, aber was heißt das schon. Von Neugier getrieben überwindet er rasch die leicht ansteigende Anhöhe.

Bereits auf halbem Weg bemerkt er eine gebückt gehende Gestalt. Ihr Gang ist holprig hinkend. Sieht nach einem alten Weib aus. Vorsichtig geht er weiter. Da sie ihm den Rücken zuwendet, bleibt er unbemerkt.

Nichts deutet daraufhin, was das Geschrei von vorhin rechtfertigt. Da er sich überzeugt hat, hält ihn nichts länger in dieser verfluchten Gegend. Der Waldmann geht wieder zum Wagen zurück.

Die Unterbrechung nutzt er, um sich zu erleichtern. Das Geruckel und Gezuckel drückt anständig auf die Blase. Oh – wie gut das tut …

Helmut lässt die Alte links liegen und hat inzwischen eine beachtliche Distanz geschaffen. Er mag diesen See. Am liebsten würde er hineinspringen und einige Runden schwimmen. Die Erfrischung könnte er jetzt gut gebrauchen. Er fühlt sich schmutzig. Überall hat er Ruß an der Kleidung. Eine günstigere Gelegenheit wird es so schnell nicht wiedergeben.

Hemd und Hose sind schnell abgelegt. Beides taucht er ins Wasser, lässt es einweichen. Dann rubbelt er den Stoff gegeneinander, wringt ihn aus, rubbelt wieder. Er wiederholt die Prozedur, bis nur noch ein matter Rand die Flecken verrät. Besser bekommt er es jetzt nicht hin.

Fein säuberlich legt er die Klamotten auf die Wiese. Da es früh am Morgen ist, wird es eine Zeitlang dauern, bis sie trocknen. In Slip und Socken watet Helmut oberschenkeltief durch den schlammigen Untergrund. Das Wasser ist eiskalt. Er holt tief Luft und taucht den Körper fast vollständig unter. Er prustet und japst. *Man ist das kalt!*

Einige Schwimmzüge später erreicht er tieferes Wasser. Wie sich doch die Stile gleichen! Genauso hält er sich in der Luft. Helmut lacht und fühlt sich rundum wohl. Da stört auch nicht die schlechte Laune der Alten. Soll sie doch bleiben wo der Pfeffer wächst! Sie wird schon merken, was sie davon hat …

Er taucht unter. Das Wasser ist klar und sauber. Bis auf die obenauf treibenden toten Mücken und Fliegen. Genüsslich zieht er seine Bahnen. Daran könnte er sich gewöhnen. Wahrlich – weshalb geht er so selten baden? Eine einfache Frage, die so leicht keine Antwort finden wird.

Er spürt, wie der Kreislauf in Schwung kommt. Immer wieder taucht er, jedes Mal etwas tiefer und länger. Wenn er dann wie ein Walross auftaucht, prustet er übermütig.

Nichts wie weg! Der Waldmann sitzt bereits auf dem Bock und schnalzt. Schwerfällig setzt der Ochse sich gemütlich in Bewegung. Ratternd rollt das Fuhrwerk an.

»Haltet ein!«, ruft eine Stimme.

An fast gleicher Stelle, an der er eben gestanden hat, steht jetzt die Alte.

»Wollt Ihr ein altes Mütterlein allein lassen?«

»Ich hab's eilig. Das Holz schlägt sich nicht von selbst.«

»Nehmt mich ein Stück des Wegs mit, Herr«, fleht sie.

»So eilt«, gibt er nach. » Mir gefällt's hier nicht.«

Das Kräuterweib gehorcht.

»Ihr seyd ein wahrer Freund«, ruft sie. »Dieser Ort ist auch mir ungeheuerlich.«

»Was suchet Ihr dann hier, in dieser Einöd?«

»Ich ward hergebracht gegen meinen Willen. Ihr seyd mein Retter in größter Not.«

Der Waldmann nickt.

»So kommt endlich. Lassen wir diesen Ort hinter uns.«

Trotz ihres Alters steigt sie behände auf und nimmt Platz.

»Der Himmel wird's Euch lohnen …«

Es ist kühl. Helmut friert wie ein Neugeborenes. Er bereut das genommene morgendliche Bad. Ohne Feuer kann er sich schlecht wärmen und die Kleidung ist triefend nass. Das laue Lüftchen macht es noch unangenehmer. Aber er ist sauber. Ein gutes Gefühl.

Rasch zieht er die nassen Socken aus und schlüpft barfüßig in die Schuhe. Ein wenig herumlaufen wird ihn am ehesten wärmen. Bald geht er schneller, bevor er in einen Dauerlauf überwechselt. Nicht lang und ihm wird wärmer. Ehe Helmut es sich versieht, erreicht er das andere Ende des Sees.

Außer Atem wird er langsamer, bis er stehen bleibt. Hinter einem Bogen geht ein Pfad in den anschließenden Wald, aus dem sie des nachts geflüchtet sind. Helmut befällt ein komisches Gefühl, gleichzusetzen mit banaler Angst. Die Typen, die das Feuer legten, können immer noch da drin sein. Wie hoch ist die Wahrscheinlichkeit, dass die gerade dann herauskommen, wenn er hier steht?

Er macht auf der Stelle kehrt und rennt, die aufgehende Sonne im Gesicht, zurück. Der Tag verspricht wettertechnisch ein schöner zu werden. Allmählich verdunstet der allmorgendliche Nebel.

Bis Helmut seine Sachen erreicht, vergeht eine Weile. Mit leeren Magen ist ein Lauf zu früher Stunde kein Zuckerschlecken. Und auch der fehlende Schlaf sowie die ungewohnte Anstrengung machen sich bemerkbar. Er wird ein kleines Schläfchen machen und sich anschließend ums Frühstück kümmern – oder andersherum?

Das mit dem Frühstück wird vielleicht schwierig werden, da wäre es besser, ausgeruht zu sein. Andererseits mit leeren Magen hungrig nach Essen Ausschau zu halten, kann zermürben.

Wie gedacht sind Hemd und Hose noch nass. Kein Wunder, sie liegen ja auch im Schatten und die Wiese ist feucht von der Nacht. Kurzerhand zieht er sie an. Man weiß nie, was kommt. Und wenn das Kräuterweib komische Anstalten macht, dann ist er jederzeit bereit, zu verschwinden.

Wo ist die Alte eigentlich? Nirgends zu sehen! Heckt sie etwas aus? Zuzutrauen ist es ihr, so wie sie drauf gewesen ist.

Urplötzlich ist es Essig mit der Ruhe. Also doch erstmal was für den Magen organisieren! Doch wo? Vom Wald hat er erst einmal die Nase gestrichen voll. Fisch? Mit der Hand fangen? Das fällt wohl flach. Einen Laden wird es auch nicht geben, der leckere Brötchen hat. Ihm läuft das Wasser im Mund zusammen. Frische belegte Brötchen – hm.

»Dann mal los!«

11.

Im Nachhinein bekommt Helmut ein schlechtes Gewissen. Er hätte nach ihr suchen sollen. Wie schnell ihr etwas passieren konnte, hat er selbst erlebt. Was sind das für Leute, die einer armen Frau so zusetzen?

Er ist einige Stunden unterwegs. Die Sonne klettert unaufhaltsam höher. Bald wird es Mittag sein und er hat noch immer nichts gegessen. Helmuts Magen ist flau. Das hat er sich anders vorgestellt. Um nicht aufzufallen, geht er und verzichtet aufs fliegen. Ist auch besser, wie er findet, denn er kann nicht ausschließen, erneut eine Bruchlandung hinzulegen. Mit nagendem Hunger ist Fliegen wirklich keine sonderlich gute Idee.

Immer öfter sucht er Schatten spendende Bereiche auf. Die Kleidung ist längst getrocknet, und die Hitze setzt ihm zu. Ein Sonnenanbeter ist er nie gewesen. Im Grunde genommen hat er gemäßigte Temperaturen lieber. Im Moment geht allerdings kein Lüftchen, was auch an der Typographie dieses Landstrichs liegen kann.

Er durchwandert eine Talsenke, geflankt durch hohe Bäume, die den Wind abhalten. Eigentlich schlendert Helmut mehr, denn außer Wiesen und einige verwilderte Felder hat er nichts Erwähnenswertes gesehen. Ziellos irrt er umher. Er fühlt sich zurückversetzt in seine Schulzeit. Auch wenn es an dementsprechende Erinnerungen mangelt, sagt ihm etwas, ähnliches bereits erlebt zu haben.

Um gegen den Hunger etwas zu unternehmen, reißt er einen Grashalm aus, um darauf herum zu kauen. Manche sind einfach nur bitter und ungenießbar. Dann erwischt er einen spärlichen Getreidehalm. In der Ähre findet er ein paar kleine Körner, die gar nicht mal so übel schmecken. Außer natürlich die Grünen, die so hart sind, dass er sich daran die Zähne fast ausbeißt. Deshalb beginnt er, vorher die Körner zu begutachten, ehe er sie sich in den Mund steckt.

So vergeht die Zeit.

Die Landschaft ist wild und unbewohnt, nirgends eine Menschenseele.

Gegen Mittag – das leitet Helmut vom Stand der Sonne ab – endlich ein Hinweis auf eine bewohnte Gegend. Ein Trampelpfad. Endlich! Motiviert folgt er ihn; irgendwann muss er auf jemanden stoßen.

Der ausgetretene, vielbegangene Pfad führt schnurgerade in ein kleines Wäldchen. Helmut denkt sich nichts dabei. Vielleicht gibt es dahinter die erhoffte Stadt, oder wenigstens ein Dorf. Irgendwo muss es ja Menschen geben.

Ins Unterholz kommt Bewegung. *Ist da wer?* Helmut geht langsam weiter, die vermutliche Stelle, von der das Geräusch kam, fest im Auge behaltend. Da – wieder!

»Hallo? Ist da wer?«

Es bleibt ruhig.

Helmut wird noch langsamer. Als er den Blick abwendet, hört er ein Brummen. Spontan bleibt er stehen. Lauscht. Spielt ihm die Wahrnehmung einen Streich? Es kommt ja vor, dass das Wunschdenken das Auge Dinge sehen lässt, die nicht vorhanden sind. Genau dasselbe suggeriert das Gehirn dem Gehör.

Ein am Rand eines Gebüschs liegender Ast erscheint Helmut ein geeignetes Hilfsmittel zu sein, um sicher zu gehen, dass tatsächlich nichts hinter oder im Busch ist. Könnte auch ein Tier sein, ein Igel zum Beispiel.

Mehrmals stochert Helmut mit dem Ast als verlängerten Arm im Buschwerk herum. Anfangs verhakt sich die kleine Gabel am vorderen Ende mit den feinerem Geäst. Er legt mehr Wucht in die Stöße. Und da trifft er auf etwas.

Ein gefährliches Brummen ist die Folge. Helmut fährt zurück. Der ganze Busch bewegt sich eigenartig.

Verdattert bleibt er stehen. Da ist ja doch jemand! Ein Landstreicher? Angriff ist die beste Verteidigung!

»Zeig dich!«, ruft er mit kräftiger Stimme. »Komm raus!«

Einmal aufgescheucht kommt erst richtig Bewegung ins Gebüsch. Es ist ein kleines Erdbeben, das von unüberlegter Willkür ausgelöst, jetzt ausbricht. Helmut erstarrt. Das hört sich aber nicht gut an …

Vorsichtshalber weicht er zurück, den Stock fuchtelnd Richtung Busch haltend.

Aus dem Brummen wird ein tiefer, anhaltender, nichtmenschlicher, durchs Mark gehender Schrei.

Helmut schreit ebenfalls vor Schreck, was eine prompte, zornige Antwort zur Folge hat. Bedrohliches Rascheln und kräftiges Trampeln verstärken Helmuts aussichtslos werdende erscheinende Lage.

Das ist verdammt nicht gut!

Mit einem kräftigen Satz stürmt ein etwa gleich großer, mit Fell überzogener Körper hervor. Ein Bär! In seinem Dösen gestört, brüllt Meister Petz aus Leibeskräften.

Helmut realisiert die drohende Gefahr. Sofort macht er kehrt und rennt. Er sieht nicht zurück, denn er hört deutlich das Schnaufen und Aufschlagen der Pranken auf dem Boden. Jetzt geht es um Sekunden. So schnell er kann läuft Helmut den Pfad zurück, den er vor kurzem noch enthusiastisch entlang schlenderte. Und der Bär holt unerfreulicher Weise rasant auf.

Jetzt merkt er, wie unsportlich er ist. Schon nach diesen wenigen Metern Dauerlauf brennt seine Lunge und er japst nach Luft. Es muss ihm etwas einfallen – schleunigst!

Ohne das er es bemerkt, hat er den Trampelpfad längst verlassen. *Scheiße!* Das Gras ist fast kniehoch. Helmut sieht nicht, wohin er tritt; ob etwa Hindernisse zu überwinden sind oder etwaige Unebenheiten im Boden. Beides könnte ihn stürzen lassen. Es braucht nicht viel Fantasie, was dann geschähe.

Das Gelände wird abschüssiger. Unkontrolliert wird er schneller, springt, strauchelt, fängt sich in letzter Sekunde armrudernd wieder. Meister Petz bleibt ihm dicht auf den Fersen. Der Junge ist einfach in Bestform, was er von sich aus nicht behaupten kann.

Jetzt ist guter Rat teuer!

Ein verwitterter Baumstamm liegt quer. Helmut nimmt Anlauf und springt darüber. Leider Gottes geht es auf der anderen Seite steil abwärts. Er verliert das Gleichgewicht und fällt kopfüber hinunter. Da entsteht wieder dieses Luftpolster. Geistesgegenwärtig packt Helmut die Gelegenheit und macht kräftige Armzüge. Der Abhang kommt ihm dabei zugute, denn er gewinnt nicht sofort an Höhe. Auch der Braunbär macht einen Satz nach vorn, den Helmut mit einem Ausweichmanöver pariert. Bär und Mann verfehlen sich um Haaresbreite. Während Letzterer weiter die Luft erobert, überschlägt sich Ersterer.

Ein Jauchzer erklingt. Überglücklich, dem Angreifer entkommen zu sein, nimmt er Kurs ins Unbekannte …

In der Zwischenzeit kommt der Fuhrwagen an einer Ansiedlung vorbei. Bisher wechselten Wagenlenker und Mitfahrerin kaum ein Wort. Der Waldmann ist müde, und ihm steht nicht der Sinn nach Unterhaltung. Bertrâdis, ebenfalls von Müdigkeit gepeinigt, döst vor sich hin oder hängt dunklen Gedanken nach.

Der Verlust ihrer Habe wiegt schwer. Wäre der Fremde nicht gewesen, müsste sie sich jetzt keine Gedanken mehr machen. Sie hat mit einem anderen Besucher gerechnet gehabt, die Nacht. Dass ausgerechnet dieser Sewolt auftauchen musste, durchkreuzte ihre Pläne und kostete sie ihr wertvolles, über Jahre zusammengetragene Lager. Zumeist schlief sie eh nicht in der Hütte, außer natürlich im Winter. Aber alle Kräutermischungen und Salben, die sie zur Behandlung so manchen Leidens einsetzt, sind verbrannt wegen diesen Frevels.

Der Fuhrmann stoppt mit einem »Brrr«, vertäut die Zügel am Sitz und steigt ab. Er wirkt grimmig, doch das ist unbedeutend. Den Aufenthalt will er zur Einkehr nutzen, denn ihn plagt Hunger.

Während er in der Schänke verschwindet, verlässt weiter hinten ein Mann eine der Holzhütten. Als der den Wagen mit der Alten sieht, wird seine Miene zur Maske. Schnurstracks kommt er näher.

Bertrâdis wird auf den Herannahenden aufmerksam. Auch ihr Gesicht trübt sich; giftig funkeln ihre Augen.

»Du kommst zur rechten zît, Eginulf!«

Ihre Stimme sprüht vor Zorn.

Er kommt erst ganz nah heran, bevor er harsch entgegnet: »Still, Weib!« Eginulf sieht sich verstohlen um. »Was willst du hier?«

»Überlass mir, was ich hier will, Eginulf!«, zischt sie streng zurück. »Wo bist du geblieben?«

»Es kam was dazwischen«, antwortet er ruhiger. »Die Leut schöpfen wohl Verdacht.«

»Was scheren mich die Leut?!«, entrüstet sie sich. »Wärst du ein Mann, stündest du zu deinem Wort.«

»Du hast ein loses Mundwerk, Weib. Übertreibe nicht.«

»Übertreiben? Wegen dir ist großes Unheil geschehen!«

»Unheil?«

»Sewolt weiß was«, behauptet Bertrâdis. »Er kam mit Feuer.«

Eginulfs Gesicht überfliegt ein Schatten.

»Rede, Weib! Spann mich nicht auf die Folter!«

Immer wieder lässt er den Blick ringsherum schweifen.

»Meine Hütte, alles verbrannt …«

Der Schreck ist Eginulf anzusehen.

»Sicher, dass es Sewolt war?«

»Ich bin alt, kann aber gut sehen!«

»Gemach, *wîb*«, beschwichtigt er versöhnlich. »Ich bau dir eine bessere Hütte.«

Jetzt lächelt die Alte.

»Es sei.«

»Hast du ihn gesehen?«

Bertrâdis setzt eine unschuldige Miene auf.

»Ihn?«

»Halt mich nicht zum Narren!«

»Ich kann nur einen erschauen …«

»Verdammt, Alte! Sprich nicht so daher!«

»Ich spreche, wie es mir beliebt, Eginulf. Und nun beruhig dich. Er ist da …«

Zufrieden über diese Antwort wird er ruhiger.

»Hat er's getan?«

Ihre Augen mustern Eginulf eindringlich, als ob sie darin lesen könnte, ob sie es sagen soll oder nicht.

»Wär ich sonst hier?«

Er runzelt die Stirn.

»Sprich nicht in Rätseln zu mir!«

»Bleib ruhig. Er hat mich aus der Flammenhölle errettet …«

Ungläubig schaut er in ihre aufblitzenden Augen.

»Er ist stärker, als angenommen …«

»Ist nicht mein Problem. Du hast ihn gerufen. Nun sieh zu, dass du ihn bändigst, diesen Teufel.«

Eginulf lacht bitter.

»Dein Aberglaube wird dir noch mal zum Verhängnis werden.«

12.

Keine Frage: Das Leben ist schön! Besonders, wenn es so unbeschwert genossen werden kann.

Helmut ist unbeschwert. Mit einer grazilen Leichtigkeit zieht er mehrere Runden über den Braunbären, der von hier oben aus überhaupt nicht mehr gefährlich wirkt; eher wie ein niedlicher Teddy. Er lässt es sich nicht nehmen, dem Tier seine Überlegenheit zu demonstrieren, indem er es ganz dicht überfliegt. Meister Petz hat längst aufgegeben, Helmut zu erhaschen. Mittlerweile ist er nur noch verärgert und hebt, wenn Helmut ihm nahekommt, drohend die Tatzen. Als es dem Bären dann doch zu viel wird, verschwindet er im Wald.

Helmut triumphiert. Er hat gewonnen! Ein verdienter Sieg des Unterlegenen über den protzig Starken.

Da der Bär das Weite gesucht hat, zieht es auch Helmut weiter. Einmal in der Luft, will er da auch bleiben; denn er hofft, seine Suche nach Essbarem zu beschleunigen.

Er steigt weiter empor. Die Aussicht ist bombastisch und einmalig! Ein grandioser Überblick. Südlich gibt es freie Flächen. Dorthin will er. *Wäre doch gelacht, nicht bald etwas zwischen die Kiemen zu bekommen.*

Die ausgewählte Richtung verspricht wirklich von Erfolg gekrönt zu werden. Vereinzelt stehen einfache Baracken und Hütten am Rand einer sich weit erstreckenden Ebene. Wo Menschen sind, dort gibt's auch was zu beißen! Rasant zieht die Landschaft unter ihm dahin. Leckeren Geruch in der Nase, überwindet Helmut mit Leichtigkeit die Entfernung, für die er zu Fuß vielleicht einen halben Tag gebraucht hätte.

Bevor er runtergeht, will Helmut noch ein größeres Gebiet überfliegen. Vielleicht kann er so eine größere Stadt ausfindig machen. Je mehr Einwohner, umso mehr Auswahl in der Küche.

Dieser Gedanke beflügelt Helmut. Um nicht gesehen zu werden, steigt er auf schätzungsweise dreihundert Metern. Für den

Anfang nicht schlecht. Allerdings hat das auch einen Haken: In den oberen Luftschichten geht es etwas stürmischer zu. Es trifft ihn unvorbereitet. Der Wind erfasst Helmut und treibt ihn vor sich her. Er hat alle Hände voll zu tun, um nicht gänzlich zum Spielball zu werden.

Es ist einer dieser bitteren Momente, an denen er vorangegangene Entscheidungen bereut. Seine Waghalsigkeit könnte ihm zum Verhängnis werden. Aber lernt man nicht aus Fehlern?

Er muss unbedingt wieder Herr über die Richtung werden. Als erstes fliegt Helmut so, als befände er sich kurz über den Erdboden. Das ermöglicht am ehesten die reale Chance, die Kontrolle zurückzuerhalten.

Es gelingt. Die nächste Schwierigkeit aber stellt eine weitere Herausforderung: die enorme Geschwindigkeit.

Nicht allein die Tatsache, zu einem Geschoß zu werden, beschäftigt seine Gedanken. Viel schlimmer ist, dass es schwerfällt, zu atmen …

Viele Kilometer von Helmuts ursprünglichen Ziel entfernt, spielen kleine Jungs Pirat. Eine einsam stehende, verkrüppelte Eiche dient seit jeher dafür. Einer der vier Kinder hat bereits die Krone erobert, die als Mast einer großen *Fregatte* dient.

Einer der Jungs, der Kleinste, sieht traurig hinauf, während die anderen Beiden den Stamm hochklettern. Auch er würde zu gern da hinauf. Aber er getraut sich nicht. Wieder einmal ist er der Außenseiter.

»Komm schon, Angsthase«, ruft der im ›Mast‹. »Du willst doch auch ein Pirat sein.«

Die zwei anderen lachen hämisch.

Angsthase – etwas, was er jeden Tag hört.

Traurig rennt er los.

»Wo willst du hin?«

Er hört nicht. Nur weg hier! So schnell ihn die Beine tragen, rennt er, um die Schmach nicht länger zu ertragen. Da trifft ihn ein rasch dahingleitender Schatten. Der Kleine schaut in den Himmel. Sehr weit oben zappelt etwas. Angst kommt auf. Ist es ein Adler, ein Bussard? Dafür ist das Wesen aber zu groß.

Ein Drache? Es geht schon lange das Gerücht herum, dass ein Drache sein Unwesen treibt. Vor Schreck bleibt ihm der Mund offenstehen. Während er sich bekreuzigt, rennt er los – diesmal Richtung Dorf. Er muss die Dorfbewohner warnen! So schnell wie der Wind saust er am ›Piraten-Baum‹ vorbei. Keiner seiner ›Freunde‹ hat den Drachen gesehen. Soll er sie warnen?

»*Trahho*[13]!«, schreit er aufgeregt, rennt aber unbeirrt weiter und erntet Hohngelächter.

Der Junge läuft um sein Leben. Immer wieder holt ihn der Schatten ein, kreuzt flugs seinen Weg. Gleich wird der Drache ihn holen kommen!

»Ahhhhh«, schreit er aus Leibeskräften.

Einige Erwachsene unterbrechen ihre Arbeiten, Gespräche verstummen.

»Drache!«

Der Junge fuchtelt mit den Armen, zeigt hinauf in den wolkenlosen Himmel.

Der Zufall will es, dass ein Mann auf den kleinen Schreihals aufmerksam wird. Es ist Eginulf. Als der Knirps an ihm vorbei stürmt, packt der zu.

»Was ist, Junge?«, schreit er den Kleinen an.

»*Trahho*! Da!«

Eginulfs fester Griff verhindert, dass der Bursche abhauen kann.

»Es gibt keine *Drachen*!«, widerspricht er. »Alles Humbug und verdammter Aberglaube!«

»Und das da?!«

Eginulf ist so eine Frechheit noch nicht untergekommen. Nie-

---

[13] Drache

mand spricht so mit ihm! Und schon gar nicht so ein Balg.

Da streift beide wieder der Schatten. Verdutzt lockert Eginulf den Griff, und angsterfüllt entwindet sich der Knabe. Jetzt sieht Eginulf, was er sich hätte nie vorstellen können.

Ungemein rasant wird Helmut von der Luftschicht hinweggetragen. Bisher ist es ihm noch nicht gelungen, die Gleitbahn zu stabilisieren. Immer wieder wirbelt er, wie ein welkes Blatt, herum. Er wird ungeduldig. Immer wieder versucht er der Strömung zu entkommen – aber es gelingt nicht.

Helmut beginnt, ganz gegen seiner Logik, gleichmäßig mit den Armen zu ziehen und dabei kräftig mit den Beinen zu treten, ähnlich wie im Wasser. Diese *Froschfortbewegung* bewirkt, dass er an Höhe gewinnt. Nach unzähligem Ziehen und Strampeln hat er endlich die Luftströmung überwunden.

Erleichtert atmet er auf. Bis er feststellt, dass er mindestens doppelt so hoch ist, als vorher …

Helmut erschrickt und der Kloß im Hals macht es noch schlimmer.

›Jetzt nur den Kopf behalten, alter Junge‹, denkt er aufmunternd. ›Du schaffst das!‹

Die dünnere Luft hinterlässt erste Auswirkungen; weniger Sauerstoff bedeutet verzögertes Handeln. Auch hat Helmut mit der Feinmotorik zu kämpfen und einhergehenden Schwindel. Schlagartig wird ihm klar, wie gefährlich die Situation wird.

Frontalangriff!

Er strafft den Körper, legt die Arme dicht an. Das Gewicht nach vorn verlagernd, geht es sofort mit wachsender Geschwindigkeit abwärts. Adrenalin durchflutet ihn. Die Anspannung wächst. Dann erfasst ihn ruckartig die heftige Strömung. Der auf ihn lastende Druck steigt proportional, doch er hält stand. Der Wind treibt ihn, mit den Füßen voran, weiter, was sich anfühlt, als fliege er *verkehrt* herum. Tatsächlich geht es jedoch abwärts; augenscheinlich hat er den Eindruck, schwerelos zu sein.

So plötzlich er in die Strömung eingetaucht ist, so unvermutet verlässt er sie wieder. Immer weiter verliert er an Höhe, unfähig zu agieren. Die Landschaft unter ihm kommt rasant näher. Im Rausch des Sturzflugs drohen seine Sinne den Bezug zur Realität zu verlieren – und die Gefahr eines Absturzes wächst.

Doch dann breitet er die Arme aus und verlagert das Gewicht in die Beine, gebietet somit den freien Fall Einhalt.

Die Strapazen blättern von Helmut ab. Er registriert seine Situation und wird wieder handlungsfähig. Äußerlich ruhig und gelassen fliegt er, stetig sinkend, Richtung Erde. Mehr zufällig als gewollt kommt er – entgegengesetzt der vermeintlichen Drachen-Sichtung – auf freiem Feld herunter.

Seine zittrigen Beine, die vorangegangene, ungewohnt hohe Anstrengung, fordern Tribut. Völlig erschöpft sinkt er zu Boden. Auch diese ereignisreiche Erfahrung wird ihn eine ganze Weile nachhängen …

13.

Er versteht die Aufregung nicht. Es mag eine Stunde vergangen sein, als Helmut sich aufrappelt. Erholt vom Schrecken braucht er bald etwas zu essen. Eine leichte, vom Hunger verursachte, Übelkeit mahnt ihn, doch endlich an den Magen zu denken.

Etwa eine halbe Stunde braucht er bis zu der *Stadt*, die eigentlich dieses Prädikat nicht verdient. Selbst der Begriff ›Dorf‹ trifft nicht einmal annähernd zu. Als die wenigen Bewohner der einfachen Hütten ihn sehen, beäugen sie ihn misstrauisch. Er denkt sich nicht viel dabei, schließlich ist er fremd und seine Kleidung verschmutzt. Sorgsam streicht Helmut unter musternden Blicken übers Hemd.

Ganz sicher sieht man ihm die vergangenen Strapazen an. Seinem Verschmutzungsgrad nach zu urteilen, war er sehr lang unterwegs und muss einiges durchgemacht haben.

Helmut nickt zwei der Männer zu, die am Wegesrand sich nach ihm umdrehten. Die anderen nehmen keine Notiz von ihm. Stattdessen schauen sie in den Himmel. Der eine und andere tuscheln erregt. Helmut kann aber kein Wort verstehen.

Der Menschenauflauf erweckt seine Neugier und er gesellt sich hinzu. Angestrengt sehen sie zum Himmel, aber da ist – nichts!

Er wendet sich an einen, den er gegrüßt hat.

»Verzeihung, aber nach was hält man hier eigentlich Ausschau?«

Der Angesprochene zuckt mit den Schultern. »Ein Junge will *trahho* gesehen haben …«

»Ein … was?!« Er hat sich bestimmt verhört.

Die Reaktion ist erneutes Schulterzucken.

Helmut verzieht ungläubig das Gesicht. *Ein Drache!?*

Von allen unbeachtet steht abseits Eginulf und beobachtet interessiert das Geschehen. Ihm ist der Fremde sofort aufgefallen. Damit dieser ihn nicht sieht, hat er einen schattigen Platz unter einem Vordach aufgesucht.

Ja, ohne Zweifel: Das ist *er*! Bleibt nur die Frage: Wie ist er hergekommen? Die Zeitsäule jedenfalls wurde nicht aktiviert. Er selbst hat nachgesehen. Hat der Ring etwas damit zu tun?

»Er war da!«, ruft von der Menge umringt der kleine Junge. »*Tinfal* will mich holen kommen!«

»Niemand wird dich holen, Junge«, versucht eine Frau, wahrscheinlich des Knaben Mutter, zu beruhigen.

»Da, der Schatten!« Mit einem kräftigen Satz rennt der Kleine zu der Hütte, unter dessen Vordach Eginulf steht.

Auch Helmut folgt mit den Blicken den schreienden Burschen.

»Da!«, ruft jemand aus der Menge. »Eine Wolke! Es ist nur eine Wolke …«

Zur allgemeinen Erleichterung gesellt sich schallendes, befreiendes Gelächter. Wieder einmal ist der Knabe zum Gespött der kleinen Gemeinschaft geworden.

Das Lachen steckt an, dem sich Helmut ebenfalls nicht entziehen kann. Lachen verbindet und stärkt die Gruppe. Gegenseitig klopft man sich lachend auf die Schultern, froh, dass das Dorf verschont bleibt vom sagenumwobenen Drachen.

Die Ansammlung löst sich unbeschwert auf. Dies nutz Helmut.

»Ich bin lang unterwegs gewesen«, wendet er sich noch einmal an den Mann. »… und hab Hunger …«

»Mein *wīb* wird's Mittagsmahl richten, Herr. Bis dahin könnt' ich Hilfe gebrauchen.«

»Wenn ich helfen kann …«

»Könnt Ihr mit einer Axt umgehen?«

»Denk schon …«

»Kommt mit. Es gibt zu tun.«

Ein aufmerksames Paar Augen folgt Helmut. Noch belässt Eginulf es dabei. Doch es wird die Stunde der vorbestimmten Begegnung kommen.

Mit freiem Oberkörper und völlig verschwitzt bearbeitet Helmut den Stamm. Handgelenk und Fingerknöchel schmerzen. Die

Wucht der kleinen Axt prallt gegen das noch feuchte Holz und verpufft zusehends. Kaum, dass er den Stil des antiquierten Werkzeuges festhalten kann; Muskeln und Sehnen sind schon nach wenigen Schlägen überbeansprucht. Was anfangs leicht und rasch zu erledigen schien, gestaltet sich nun als schwer und fast unausführbar. Jedenfalls für einen modernen Menschen, der körperliche Arbeit in dieser Form nicht gewohnt ist.

Ragin ist ein Holzfäller und die Axt sein täglicher Broterwerb. Harte Arbeit bedeutet nicht nur Brot, sondern auch einen gewissen Lebensstandard. Die bearbeiteten Stämme, so erzählt Ragin, bietet er auf dem Markt feil.

Helmut hat genug mit dem Behauen des Holzes und seinen schwindenden Kräften zu tun, als Ragins Erzählung zu kommentieren. Einmal nickt er, um verstehen zu geben, er höre zu. Erstaunlich, wie jemand während des Holzhackens noch so ausführlich sprechen kann.

Die zunehmende Mittagshitze ist schweißtreibend. Was gäbe er für eine herzhafte Erfrischung.

In diesem Augenblick kommt Ragins Weib mit einem Krug Wasser um die Ecke.

»Ihr müsst durstig sein, Herr«, sagt sie leise und hält ihn auffallend schüchtern das Gefäß hin.

»Danke.«

Helmut setzt an und nimmt einen Zug. Das Wasser ist lauwarm und erfüllt hervorragend für was es bestimmt ist. Beim Absetzen fällt sein Augenmerk ins Innere des Kruges. Sein Magen rebelliert und er muss würgen. Sich nichts anmerken lassend, reicht er ihn Ragins Weib zurück. Dann verschwindet Helmut hinter einigen Bäumen. Dort kann er den Schwall aufstrebenden Magensafts nicht länger zurückhalten.

»Es muss wohl an der Hitze liegen«, versucht Ragin zu erklären. »Das Wasser ist doch erst drei Tage alt.«

Gut gesättigt macht Helmut einen Verdauungsspaziergang. Die

Schwielen an den Händen brennen. An der rechten Handinnenfläche haben sich zwei dicke Blasen gebildet. Dafür war das Essen, wenn auch ungewöhnlich, so doch nährreich und schmackhaft. Ragins Weib tischte einen Getreidebrei auf und dazu gab es Ziegenmilch.

Er ist erstaunt über die Gelassenheit, mit der hier die Menschen die Zeit verbringen. Niemand macht etwas hektisch, so, wie es Helmuts Unterbewusstsein mahnt. Auch ihn hat die Ruhe eingeholt, sozusagen entschleunigt. Weshalb er solche Überlegungen anstellt, weiß er nicht; es muss etwas mit seiner Vergangenheit zu tun haben. Doch noch immer hat er davon keinen Schimmer. Aber was nicht ist, kann noch werden.

Die ärmlichen Häuser schon längst zurückgelassen, folgt Helmut den Weg, der aus der Ansiedlung hinausführt. Komisch, aber obwohl er allein ist, fühlt er sich beobachtet. Helmut sieht sich um. Niemand da. Seltsam.

Nach jeder Biegung dreht er sich um, doch niemand folgt ihm. Zur Vorsicht versteckt er sich zwischen den Bäumen und wartet eine Weile ab, um sicher zu gehen.

Während er den gekommenen Weg im Auge behält, werden vom Wind Stimmen herangetragen. Erst glaubt er, einer Täuschung zu erliegen, doch je länger er lauscht, desto vernehmbarer werden sie.

Und eine der Stimmen gleicht der von dem alten Kräuterweib … Nein, unmöglich! Er muss sich verhört haben. Sein Irrflug hat ihn kilometerweit abgetrieben. Das wäre purer Zufall …

»Es bleibt dabei, *wīb*«, sagt eine männliche Stimme. »Bleib unsichtbar, sonst verdirbst du's.«

»Ja, ja«, antwortet die andere, eindeutig weibliche Stimme. »Ganz wie du wünschest.«

»Halt 's verlogene Schandmaul!«

»Und wann bekomme ich meine neue Hütte?«

»Wenn ich erreicht habe, was ich erreichen will. Und nun gib endlich Ruh!«

Schritte sind zu hören, die sich aber in die andere Richtung entfernen. Helmut lauscht noch einige Zeit. Er bekommt das Gefühl nicht los, dass sich die Alte im Wald versteckt. Was hat das zu bedeuten?

Er war noch nie einer, der vor etwas davongelaufen ist. Immer hat er sich den Dingen gestellt. Doch jetzt beschleicht ihn ein mulmiges Gefühl, das ihm sagt, lieber doch zu verschwinden. Wenn da nur nicht diese Neugier wäre …

Langsam schleicht er sich in den Wald. Offenbar ist die Alte an Ort und Stelle geblieben. Er kann zwar noch nichts ausmachen, aber anhand von fehlenden Geräuschen nimmt er es an. Es gilt vorsichtig zu sein! Bevor er den nächsten Fuß aufsetzt, vergewissert er sich, dass er nirgends drauftritt. Im Moment fühlt er sich seinem Jugendhelden recht nah, der stets umherschlich, um die Feinde zu belauschen.

Helmut hält inne. Wie kommt er jetzt darauf? Ist es ein Wink des Schicksals, sich gerade in diesen Moment daran zu erinnern? Der Name des Helden liegt ihm auf der Zunge, will aber nicht über seine Lippen gehen.

Etwas murmelt die Stimme. Selbstgespräche! Helmut schmunzelt. Auch eine Art, der Einsamkeit ein Schnippchen zu schlagen. Was soll man auch sonst alles mit seiner Zeit anfangen?

Er wird wehmütig, auch etwas sentimental. Das unverständliche Gebabbel ist eine willkommene Abwechslung, um nicht darin zu versinken.

Etliche Bäume und Büsche weiter, kann Helmut eine Gestalt ausmachen.

»Die Alte«, flüstert er, als wäre der Leibhaftige erschienen. Hoffentlich hat sie ihn nicht bemerkt! Vor Schreck hält er sich den Mund zu.

Das Kräuterweib brabbelt unbekümmert weiter, also hat sie nichts gehört. Aber mit wem hat sie gesprochen? So leise es Helmut möglich ist, umgeht er den Platz und hält gleichzeitig Ausschau nach eventuellen Spuren. Vielleicht sind Spuren zu finden, die zu dem mysteriösen Fremden führen.

Helmuts detektivisches Gespür ist geweckt. Allein dafür hat es sich gelohnt, den Umweg zu nehmen.

In entsprechender Entfernung entdeckt Helmut niedergedrückte Grasbüschel und am Boden liegende frisch geknickte Äste. Hier ist jemand vor kurzem entlanggegangen. Er folgt der Spur. Bald kommt er zu einem Pfad, der eindeutig kurz zuvor begangen wurde. Immer wieder schaut er sich um, lauscht, um nicht den Fremden in die Arme zu laufen. Für ihn ist es erstrangig wichtig, zu wissen, wer es ist.

Vor allem, was hat er vor! Wie waren seine Worte?

»Wenn ich erreicht habe, was ich will.«

Das gilt es herauszufinden. Es klang geheimnisvoll und Helmut bekommt das Gefühl nicht los, dass es um ihn geht.

Deshalb ist das Kräuterweib hier!

Helmut hält im Schritt inne. Das ergibt einen Sinn. War alles abgekartet? Ist die Alte nur Handlangerin eines Planes?

Ihm fröstelt es bei dieser Vorstellung. Kommt ihn deswegen alles so schleierhaft vor? Es muss etwas geschehen sein, was sein Gedächtnis ausgelöscht hat; etwas Mächtiges. Auch das gilt es herauszufinden …

14.

Helmut erreicht einen Fluss. Quirlig fließt das Wasser an einer Engstelle und hinterlässt sprudelnde Gischt. Ein guter Platz, um selbstgebastelte Wasserräder zu installieren. Dunkel erinnert er sich daran. Hat nicht sein Vater aus Weidenholz oft solche bewegenden Teile gebaut, und er war stets von neuem fasziniert?

Vorsichtig steigt er auf einem aus dem Wasser ragenden Stein, balanciert und schöpft mit beiden Händen etwas vom kristallklaren Nass. Es ist kalt. Er trinkt langsam, Schluck für Schluck, schöpft nach, bis der Durst gestillt ist.

Das Geplätscher hat eine beruhigende Wirkung. Feiner Tröpfchen-Nebel wird aufgewirbelt und kühlt herrlich. Die Natur ist unberührt. Überall sprießen und gedeihen Gräser und Wildkräuter. Am Rand des Bachufers entdeckt Helmut vereinzelt stehende Büschel von Kresse. Etwas scharf, aber ansonsten tadellos im Geschmack.

Soll er flussauf- oder flussabwärts gehen? Die Spuren sind nicht eindeutig, könnten von allem stammen. Helmut überlegt. Wo mag das Dorf liegen? Wenn ihm nicht alles täuscht, sollte es flussaufwärts sein. Da bemerkt er Schaum im Bach.

Seife?

Helmut hält die Hand hinein. Wirklich seifig – und es hört nicht auf.

Er geht flussaufwärts. Dieser Umweltverschmutzung sollte Einhalt geboten werden. Nichtsnutziges Pack!

Schon von weitem ist das Geschnatter zu hören. Fünf Frauen unterhalten sich ausgelassen, machen Witze, scherzen. Nebenher waschen sie Wäsche.

Helmut mag solch Gerede nicht; es ist ihm suspekt. Da wird über jeden hergezogen. Halbwahrheiten werden ausgeschmückt und zur allmächtigen Wahrheit stigmatisiert. Er kennt zuhauf solche ›Unterhaltungen‹, die den Buschfunk anfeuern, als etwas Konstruktives zu erzeugen. ›Waschweiber‹ eben.

Er will schon davonschleichen, als zwei weitere Weiber, die Wäsche unter dem Arm geklemmt, herbei schlendern.

»… man sagt, er sei *galstarãri*[14] …«

»Was sagst du da?«

»Ich habe Leute auf dem Markt darüber reden hören.«

»Hätte ich ihm nicht zugetraut.«

»Und das er Scheiben zum Singen bringt, wird gemunkelt. Teufelszeug.«

Das kleinere Weib ist schockiert.

»Dann versündigt er sich.« Erschrocken schlägt sie ein Kreuz.

»Eginulf nennt das höhere Tonkunst.«

»Er ward schon immer wunderlich.«

Damit ist das Gespräch beendet. Soll es vor den anderen Weibern verheimlicht werden? Helmut prägt sich die zwei Gesichter ein. Vielleicht erfährt er eines Tages noch mehr über den *Zauberer*. Jeder weiß doch, dass es keine gibt. Alles Märchen! Mit Fingerfertigkeit werden Tricks vorgeführt, und in einer Geschichte verpackt ist die Illusion perfekt.

Diesen *Zauberer* wird sich Helmut mal genauer ansehen.

Der Holzfäller ist bereits wieder an die Arbeit gegangen. Geschickt bearbeitet er einen Stamm nach den anderen. Seine Kraft und Ausdauer beeindruckt Helmut.

Als Ragin Helmut bemerkt, hält er inne.

»Ihr seyd noch im Lande?«

»So ist es, Ragin«, antwortet Helmut. »Ich habe erfahren, dass ein alter Bekannter in der Gegend lebt.«

»Warum sucht Ihr ihn nicht auf, Herr?«

»Ich weiß nur, dass er irgendwo hier lebt. Gefunden habe ich ihn noch nicht.«

Ragin nickt.

»Vielleicht kann ich Euch helfen. Kenn viele.«

---

[14] Zauberer

Helmut lächelt. Genauso hat er den Holzfäller eingeschätzt. Um kein Misstrauen zu erwecken, greift er nach einer Axt.

»Das trifft es gut.« Helmut holt aus und schlägt mit einem Hieb einen Aststummel ab.

»Ihr solltet mit Eurer Kraft haushalten, Herr.«

»Ich bin nur ungeübt, Ragin. Könntet Ihr mir einen Gefallen tun?«

»Was Euren Bekannten angeht – ja, Herr.«

»Das freut mich. Doch das meine ich nicht, Ragin. Ich bitte Euch, nennt mich Helmut und lasst dieses ›Herr‹. Ich bin ein einfacher Mann und nicht von Adel.«

Helmut wartet die Reaktion des Holzfällers ab. Der mustert ihn und sein Blick bohrt sich in Helmut.

»Wie Ihr wünscht. Ihr scheinet ein ehrbarer Manne zu sein.«

Helmut fällt ein Stein vom Herzen.

»Ihr ebenfalls, Ragin. Und vielleicht kann auch ich mal etwas für Euch tun …«

»Die Zeit wird dies zeigen, Helmut.«

Bis zum Abend bearbeiten die Männer eine Unmenge von Stämmen. Anschließend verladen sie das Holz noch auf den Fuhrwagen. Durch die unerwartete Hilfe kann sich Ragin bereits am kommenden Tage auf den Weg zum Markt machen. Und er lädt Helmut ein, ihn zu begleiten.

Die ärmlichen Verhältnisse gestatten es nicht, luxuriös unterzukommen. So verbringt Helmut die Nacht im alten, unbenutzten Heuschober. Früher, so der Holzfäller, hätte sein Großvater einige Ziegen gehalten. Aus dieser Zeit stamme auch das noch das restliche Heu. Zu Helmuts Erstaunen ist es im Schober kuschelig warm und trocken. Ob es an der ungewohnt anstrengenden körperlichen Arbeit oder am Duft des Heus liegt, ist unrelevant. Jedenfalls fällt er sofort in einen tiefen und erholsamen Schlaf.

Gleich am Morgen, beim ersten Tageslicht, sind alle auf den Beinen. Des Waldmanns Weib schnürt ein Verpflegungspaket. Bis zum Markt werden sie mindestens zwei Stunden benötigen. Eine lange Strecke, auf holprigen Untergrund. Mehr als einmal hat Helmut das Bedürfnis aufzustehen, und statt auf der harten, ungefederten Holzbohle einfach nebenher zu laufen. Und auch ebenso oft drängt sich ihm die Überlegung auf, ob es ihm gelänge, mit dem Wagen und Ragin zu fliegen.

»Ihr seyd es nicht gewohnt, derartig zu reisen«, stellt Ragin fest und unterbricht Helmuts Gedanken.

»Stimmt«, gibt er zu. Er kann sich zwar nicht daran erinnern, wie er sich früher fortbewegt hat, aber etwas sagt ihm, dass es nicht diese Art gewesen war.

»Für mich ist es die einzige Möglichkeit, um Geschäfte zu machen. Es ist nur ein kleiner Markt. Oft ist es vorgekommen, dass ich nicht alles verkauft hab. Es ist schwer, gutes Holz zu schlagen.«

»Was habt Ihr damit gemacht?«

»Feuerholz für die Küchen … frevelhaftes, unsinniges Verschwenden von nützlichen Rohstoff … Weniges nur hat ein Papiermacher verwertet.«

Ja, was für eine Verschwendung!

Dieser Begriff löst eine wiederholte Suche in Helmuts schlummernder Erinnerung aus. Natürlich erfolglos, auch wenn er dieses Mal den Eindruck hat, dass es nicht dauerhaft so bleibt.

Den Rest der Fahrt über schweigen sie. Am Marktplatz angekommen, beginnt Ragin ohne Zeitverlust mit der Anpreisung seiner Ware.

Helmut beobachtet das emsige Treiben. Jeder, der etwas feilzubieten hat, versucht mit Geschrei die Anderen zu übertrumpfen und damit die Aufmerksamkeit aufs eigene Angebot zu lenken. Der Lauteste macht das Rennen. Ein unsagbar weithin vernehmbarer Tumult bestimmt das öffentliche Treiben.

Einfache Leute kaufen und verkaufen, schachern um *Teufel komm raus*. Jeder will etwas vom Kuchen abhaben; die einen ein Schnäppchen ergattern, die anderen ein gutes Geschäft an Land ziehen. Helmut blickt schon nach wenigen Minuten nicht mehr durch. Das Getümmel verursacht ihm einfach nur Kopfweh. So zieht er sich an den Stadtrand zurück.

Am Stadttor herrscht nicht minder Geschäftigkeit. Leute kommen und gehen. Unter ihnen ist eine Gestalt, die Helmut bekannt vorkommt. Zuerst glaubt er, dass er irrt und jemanden verwechselt. Aber je länger er darüber nachdenkt, desto überzeugter wird er. Als er die Verfolgung aufnehmen will, ist derjenige aber schon aus dem Blickfeld verschwunden.

Wertvolle Momente, vom Nachdenken bestimmt, welche Richtung die Person eingeschlagen hat, bringen Helmut ins Hintertreffen. Es ist kaum möglich, den Fremden im Gewimmel wiederzufinden.

Das Gesicht und der Gang desjenigen rütteln in Helmuts Gedächtnis etwas wach, dass die Mauer des Vergessens allmählich bröckelt. Bilder entstehen, die den Fremden in einer völlig anderen Umgebung und Kleidung zeigen. Allerdings leuchten sie nur kurzzeitig auf, um sogleich wieder zu verblassen; wie eine Flamme, die vom Windhauch gelöscht wird.

Helmut versucht sein Glück. Langsam schlendert er zurück zum Stadtzentrum. Wenn, dann wird er den Gesuchten dort finden.

Ragin, dessen vollbeladener Wagen nicht zu übersehen ist, diskutiert erregt mit zwei Interessenten. Es geht ganz schön zur Sache. Helmut kann sich vorstellen, dass der Waldmann ein harter Verhandlungspartner ist.

Der Marktplatz ist wahrlich überfüllt. Dicht an dicht drängeln die Menschen aneinander vorbei. Stoßen, rempeln rücksichtslos, um Begehrtes zu erhaschen. Aus dem allgemeinen Geschrei ertönt eine noch lautere Stimme und kündigt eine nie dagewesene Schau an. Dafür steht Helmut nicht der Sinn, aber vielleicht wird der Fremde ja angelockt.

Er folgt dem Ruf und reiht sich in eine lange Schlange ein. Vor dem Rathaus steht eine Bühne. Schon jetzt ist der Platz dicht umringt und Helmut steht ganz weit hinten. Auch hier wird rücksichtslos gedrängelt. Kinder schlüpfen hindurch, treten den Erwachsenen auf den Füßen. Oder erleichtern die abgelenkten Zuschauern um deren mitgeführte Habe. Da Helmut mehr die Menge, anstatt der Bühne, im Auge behält, entgehen ihm die kindlichen Räubereien nicht.

Einen etwa Siebenjährigen kann Helmut stellen. Der Knabe ist völlig verdreckt und ausgemergelt. Er erwischt ihn, als er sich in den Taschen seines Nachbarn zu schaffen macht. Trotz seines eisernen Griffs kann sich der Bursche entwinden und verschwindet auf Nimmerwiedersehen im Gedränge.

Nirgends ist der Gesuchte zu sehen. So wandert sein Blick schließlich doch zur Bühne, um, wenn er schon da ist, die angepriesene Schau anzusehen.

Und was er dort sieht, haut ihn beinahe um. Der Gesuchte steht dort, in einem langen, dunkelblauen Mantel, in aller Ruhe und führt einen Trick vor.

In Helmuts Kopf arbeitet es auf Hochtouren. Statur und Art des Mannes wirken unheimlich vertraut.

›Woher kennst du bloß den Typen?‹

Das Nächste ist ein Kartentrick. Einige der Zuschauer Raunen vor Erstaunen. Helmut selbst entlockt so etwas Höchsten ein müdes Gähnen. Da hat er echt schon Besseres gesehen!

Auch die Stimme des Zauberers ist vertraut.

›Na klar‹, denkt Helmut. ›Ich habe mich mit ihm unterhalten …‹

Nach dem langweiligen, unspektakulären Uralt-Trick kündigt der Zauberer mit beschwörender Stimme den Höhepunkt seiner Vorführung an. – Die singende Scheibe.

Ein Raunen geht durchs Publikum. Selbst Helmut ist neugierig. Was mag das sein?

»Schauet her, ihr Würdigen! Sehet – lauschet – staunet!«

Wie ein Hohepriester einer alten, untergegangenen Kultur hält der Zauberer eine schwarze Scheibe über seinem Kopf, reckt sie in alle Richtungen, damit auch ein jeder sie wirklich sehen kann.

»Oh ihr Unwürdige, nehmet kund und gebet acht, wie Tön der

Scheib ich entlock. Preiset dem Herrn, der mir gab diese Macht!«

Gebannt folgt das Publikum der Scheibe, die sich langsam herniedersenkt und auf einem Kasten zu liegen kommt. Plötzlich kehrt gespannte Ruhe ein. Auch die weiter weg stehenden Händler sehen gebannt zur Bühne. Für einen Moment herrscht Stille.

Mit einer Zauberformel und schwingenden Armen beschwört der Zauberer die Geister. Helmut versteht nur die Hälfte, was aber der Spannung keinen Abbruch nimmt. Und dann, nachdem der Zauberer einen letzten, finsteren Blick in die Zuschauermenge geworfen hat, senkt er die Arme. Keiner wagt wegzuschauen oder zu sprechen. Und dann ertönen seltsam verzerrte Töne, die noch kein Mensch je gehört hat.

Keiner?

Einer schon: Helmut. Schlagartig durchschaut er, was der vermeintliche Zauberer da treibt. Auf der Bühne läuft schlichtweg ein Schallplattenspieler …

15.

Durch die Menge geht ein ungläubiges Wispern. Einige rufen, es sei ein Wunder geschehen! Andere raunen von Gotteslästerung und schreien wild nach den Bütteln. Aber kein Ordnungshüter lässt sich blicken.

Helmut, als einziger verstehend, was der Zauberer abgezogen hat, kann das Lachen nicht länger zurückhalten. In seiner Nähe Stehende entgeht dies natürlich nicht, und als er trotz ihrer entgeisterten Blicke nicht damit aufhört, stimmen sie nach einer Weile sogar mit ein. Bald übertönt herzhaftes Gelächter die bösartigen Unkenrufe der Strenggläubigen.

Nach wenigen Minuten fangen einige an, den Zauberer zu applaudieren. Der, sich unsicher, was er davon zu halten hat, macht gute Miene. Man könnte meinen, er habe alles genauso geplant. Dankend hebt er die Arme und verbeugt sich vor dem ausgelassenen Publikum.

Insgeheim denkt er darüber nach, weshalb gelacht wird. Eigentlich hat er mit Erstaunen und Ehrfurcht gerechnet. Etwas ist heute anders, als es gewöhnlich der Fall ist. Verhohlen überfliegt sein Blick die Zuschauermenge, die langsam wieder ihre Wege geht. Wenigstens gab es keinen Aufruhr. Ist auch schon vorgekommen. Aus diesem Grund erwähnt er seitdem die Floskel, es sei gottgewollt.

Eine Gruppe lacht am längsten. Durch halb zugekniffene Augen erkennt er den Anstifter. Da ist er! Helmut Hargener aus dem einundzwanzigsten Jahrhundert. Oh Gott! Ausgerechnet jetzt? Hätte die erste Begegnung nicht woanders stattfinden können? *Der Herr hat eigene Pläne*, denkt Eginulf bitter. Überhaupt ist alles anders gekommen, als er es geplant hat. Doch das ist nicht mehr zu ändern. *Ob er mich erkannt hat? Lacht er deshalb?*

Er schaltet ohne jegliche Professionalität das aus der Zukunft mitgebrachte Gerät ab. Niemand fällt dies auf, und wenn, dann geht es unter. Denn die Schau ist vorbei. Jetzt ist er einfach wieder

Eginulf.

Man nimmt kaum noch Notiz von ihm. Eginulf ist es recht, kann er doch alles wieder gut verpacken, damit keiner um das Geheimnis der Rillenscheibe erfährt. Er weiß, dass in dieser Zeit Mundpropaganda unwahrscheinlich schnell ist und unaufhaltsam vorauseilt. Nicht auszudenken, was mit ihm der aufgebrachte Mob anstellen würde, wenn herauskäme, dass alles nur eine große Lüge ist.

Eginulf geht davon aus, dass ihn Hargener schon längst erkannt hat. Nun, daran ist nichts mehr zu ändern. Er muss seine Strategie einfach anpassen. Hauptsache ist, der *Fliegende* ist da!

Ein wissendes Grinsen überzieht Eginulfs Gesicht. Schnell verräumt er seine Utensilien und verwahrt sie vor allzu neugierigen Blicken. Währenddessen rattern ohne Unterlass seine Gedanken. Als nächstes wird Eginulf in die Versenkung verschwinden. Damit will er herausfinden, ob Hargener ihn versucht zu finden. Und dann wird er das Kräuterweib aufsuchen, weil sie den Trank zubereiten muss. Anschließend wartet eine glänzend schillernde Zukunft …

Um Helmut löst sich die Menge auf. Jeder nickt ihm lachend zu. Alle hatten sie eine unerwartete Belustigung, womit keiner gerechnet hat. Wenn Helmut es gewollt hätte, hätte er auch die Leute gegen den Zauberer aufwiegeln können. Doch was hätte er davon gehabt? Einen kurzzeitigen Triumph, der rasch verflogen wäre. Jemanden zu überführen und bloßstellen ist die eine Sache. Der Zauberer hat aber niemanden wirklich geschadet; im Gegenteil: Er hat das Publikum kurzweilig unterhalten und vom eintönigen, schweren Alltag abgelenkt.

Nachdem Helmut allein ist, schaut er nach dem Zauberer. Mit Erschrecken stellt er fest: Die Bühne ist leer. Sofort ist die gute Laune dahin. Er schilt sich einen Narren. *So blöd kann doch niemand sein!* Er ist dem Ziel so nah gewesen – und hat seine Chance vertan! Er könnte kotzen!

»Hier seyd Ihr also«, sagt jemand hinter Helmut.

Er dreht sich erschrocken um und blickt in Ragins Gesicht.

»Ich bin es, Euer Freund«, fügt der Waldmann hinzu. Ihm ist es sichtlich peinlich, Helmut einen Schrecken versetzt zu haben. Der versucht eine weniger verräterische Miene zu machen, was aber nicht gelingen will.

Ragin spricht weiter. »Das Geschäft ist abgeschlossen, und wenn Ihr wollt, machen wir uns auf den Rückweg.«

»Alles verkauft?«

»Ja. Und zu einem stattlichen Preis. Euch gebührt ein Anteil.«

Helmut wehrt ab. »Nicht nötig. Gebt mir einfach eine Unterkunft und ein wenig Speis.«

Ragin ist erstaunt.

»Wie Ihr wollt.«

Schweigend gehen beide zum Wagen und beginnen die Heimreise.

Am Stadttor gibt es einen Stau. Viele wollen die Stadt auf einmal verlassen. Der Rückstrom ist so enorm, dass die Wachen einschreiten und den Verkehr leiten; eine Notwendigkeit, damit die Wenigen, die in die Stadt wollen, nicht zu lange warten müssen.

Helmut ist in Gedanken. Alles um ihn herum ist ausgeblendet und für den Moment nicht existent. So bekommt er auch nicht mit, dass ein alter Bekannter, der Wanderbursche Linhart, ganz nah vorübergeht. Der wiederum ist darauf bedacht, schnellstmöglich in die Stadt zu gelangen. Seit Tagen hat er nur die Reste des trockenen Brotlaibs gegessen. Nachdem der Stumme urplötzlich verschwunden war, und die Suche zu nichts führte, verließ Linhart das Glück, ausreichend essbares zu finden. So bleibt ihm nur eine Ansiedlung zu finden, um den Hunger endlich zu stillen. Die Stadt lag am nächsten, außerdem kann er sich hier gut verdingen, denn Geld besitzt er keines.

Zufällig hebt Linhart den Kopf und sieht den teilnahmslos sitzenden Stummen. Gleichzeitig fährt der Wagen weiter. Kann das sein? Wie kommt der hierher? Sogleich wird Linhart klar, dass nur

Raubgesindel dahinterstecken kann. Und der auf dem Bock ist sicherlich der Anführer. Unruhig werdend denkt Linhart nach, was er tun kann. Diesen Stummen muss geholfen werden! Zum zweiten Male führt beide das Schicksal zusammen. Das muss Bestimmung sein! Gott will, dass er, Linhart, den Fremden zu Hilfe eilt.

Inzwischen ist der Wagen aus dem Blickfeld entschwunden. Doch weit ist er noch nicht gekommen. Der Wanderbursche ändert abrupt seine Pläne, wendet sich an den nächsten Wachmann, der den Verkehr regelt und überwacht. Es bedarf nur wenige Worte. Die Ordnungshüter sind sensibilisiert und angewiesen, mögliche Straftaten sofort und mit aller Härte zu ahnden. Der informierte Wachmann trommelt umgehend drei ihm am nächsten Stehenden zusammen, und gemeinsam verfolgen sie zu Fuß das beschriebene Fuhrwerk.

Gemächlich zuckelt der Wagen die ausgefahrene Straße entlang. Ragin hat es nicht eilig. Das gute Geschäft verschafft ihm eine kleine Verschnaufpause. Helmut hat dem Waldmann Glück beschert. Die Arbeit geht mit dessen Hilfe schneller, und wenn er einige Fuhren zum gleichen Preis wie heute verkaufen kann, wird vieles einfacher werden. Ernsthaft überlegt Ragin, den neuen Freund zu seinem Teilhaber zu machen. Doch Helmut schweigt und etwas scheint ihn zu bedrücken. Er wird einen günstigeren Zeitpunkt abwarten, um Helmut ein Angebot für eine langfristige Zusammenarbeit zu machen, von denen beide profitieren.

Jede Unebenheit ist gleichermaßen spürbar. Man wird jederzeit durchgerüttelt, ohne sich darauf eigentlich richtig einstellen zu können. Jeder einzelne Knochen – auch die, von denen man nicht einmal weiß, dass sie existieren –, schmerzt. Die Rückenwirbel werden gestaucht, das Fleisch und Gewebe durchgeschüttelt. In Helmuts Zeit würde man dafür einen Haufen Geld bezahlen, um in den Genuss derartiger Massage zu kommen. Neben Ragin bekommt man es gratis.

Allmählich kehrt Helmut in die Gegenwart zurück. Umständlich räuspert er sich. Die Stadt liegt einiges hinter ihnen. Nur noch ein Stück Mauer und der Kirchturm sind zu sehen.

Es fühlt sich an, als habe er einen schlechten Traum gehabt. Der Zauberer geht ihm nicht mehr aus dem Sinn. Sämtliche Gedanken umkreisen diesen Typ. Etwas will die Vorsehung ihm mitteilen – nur was?

»Was bedrücket Euch?«

Helmut überlegt, wie er es dem Holzfäller plausibel erklären kann.

»Hat es etwas mit Eurem Bekannten zu tun?«, hakt Ragin nach.

»Er war auf dem Markt«, antwortet Helmut nachdenklich.

»Und? Habt Ihr ihn sprechen können?«

Helmut verneint.

»Er muss Euch viel bedeuten, wenn es Euch so sehr beschäftigt.«

Dies wäre der richtige Zeitpunkt, um Ragin mehr zu erzählen. Doch es soll anders kommen …

Alles geht so rasant schnell.

Vier Wachmänner stürmen herbei. Einer stellt sich dem Ochsen in den Weg. Zwei andere ergreifen Ragin und zerren ihn brutal vom Wagen. Der letzte wendet sich an Helmut.

»Ihr seyd frei, Herr. Wir wissen alles über die Bande.«

Bande?

Der Holzfäller liegt am Boden. Die Büttel malträtieren ihn mit ihren Füßen und halten ihn mit den Lanzen im Schach.

»Wo sind deine Helfer? Sprich, Bube!«

Ragin weiß nicht, wie ihm geschieht. Die Tritte und Schläge lassen ihn keine Möglichkeit zur Gegenwehr.

Der Wagen wird gewendet, Ragin auf die Ladefläche verfrachtet und dann zuckeln sie gemächlich wieder zurück in die Stadt.

Helmuts Protest bleibt ungehört. Vermutlich nehmen die Schergen an, er stehe unter Schock und wisse nicht, was er sagt. Der inzwischen Gefesselte und streng unter Beobachtung stehende Ragin wimmert vor Schmerz.

Linhart sagt als Zeuge aus. In fünf Tagen wird das Gericht zusammenkommen. Bis dahin wird Ragin in den Kerker gesperrt. All seine Habseligkeiten sind beschlagnahmt worden, darunter auch der Betrag, den sein Holz eingebracht hat. Man hält es als Teil seiner gemachten Beute.

Helmut wird nicht gehört. Was kann ein Stummer schon aussagen? Man stützt sich voll und ganz auf die Aussage des Wandersmanns. Schließlich war er dabei gewesen.

Die Stadtwachen sind sicher, endlich einen des verruchten Räubergesindels habhaft geworden zu sein. Da nützt es auch nicht viel, dass Ragin Namen nennen kann, die ihn kennen und seine Unschuld beweisen können.

Eben war die Welt noch in Ordnung –nun ist nichts mehr, wie es war. Einmal in den Fängen der Herrschenden des feudalen Systems, wird es schwer werden, das Leben wieder in normale Bahnen zu lenken.

16.

Der Wandersmann nervt. Er weicht Helmut nicht von der Seite. Linhart fühlt sich berufen, von nun an den Stummen beizustehen, damit diesem nichts mehr Schlimmes passieren kann.

Die neuen Ereignisse haben sich schon längst in der Stadt herumgesprochen. Sogar der Händler ist bereits auf der Wache vorstellig geworden, um sein Geld zurückzufordern, denn mit Gesindel mache er keine Geschäfte. Dafür stehe sein guter Ruf als ehrbarer Geschäftsmann auf dem Spiel, und das könne er sich nicht leisten.

Von dem Geld ist nicht viel übrig. Die Wachleute haben den Großteil unter sich aufgeteilt. Der Rest wird dem Richter in die Tasche gesteckt werden. Da niemand auch nur einen Taler herausrücken will, lehnt der Hauptmann die Rückgabe mit der fadenscheinigen Begründung ab: Der Räuber habe kein Geld dabeigehabt.

Die Dinge nehmen ihren Lauf. Jeder hat dazu sein Scherflein beigetragen. Und jeder hält an seine Version und Sichtweise fest.

Ein ausgesprochen ereignisreicher Tag geht zur Neige. Bald wird die Sonne untergehen. Um etwas zu erreichen ist es für heute zu spät. So bleibt nur sich zu fügen und abzuwarten.

Man weist von Amtes wegen Helmut und Linhart in einer naheliegenden Schänke einen Platz zu. Das heruntergekommene Wirtshaus wird von einem älteren Mann geführt, dem es einfach nur lästig ist, Wildfremde aufnehmen zu müssen. Deswegen quartiert er die Zwei im Dachboden ein. Über eine morsche Leiter klettern sie hinauf. Es ist düster und stickig. Kein Fenster, kein Licht.

»Nachher bring ich was zu essen«, mault der Wirt mürrisch. Dann verschwindet er wieder in der Versenkung.

Linhart schwärmt von der Unterkunft. Sie ist trocken und geräumig, man hätte es viel schlimmer treffen können.

Helmut schweigt und mimt den Stummen. Warum scheue Gäule wecken, die es nur noch komplizierter machen? So kann er wenigstens ungestört nachdenken. Eine alte Kiste bietet ihm einen Sitzplatz und der Schornstein ist seine Lehne. Er schließt die Augen.

Eine Weile verursacht Linhart nervende Geräusche. Wahrscheinlich sucht er sich ebenfalls ein Plätzchen. Darüber döst Helmut ein.

Das Quietschen der Tür reißt Helmut aus einem unruhigen Schlaf. Durch die Dunkelheit kann er nicht einmal die Hand vor Augen sehen. Er lauscht. Das Haus knarrt und man hört in den Ecken die Mäuse scharren. Er bleibt ruhig sitzen. Linhart schläft, das verraten dessen gleichmäßige Atemzüge und das hin und wieder die Stille zerreißende Schnarchen.

Aber Helmut hört noch etwas. Etwas, was nicht hierhergehört. Jedenfalls nicht, wenn Gäste diesen Raum bewohnen.

Leise Schritte tasten sich Stück für Stück näher. Die Holzbohlen knarren leise unter dem Gewicht. Ist es der Wirt? Was sucht der? Glaubt der, etwas bei den Beiden zu finden? Oder bringt er die versprochene Mahlzeit? Vermutlich hat er etwas Anderes vor. Wenn es denn der Wirt ist …

Oder ist es gar der Zauberer?

Wie hat er ihn gefunden? Sollte einer der Wachen gequatscht haben? Oder der Wirt?

Helmuts Herz schlägt bis zum Hals hinauf. Die stickige Luft raubt ihm fast den Atem.

Die Schritte verstummen.

›Zum Teufel!‹, denkt Helmut, die Anspannung kaum noch aushaltend. ›Gib dich endlich zu erkennen!‹

Für gewöhnlich ist er nicht ängstlich und hält auch größeren Belastungen stand. Normalerweise. Aber im Moment ist nichts *normal*. Fast kommt es ihm vor, er lebe gar nicht *sein* Leben.

Wieder knarzt der Boden, diesmal direkt vor ihm. Er versucht, so flach wie möglich zu atmen. Er will es dem nächtlichen Besucher so schwer wie möglich machen.

Die Situation spitzt sich zu. Ganz deutlich ist eine feindliche Atmosphäre zu spüren, die sekündlich zunimmt. Es knistert regelrecht.

Eine Maus fiept. Beinahe hätte Helmut einen Laut ausgestoßen. Aber der späte Gast hat weniger gute Nerven. Deutlich zuckt der zusammen. Ein leises Fluchen bestätigt Helmuts Vermutung, dass es nicht Linhart ist, der jetzt herumschleicht. Der Stimme nach könnte es der Wirt sein.

Draußen miaut eine Katze. Dieses Geräusch nutzt der geheimnisvolle Besucher, um schneller ans Ziel zu kommen. Anhand der Schritte kann sich Helmut denken, wo in etwa dieser im Raum steht.

Linhart hustet, schnauft, wechselt mit einem Stöhnen die Seite. Wieder kehrt Ruhe ein. Eine Ruhe, die jederzeit bersten kann.

Und die Schritte werden lauter, entfernen sich von Helmuts Platz. *Da wähnt sich aber jemand ziemlich sicher!*

Plötzlich verrät ein Knarren, dass die Tür wieder geöffnet wird. Daraufhin quietschen wieder die Angeln, diesmal lauter und länger, als beim Eintreten. Erneut eintretende Stille, danach verlassen die Schritte den Dachboden. Auf das Schließen der Tür wartet Helmut vergeblich; offenbar hält derjenige es nicht für notwendig.

Helmut atmet auf. Aber Schlaf findet er in dieser Nacht keinen mehr.

Als der Hahnenschrei den neuen Tag ankündigt, ist Helmut längst auf den Beinen. Unbemerkt hat er sich vom Dachboden, dann durchs Haus und schließlich nach draußen auf die Straße geschlichen. Er muss etwas Sinnvolles tun, bevor er platzt. Linhart ist ein guter Kerl, aber seine Fürsorge nervt. Alles was Helmut jetzt braucht ist freie Bahn. Noch ist unklar, was er tun kann – Fakt aber ist, *dass* er etwas tun wird!

In den Gassen ist niemand. Vereinzelt werden Fensterläden geöffnet, um das Tageslicht in die Häuser zu lassen. Ohne zu wissen wohin geht er. Das Stadttor ist noch verschlossen, also ist dieser

Weg für ihn versperrt. In ihm erwächst der Wunsch, ohne Umschweife diesen Ort, der nur Unglück gebracht hat, schnellstens zu verlassen. Und das wird nur durch die Luft möglich sein.

Sein Entschluss steht fest. Er sucht nach einer besseren Örtlichkeit, die nur schwer einsehbar ist. Ist er dann erstmal oben, wird das kaum jemand auffallen.

Eine dunkle Hintergasse erscheint dafür geeignet zu sein. Damit er unbemerkt bleibt, muss er handeln. Helmut geht in Position. Da ist auch schon das tragende Luftpolster. Kraftvoll stößt er sich ab.

Rasch an Höhe gewinnend, entschwindet er den Mauern. Zeitgleich und von Helmut unbemerkt, wird auch hier ein Fensterladen geöffnet. Und gerade als er über das gegenüberliegende Haus hinweg fliegt, richtet jemand den Blick auf ihn. Vor Schreck bleibt demjenigen die Luft weg. Aber er wird jedem davon berichten, der ihm heute über den Weg laufen wird. Wieder ist ein Gerücht geboren worden, was von einem fliegenden Satan handelt, der die Stadt der Ungläubigen heimgesucht hat.

Dem Verursacher bleibt das verborgen. Er hat andere Probleme. Da ist als erstes Ragin, der durch seine Schuld im Kerker schmachtet; der hat oberste Priorität. Und dann wird er sich den Zauberer vorknöpfen.

Knapp über den Bäumen hinwegfliegend, bringt er schnell eine große Distanz zwischen sich und der Stadt. Nun ist er auf der Flucht; ob das von Vorteil sein wird, steht auf einem anderen Blatt. Jeder trifft irgendwann eine Entscheidung, und Helmut musste die seine treffen. Wenn alle Stränge reißen, kann er ja immer noch davonfliegen.

Aber Ragin hat nichts getan, was eine Einkerkerung rechtfertigt. Unschuldig ist der Holzfäller in diese Lage geschlittert. Da kann Hellmut nicht einfach zusehen. Wäre er doch bloß nicht mit in die Stadt gegangen! Dann wäre es nicht zu diesem Zwischenfall gekommen. Und verdächtig hat er sich jetzt durch seine Flucht auch gemacht.

Der frische Morgenwind trägt Helmut rasch dahin. So ein Flug ist erfrischend und bringt die Gehirnzellen in Schwung. Er fühlt sich gut und unternehmungslustig. Mittlerweile vollführt er sogar waghalsige Flugmanöver, beschreitet eine Sinuskurven-Flugbahn. Selbstsicher navigiert und steuert er, als hätte er nie etwas anderes gemacht.

Frei wie ein Vogel zu sein – welch wundersames Gefühl! Man muss nur aufpassen, dass es nicht zur Selbstverständlichkeit wird und man es nicht mehr schätzt.

Fantastisch!

Auf einmal bekommt er Gewissensbisse. Weit und breit ist er der einzige, der dieser Fortbewegung frönt. Kein anderer Mensch tut es ihm gleich. Seltsam. Hat nur er diese Fähigkeit?

Aus den Augenwinkeln fällt ihm etwas auf. Sofort dreht er ab und sieht nach, um was es sich handelt. Er braucht gar nicht lange. Es ist eine Lücke im Wald, die sein Unterbewusstsein erspäht hat. Als er ganz nah darüber hinweg schwebt, weiß er auch den Grund. Es ist die Stelle, an der das Feuer gelegt worden war.

Die Flammen haben ein großes Loch ins sonst dichte Kronendach gefressen. Überall verkohltes Holz. Helmut geht tiefer. Die Öffnung ist breit genug, dass er ohne weiteres hinunterfliegen kann. Am Boden angekommen, landet er geschickt. Es riecht noch nach verbranntem Holz. Dort, wo die Hütte des Kräuterweibes gestanden hat, liegen überall verkohlte Reste. Der Baum, der der Hütte einmal festen Stand gab, ist ebenfalls stark in Mitleidenschaft gezogen worden. Bis weit hinauf reichen die Rußspuren. Der Stamm konnte dem Feuer trotzen, das feinere Geäst hingegen fiel den Flammen gnadenlos zum Opfer.

Der Geruch ist bestialisch. An manchen Stellen steigt noch feiner Rauch auf. Man weiß ja, dass unkontrollierte Brände einige Zeit lang weiter schwelen, vor allem, wenn niemand löscht. Und hier gibt es keine Feuerwehr.

Dieses Wort löst erneut etwas in seinem Hirn aus. Helmut begutachtet den Brandherd. Alles ist vernichtet worden. Es muss wie

Zunder gebrannt haben. Viel hat er nicht von der Inneneinrichtung gesehen, es war ja finster. Aber so wie es gerochen hat, hingen überall getrocknete Kräuter.

Ein leises Knistern lässt Helmut herumfahren. In einigen Schritten Entfernung äst ein Reh. Scheinbar hat das Tier keine Angst vor Menschen. Ungestört bleibt es stehen und beäugt ihn neugierig.

Ein sinnlicher Moment der Einhalt.

Das Reh spürt keine Gefahr, deshalb wohl zupft es frische Grastriebe und kaut bedächtig.

Helmut fühlt eine Innigkeit mit allem hier. Es wirkt vertraut, so wie etwas vertraut ist, was man über Jahre hinweg kennt und schätzt.

Da es hier nichts Neues zu entdecken gibt, geht Helmut wieder in die Luft, und setzt seinen Flug fort. Allerdings kommt er nicht sehr weit. Irgendwas hat er übersehen. Einen Ast, oder Zweig oder … Jedenfalls spürt er seitlich einen Schlag. Kurz darauf steht er am gleichen Platz wie eben. Die rechte Seite schmerzt. Er zieht das Hemd aus dem Hosenbund und tastet sich ab. Außer einem blauen Fleck hat er nichts abbekommen.

Unweit von seinem Standort flattert etwas unbeholfen. Helmut sieht nach. Es ist ein Federknäul, das versucht, davonzufliegen. Vorsichtig ergreift es Helmut, hebt es auf.

Das Tier ist klein. Ein Gefühl von Sorge steigt auf. Zärtlich streicht er über sein Federkleid. Die treuherzigen, hilflos wirkenden Augen berühren ihn. Sorgsam tastet Helmut die Flügel ab; nicht gebrochen. Der Schreck ist größer, als die Verletzung. Heilfroh darüber, erwidert Helmut sanft des Tieres Blick. Und wieder erfasst ihn eine seltsame Vertrautheit.

In seinem Kopf rattert es. Diese Begegnung ist schon Mal geschehen! Und schlagartig wird ihm bewusst, was lange Zeit verborgen war …

Benommen durch den unerwarteten Stoß – was es auch sein moch-

te – will er nur noch runter. Aus dem Augenwinkel bemerkt er ein Büschel trudeln. Sollte er wirklich mit einem Tier zusammengestoßen sein? Konditionell am Ende, geht er zur Landung über.

,Wieder ein Baum!'

Scheinbar zieht Helmut sie magisch an. Kaum noch Kraft, gelingt dennoch das eingeleitete Ausweichmanöver. Um Haaresbreite verfehlt er die mächtige Baumkrone. Mehrere weit heraus gewachsene Äste streifen ihn peitschenartig. Dadurch wird der Flug nachhaltig gestört. Einer ist besonders hartnäckig. Umwickelt Helmuts Unterschenkel, wird strammgezogen, lässt los. Gemindert in der Geschwindigkeit durchdringt Helmut Ast um Ast. Er rudert was das Zeug hält. Schlussendlich erreicht er den Boden hart, aber auf den Füßen. Abfedernd gelingt ihm das scheinbar Unmögliche, heil anzukommen.

„Oh Gott", presst Helmut hervor. „Man, man, man."

Nach Atem ringend beruhigt er sich zusehends.

Plötzlich hört er es flattern und rascheln. Erschrocken sucht er nach der Ursache. Jetzt geht es ziemlich schnell. Im Endeffekt kann Helmut nur feststellen, dass einem Meter neben ihn ein knäuelartiges Gebilde zum Liegen kommt. Ein Plumps-Geräusch sagt einiges über dessen Beschaffenheit aus.

Bei genaueren Betrachten bewegt sich das Knäuel. Zwei schwarze Augen und ein heller Schnabel kommen zwischen dem braungrauen Gefieder zum Vorschein. Das Tier versucht wegzufliegen, doch der rechte Flügel hängt schlaff und unkontrolliert herab. Luft pumpend sitzt der Vogel aufgeplustert da.

„Was bist du denn für einer."

Schuldbewusst geht Helmut in die Hocke. Begutachtet den Kleinen von allen Seiten, um heraus zu finden, um was für eine Art es sich wohl handelt.

„Keine Angst, mein Kleiner." Helmuts Stimme ist sanft und eindringlich. Als Tierfreund findet er meist Zugang zu anderen Arten. Mit Respekt sich annähernd, merkt der Vogel wohl, dass er nichts zu befürchten hat. Oder der Sturz macht ihn noch immer *perplex. Zart nimmt Helmut das Tier zwischen die Hände. Sofort krallt der Kleine sich fest.*

„Schschsch ... Ganz ruhig. Ja"

Der Flügel ist nicht gebrochen.

„Du hast genau so viel Glück wie ich."

Da das Tier keine Gegenwehr ausübt, legt Helmut den Flügel an den Körper.

„Du hast bestimmt noch nichts mit Menschen zu tun gehabt, oder?"

Bei dem Tier handelt es sich um eine Eulen Art. Klein von Wuchs, könnte es sich um ein Jungtier handeln.

„Bist du Männlein oder Weiblein?"

Neugierig kuckt Helmut das Tierchen an. Dabei streicht er mit dem Zeigefinger über den Bauch.

„Hm. Ist auch egal, oder?"

Im Kopf schwirrt der Name Euphemia. Keine Ahnung, weshalb! So will er die Eule fortan nennen. Denn eines ist klar: Dank dieser Verletzung braucht sie Pflege ...

Euphemia! Der Mantel der Vergessenheit schwindet. Klar und deutlich kann er sehen, was vom dichten Nebel lange Zeit verhüllt gewesen ist. Eine Unmenge an Bildern und Eindrücken überfluten Helmut. Das geheimnisvolle Amulett, der Sperlingskauz, das Filmteam, Kerstin. Die letzten Stunden durchbrechen mit Schallgeschwindigkeit seinen Geist. Der Münzhändler, der abendliche Ausflug und als würde er es nochmals erleben, taucht das Unwetter auf. Und dann diese enorme Lichtgrelle ...

Helmut atmet schnell. Diese Erinnerungsfülle übermannt ihn brachial. Und zu verdanken ist es *Euphemia* ...

17.

Der Vogel begleitet Helmut wie in alten Zeiten. Gemeinsam fliegen sie über den Wald, jagen sich gegenseitig aus Spaß an der Freude, landen zusammen. Ob es wirklich Euphemia ist, kann Helmut nicht wirklich sagen. Es ist nur ein Gefühl. Wenn es aber tatsächlich der Sperlingskauz ist, stellt sich unweigerlich die Frage, wie kommt er hierher? Zufall? Er glaubt nicht mehr an Zufälle.

Es wird Zeit, der Sache auf den Grund zu gehen. Seiner Meinung nach hat dieser ›Zauberer‹ seine Finger im Spiel. Die Ähnlichkeit mit dem Münzhändler ist frappierend. Beide gleichen sich wie ein Ei dem anderen. Zwillinge? Unwahrscheinlich. Ob ihn auch das Gewitter überrascht hat?

Oder hat der einen anderen Weg gefunden, die Zeit zu wechseln? Im Lager hat Helmut doch etwas eigenartig Glattes berührt … Und wie konnte das Lager restlos leergeräumt sein?

Euphemia regt sich lautstark.

»Bist du der gleichen Meinung?«

Sie schüttelt das Gefieder.

»Nein?« Helmut denkt nach. »Du meinst, ich bin auf dem Holzweg?«

Ihre großen Augen sehen ihn erwartungsvoll an.

»Ja«, ruft er langgedehnt. »Das Kräuterweib! Sie ist involviert und weiß, wo der ›Zauberer‹ zu finden sein wird! Wir werden der Dame einen Besuch abstatten, was meinst du?«

Die Frage bleibt reaktionslos.

»Dann werden wir uns mal auf den Weg machen. Aber vorher wird gegessen.«

Euphemia reckt den Hals und lässt einen gurrenden, zustimmenden Laut hören.

Es bedarf längere Zeit, bis Helmut Ragins Dorf gefunden hat. Aus der Luftperspektive sieht alles gleich aus. Er landet abseits, um nicht gesehen und womöglich unnötiges Aufsehen zu erregen.

Dann braucht er nochmals mindestens eine Dreiviertelstunde zu Fuß, bis endlich das Waldstück erreicht wird, indem er das Kräuterweib vermutet.

Euphemia flattert treu neben ihm her. Manchmal landet sie auf einem Ast, wartet eine Weile, bis er nahe genug kommt, fliegt dann weiter.

Ganz in der Nähe muss die Alte sein, denkt Helmut.

Jeden Schritt abwägend, um die Alte nicht frühzeitig zu warnen, schleicht er weiter. Es kommt Helmut unwahrscheinlich vor, dass sie noch immer am gleichen Platz sitzt. Das Weib ist rüstig und sicherlich durchstreift sie den Wald, auf der Suche nach Heilkräutern. Erwähnte sie das nicht gegenüber dem Fremden?

Hinter jedem Baum kann das Kräuterweib auftauchen. Oder auch der ›Zauberer‹.

Nach einigen vorsichtigen Schritten lauscht er. Nichts Auffälliges zu hören, stellt er fest. Nichts, was nicht in einem Wald gehört.

Durch einen Forst herumzuirren ist nicht gerade ein Zuckerschlecken und dazu schweißtreibend. Immer öfter legt er deshalb eine Pause ein.

Jetzt ist es wieder der Fall. Mit dem Arm wischt er sich den Schweiß von Gesicht und Stirn. Die Suche dauert länger, als er erhofft hat. Langsam zweifelt er daran, überhaupt in der richtigen Gegend zu suchen.

Als er in sich gesunken auf den abgestorbenen Baumstamm sitzt, hört er es rauschen. Das kann nur der Bach sein, an dem er die Waschweiber belauscht hat. Das Plätschern erweckt ungezügelten Durst. Dorthin wird er erstmal gehen.

Nach hundert Metern erreicht er den Fluss. Das klare Wasser lädt zur Erfrischung ein. Nur noch das in Ufernähe wuchernde Gras bewältigen, dann kann er laben.

Klopfgeräuschen hallen heran. Helmut zögert. Kräftiges, hintereinander erklingendes Klopfen. Jemand baut! Der ›Zauberer‹? Ganz in der Nähe ist irgendwer am Arbeiten. Automatisch zieht Helmut den Kopf ein. So unverhofft und unvorbereitet will er ihm dann doch nicht begegnen.

Auf leisen Sohlen schleicht er weiter. Schon wenig später ist er sicher, dass der ›Zauberer‹ und das Kräuterweib herumwerkeln. Auf einer Lichtung bereitet Eginulf dünne Stämme vor. Eine Wand steht bereits und ist mit Hanfseilen notbehelfsmäßig an einem verwundenen Baum festgezurrt. Die Zweite ist in Arbeit.

»… er Euch erkannt?«

»Bin nicht sicher«, antwortet Eginulf, für Helmut verständlicher, da er dem Münzhändler nähersteht, als der Alten.

Es geht also um mich, sinniert Helmut. Offenbar beschäftigt es auch andere. *Interessant. Also hat er mich auch gesehen.*

»Wann wollt Ihr Euch ihn zu erkennen geben?«

»Das eilt nicht, *wîb*. Er ist noch in der Stadt. Ein Wanderbursch will in ihn einen Edlen erkannt haben.«

»Einen Edlen«, lacht Bertrâdis verächtlich. »Ein Teufel ist er.« Die Alte spuckt aus.

»Er mag ein Teufel sein. Aber sind wir das nicht alle?«

Helmut hat genug gehört. Auf dem gleichen Weg wie gekommen, zieht er sich zurück. Nun gilt es, den passenden Auftritt zu wählen. Er wird also als Teufel gesehen! Gut – dann sollen sie den Teufel auch bekommen.

Als nächstes sucht Helmut des Holzfällers Weib auf. Es ist ein schwerer Gang, aber er ist es ihr schuldig. Und er möchte ihr Mut machen. Außerdem hofft er, dass sie ihm hilft. Denn sonst kennt er im Dorf niemanden, bei dem er um etwas bitten kann.

In seiner Zeit würde man die Frau als *taff* bezeichnen. Sie nimmt die Nachricht, dass ihr Mann im Kerker geworfen wurde, äußerst gefasst auf. Helmut versichert ihr, er würde alles Menschenmögliche tun, um ihn da herauszuholen. Dafür bräuchte er etwas, und er wisse nicht, an wem er sich wenden könne.

Er hat bekommen, was er braucht. Nur eine Kleinigkeit fehlt, doch dafür muss er zum Schmied. Zufrieden macht er sich auf den Weg. In ein paar Tagen ist der Spuk vorbei, hofft Helmut selbstbewusst. Ragin seine Unschuld wird bewiesen sein, dafür wird er mit seiner Aussage sorgen. Im Dorf ist der Holzfäller bekannt. Vielleicht kann Helmut den Schmied überzeugen, für Ragin Fürsprache zu halten.

Der Schmied ist ein mächtiger Hüne. Sein kräftiger Oberkörper ist von Muskeln nur so überzogen. Helmut hat schon von weitem Respekt. Nachdem der Schmied Helmut bemerkt, hält er inne. Es kommt selten vor, dass Herrn des höheren Standes zu ihm kommen. Und anhand der Kleidung ist der Kunde ein Adliger.

»Seid gegrüßt, Schmied«, sagt Helmut freundlich. »Ragins Weib schickt mich.«

»Gevatter«, grüßt der Schmied weniger freundlich zurück. »Womit kann ich Euch dienen?«

»Können wir uns unter vier Augen unterhalten?«

Der Schmied verzieht das Gesicht und sieht Helmut herausfordernd an. Dann bittet er ihn hinein. Das Feuer in der Schmiede glüht. Sofort treibt die Hitze Helmut den Schweiß ins Gesicht.

»Was wünscht Ihr, Herr?«

Helmut berichtet ausführlich wie er Ragin begegnet ist, dass er ihn anschließend geholfen und ihn in die Stadt begleitet hat. Die dortigen Vorfälle erwähnt er wahrheitsgetreu und ungeschönt. »Dieser Linhart hat mich erkannt und wahrscheinlich angenommen, Ragin hätte mich in seiner Gewalt«, schließt er. »Ich brauche Eure Hilfe, Schmied.«

»Gegen die Gerichtsbarkeit richtet niemand etwas aus. Ihr wäret ein Narr, dies zu glauben.«

»Ein Narr ist, wer nicht glaubt«, entgegnet Helmut. »Dort, wo ich herkomme, glaubt man an die Wahrheit.«

»Wahrheit? Ihr spuckt große Töne, Herr. Wahrlich, Ihr müsst von weither kommen.«

»Ja, von sehr weit, Schmied. Glaubt Ihr nicht an die Wahrheit?«

»Mein Glaube gilt Gott. Ihr solltet Euch an ihn wenden!«

»Gott prüft uns, Schmied. Er will, dass wir handeln.«

»Was gottgewollt kann der Mensch nicht ändern.«

Innerlich verzweifelt Helmut beinahe über diese Sturheit.

»Dann betet, Schmied. Betet für Ragin.«

Die Blicke der Männer verschlingen ineinander. Jeder hält den des Anderen stand, gibt nicht nach. Und für einen winzigen Augenblick ist die Sicht in beiden Seelen frei.

»Ich benötige noch etwas, dass ich hoffe, von Euch zu erhalten«, wechselt Helmut das Thema. »Vielleicht kann ich wenigstens dies von Euch bekommen.«

»Ich will sehen, was ich tun kann. Dann verratet mir, was es ist.«

»Zunder und etwas, um es zu entflammen …«

Die Abenddämmerung setzt ein. Gut vorbereitet, geht er bis zum Waldrand und vergewissert sich, dass er unbeobachtet ist. Für seinen bevorstehenden Auftritt, der dem eines ›Zauberers‹ in nichts nachstehen soll, entledigt Helmut sich seines Hemdes. Die zwei mitgeführten, in Harz und Öl und mit dünnen Leinenstreifen umwickelten und getränkte, armdicken Äste spielen eine gewichtige Rolle in seinem Vorhaben. Die Alte soll ihren *Teufel* bekommen …

Frech lacht Helmut in sich hinein. Das Gesicht der Alten kann er sich lebhaft vorstellen. Vor Entsetzen wird es zu einer Fratze entstellt sein. Selbst der ›Zauberer‹ wird sie nicht wiedererkennen.

Direkt neben ihn flattert etwas. Euphemia ist wieder da. Zutraulich landet sie auf Helmuts Schulter. Ihre Krallen piksen in die Haut.

»Bist du bereit?«, fragt Helmut leise. Das Käuzchen antwortet mit einem gurrendem Laut. »Dann halt dich fest, meine Kleine.«

Kurz darauf sind sie in der Luft. Im Halbdunkel der einsetzenden Nacht bleibt er für ungebetene Augen weitestgehend unsichtbar. Vielleicht nehmen die einen schemenhaften Schatten wahr, aber das wird alles sein.

In mehr als zehn Metern Höhe fliegt Helmut Richtung Fluss. Die als Fackeln gedachten Äste stecken sicher im Hosenbund. Bis zum Ziel benötigt er nicht lang. Am Waschplatz, an dem die Weiber die Wäsche gewaschen haben, geht er runter. Hier entzündet er mithilfe des Zunders die Fackeln. Euphemia flattert gestresst herum. Alles Beruhigen seitens Helmut schlägt fehl.

Mit den lodernden Fackeln ist es schwierig zu Navigieren. Nur langsam kommt er voran. Von Weitem wirkt es gespenstisch; genauso, wie er es geplant hat.

Er zieht einen weiten Bogen, um von der anderen Seite vom Himmel herabzusteigen. Nachdem er über der halbfertig errichteten Hütte des Kräuterweibs anlangt, stimmt er aus Leibeskräften ein dämonisches Gelächter an. Es muss weithin zu hören sein. Mit beiden Armen macht er wedelnde Bewegungen.

Unter ihm sind Stimmen zu hören – beide sind also anwesend. Vor Freude darüber lacht Helmut noch hämischer und kraftvoller. Ihnen soll das Blut in den Adern gefrieren! Auch in seiner Gegenwart würde er Aufsehen erregen, und das nicht zu wenig. Jetzt, durch die Dunkelheit noch verstärkt, wird seine Inszenierung erst recht für einen Schockmoment sorgen.

Er geht tiefer. Die Alte schreit, was ihre Lungen hergeben. Noch hört Helmut nur das Weib. Er wird stutzig. Ist der selbsternannte ›Zauberer‹ doch nicht da? Erste Zweifel keimen. Aber er bleibt unbeirrt.

Mit offenen Flammen nachts im Wald herumzufliegen ist nicht ungefährlich; schnell können Zweige in Brand geraten, was dann passieren kann, hat er selbst am Leib gespürt. Helmut ist sich dessen bewusst, dennoch ist es mehr als einmal sehr knapp.

Sein Hohngelächter erfüllt die Nacht. Aufgescheuchte Tiere, zu Lande und auch zu Luft, vervollkommnen die gespenstische Szenerie. Das Kräuterweib schreit erbärmlich. Fünf Meter trennen Helmut noch vom Waldboden. Die Alte steht, vom Schreck gelähmt, unmittelbar neben ihrer neuen Unterkunft. Einige Schritte von ihr entfernt, ist eine weitere Gestalt auszumachen. Helmut quittiert diese Erkenntnis mit übermütigen Flugmanövern und Geplärre. Zudem beschleunigt er den Sinkflug extrem, was – in Anbetracht trockener, in die Flugbahn hineinragende Trockenäste – beinahe ins Auge gegangen wäre. Doch alles geht gut.

Schwerfällig rauscht er herab und kommt mit einem Satz auf gerader Linie zwischen der Alten und ihrer neuen Behausung zum Stehen.

Eginulf, durch den Schein der provisorischen Fackeln erhellt, erstarrt. Mit so einem Auftritt hat er nicht gerechnet; vor allem, als er Helmut erkennt, zieht es ihm die Farbe erst recht auf dem Gesicht.

»Weiche … weiche!«, schreit Bertrâdis hysterisch.

Helmut fuchtelt mit den Fackeln, beschreibt mehrmals Kreise in der Luft. Dabei macht er ein ernstes, Furcht einflößendes Gesicht. Zum Abschluss rammt er die halb nieder gebrannten Fackeläste in den weichen Boden.

Augenblicklich verstummt Bertrâdis.

»Hallo«, poltert Helmut mit fester Stimme. »Ich danke, für deine Gastfreundschaft.«

»Weiche von mir!«

»Das ist aber nicht nett, *wildaz wîb*«, entgegnet er gelassen. »Gute Manieren hast du schon mal nicht.«

Sie faucht und spuckt.

»Teufelsbraten«, zischt sie giftig.

»Ruhig Blut, Alte«, entgegnet er ruhig. Er macht einen Schritt nach vorn, der Bertrâdis sofort zurückweichen lässt. Die Angst ist ihr anzusehen.

»Du hast ein schlechtes Gewissen, nicht wahr?«

»Helft mir doch, Eginulf!«, fleht sie. »Bannt seinen *zoubar*[15]!«

Helmut wendet sich dem ›Zauberer‹ zu. »Da seid Ihr ja, *Münzhändler*. Nach Euch habe ich gesucht.« Da Helmut nun forsch auf

---

[15] Zauber

Eginulf zugeht, weicht auch der zurück. »Oder soll ich Euch ›Zauberer‹ nennen?«

»Was wollt Ihr?«

»Falsche Frage. Was wollt *Ihr*?!«

Verlegen (oder ertappt?) schweigt Eginulf.

»Was ich will ist doch klar«, fährt Helmut fort. »Antworten.«

»Wollt Ihr denn nicht endlich was tun!?«, ruft die Alte dazwischen.

»Halt 's Maul, Alte«, wehrt Eginulf mürrisch ab.

»Na, na, na! Wo bleiben denn Eure Manieren ... Spricht man so mit einer Dame?«

Eginulf senkt betroffen seinen Blick. So hat ihn noch niemand überrumpelt und gedemütigt.

»Ihr habt mich doch *gerufen*, Eginulf. Oder ist etwas schiefgegangen?«

Deutlich glaubt Helmut Betroffenheit im Gesicht des Münzhändlers zu erkennen. Wie einem gescholtenen Kleinkind gewährt Helmut ihm großzügig Bedenkzeit. Wenn jemand dermaßen unter Druck gerät, kommt es immer wieder vor, dass derjenige unüberlegte Äußerungen macht, die der Wahrheit am nächsten kommt.

Der ›Zauberer‹ schließt die Augen. »Also gut«, lenkt der endlich leise ein. »Früher oder später hätte ich Sie sowieso aufgesucht.«

»Okay. Ich bin ganz Ohr ...«

Auch Bertrâdis schaut Eginulf erwartungsvoll an.

»Da muss ich weit ausholen«, beginnt er. »Mir ist es auch schleierhaft. Denn eigentlich habe ich erwartet, dass Sie durch die *Zeitsäule* gehen ...«

18.

Bis spät in die Nacht stehen alle drei an gleicher Stelle, wie zum Zeitpunkt von Helmuts Landung. Er kann nicht glauben, was seine Ohren da hören. Es muss ein Traum sein. Da war die Rede von einer Zeitsäule, die Eginulf Anfang der 1950er Jahre in einem freigelegten Kellergewölbe gefunden haben will. Viele Jahre hat es gedauert, bis er die Säule bedienen konnte. Dabei half ihm Helmuts Großvater. Beide waren zu dieser Zeit beste Freunde. Dann kam die Einberufung. Sie dienten gemeinsam. Bis eines Tages Eginulf, während eines Wochenendurlaubs, einfach verschwand.

Sechs Monate später tauchte er wieder auf. Das Militär nahm ihn in Gewahrsam, und anschließend leistete er seinen Wehrdienst weiter ab. Danach eröffnete er den Laden. Er fing klein an. Seinen guten Kontakten zu höheren Behörden ermöglichten florierende Geschäfte. Es bestand eine enorme Nachfrage nach alten Münzen und Medaillen, die nur er hatte besorgen können. Und meistens im unglaublichen Erhaltungszustand.

Dadurch konnte er verlangen was er wollte – man zahlte.

»Ich besann mich Ihres Großvaters. Zufällig fand ich seine Adresse heraus und fuhr zu ihm. Wir redeten die ganze Nacht. Natürlich wollte er wissen, weshalb ich damals spurlos verschwunden war und wohin es mich verschlagen hatte. Statt darauf zu antworten, lud ich ihn ein. Ich müsse ihm etwas zeigen, was jedes Wort überflüssig mache. Wir vereinbarten ein weiteres Treffen, diesmal bei mir. Er versprach, zwei Monate später vorbeizukommen.

Er hielt Wort.

Ich hatte das Geschäft bereits erweitert und dieses Haus erworben. Damals war es eine Ruine und man war froh, einen Investor gefunden zu haben. Ich hatte vor, es zu modernisieren und auszubauen. Das unter dem Haus befindliche Gewölbe kam mir wie gerufen. Ich konnte es gut für meine Vorhaben nutzen und die Säule war dort hervorragend aufgehoben.

Im oberen Stock hatte ich meine Wohnung und auch schon ein

Zimmer soweit fertig, dass Ihr Großvater dort übernachten konnte. Gleich nach seiner Ankunft habe ich ihm mein Verschwinden erklärt. Natürlich wollte er die Zeitsäule sehen, die ich bis dahin vorsichtshalber nur umschrieb. Also stiegen wir ins Kellergewölbe hinab.

Ich hatte zur Sicherheit mehrere Stahltüren einbauen lassen. Niemand durfte die Säule ohne mein Wissen erreichen. Wichtig natürlich, wenn ich sie benutzte. Denn eine Neuaktivierung während einer bereits laufenden Sequenz würde diese unweigerlich unterbrechen. Eine Wiederaufnahme von der anderen Seite ist unmöglich. Es hätte zur Folge, dort bis zum jüngsten Tag gefangen zu bleiben.

Er hat mich und meine Sicherheitsvorkehrungen belächelt, machte seine Witze darüber. Aber als er dann davorstand, blieb ihm die Spucke weg.

Besonders beeindruckt hat ihn wohl das Erscheinungsbild der Säule. Beachtet man das geschätzte Alter, sah und sieht sie aus, als sei sie erst vor kurzem erbaut worden.

Ich erzählte ihm von meinen Ausflügen. Wie ich meinen Erfolg mit seltenen Münzen begründete und woher ich sie habe. Er hieß es nicht gut, glauben Sie mir. Aber er verurteilte mich auch nicht. Wir machten bald gemeinsame Zukunftspläne. Denn ich wollte ihn beteiligen. Schließlich teilt man gern mit Freunden.

Dann vergingen Wochen und Monate, in denen jeder für sich seiner Wege ging. Bis ich einen Anruf erhielt, er hätte über mein Angebot nachgedacht. Darüber würde er mit mir unter anderem sprechen wollen. Eine Bedingung stellte er allerdings, und die konnte ich auch erfüllen. So machten wir uns zusammen auf den Weg in die Vergangenheit.

Anfangs verlief alles ganz normal. Wir betraten durch einen verschleierten Nebel die Welt im tiefsten Mittelalter. Eine Kohorte ritt gerade durch den Wald, in dem wir ankamen, ganz in der Nähe vorbei. Dann gab es Säbelgerassel. Pfeile zischten durch die Luft. Ich weiß bis heute nicht, wem der Angriff galt. Ihr Großvater fand nach dem Überfall einige Dinge, die er mit der Erklärung an sich nahm, er wolle sie aufbewahren.

Ich bediente mich auch. Schmuck, Münzen. Das Übliche halt. Dann ging es zurück. Es ist, als gehe man durch eine Tür und betrete einen anderen Raum. Nur das der Raum eine andere Gegenwart ist.

Ich schloss das Nebeltor. In diesem Moment sauste ein Pfeil uns entgegen und ihr Großvater wurde am Bein getroffen. Jemand musste uns gesehen haben und gefolgt sein. Vielleicht war einer der Verletzten noch in der Lage dazu.

Die Pfeilspitze saß tief, hatte den Knochen getroffen. Die Chirurgie war damals noch nicht weit. Sie konnten zwar das Bein retten, aber nicht die volle Beweglichkeit. Aber wir lebten. –

Aus unserer Teilhaberschaft wurde nichts. Wir haben uns nur sehr selten gesehen, und über das, was geschehen war, nie wieder gesprochen. Bei einem dieser Gelegenheiten übergab er mir dann dieses Schächtelchen. Eines Tages, so sagte er, käme jemand, um es abzuholen. Dafür würde er sorgen.

Als Sie kamen, und mir den Abschnitt überreicht haben, wusste ich sofort, dass Sie es sind. Nur hatte ich das Päckchen mit dem Gegenstand nicht im Lager. Es gibt bessere Verstecke, als irgendwo zwischen verstaubten Kisten.

Als ich weg war, waren Sie im Lager, stimmt's? Ich nehme es an, weil bei meiner Rückkehr Sie nur wenige Meter von der Säule entfernt waren. Ihr Unwohlsein hängt mit den Strahlen der Säule zusammen, die während eines Durchgangs freigesetzt werden. Ich war so erschrocken, als ich Sie sah, dass ich für einen Moment dachte, Sie niederzuschlagen, um mein Geheimnis zu wahren.

Aber ich bin es meinem Freund schuldig, seinen Wunsch zu erfüllen. Hätten Sie die Säule, während ich unterwegs war, angefasst, hätte es für mich bös enden können.«

Helmut braucht einige Zeit, um alles zu verdauen. Was ihn aufhorchen lässt, ist die Erwähnung der Säule im sogenannten Lager. Hatte er nicht etwas extrem Glattes berührt? Und eine Art

Strahlung soll für die Hitze verantwortlich sein, die ihm entgegenschlug!

»Die Säule«, beginnt Helmut zaghaft, »haben Sie im Lager?«

»Wo sonst?«, setzt Eginulf entgegen.

»Sie sagten doch, es gäbe ein Gewölbe …«

»Das war einmal. Ich bin seitdem öfters umgezogen.«

Dies erklärt vieles, wenn auch nicht alles.

Der Münzhändler und ›Zauberer‹ sieht immer wieder an Helmut herunter. Im Schein der Fackeln funkelt es an seiner Hand.

»Wie ich sehe, tragen Sie einen antiken Ring.« Längst hat Eginulf die hier gebräuchliche Form der dritten Anrede aufgegeben und ist zu seinem ursprünglichen Sprachgebrauch zurückgekehrt.

»Ich habe ihn nicht übergestreift«, antwortet Helmut wahrheitsgetreu. »Jedenfalls kann ich mich nicht daran erinnern.«

Das nun einsetzende Schweigen wiegt schwer. Helmut versucht, die Minuten im Geschäft nachzuvollziehen und zu verstehen; Eginulf sucht nach fehlenden Bausteinen im Puzzle, um zu begreifen, wie es Helmut in diese Zeit ohne die Säule verschlagen hat.

Nun berichtet Helmut freimütig, wie er es erlebt hat. Die unerträglich werdende Hitze im Lagerraum, die Berührung einer Oberfläche; den abendlichen Besuch, mit dem Vorfinden eines leeren Raumes, bis hin zu dem unheilvollen Gewitter.

Eginulf grübelt. »Wenn Sie die Säule während des Betriebes berührt haben, dann …«

»Dann?«

»Ich weiß nur, dass für einen Durchgang eine Unmenge von Energie notwendig ist. Ich selbst habe es nie gesehen, ich habe sie ja immer selbst benutzt.«

»Weiter!«, fordert Helmut. So richtig kann er ihn nicht folgen.

»Sie haben sie angefasst … Es wäre möglich, dass die Energie Sie dabei aufgeladen hat … Das würde Ihre Halluzination mit der Glut und Hitze erklären. Sie sahen – mit Verlaub – *Scheiße* aus.«

»Danke.«

»Nichts für ungut. Ist nicht böse gemeint.«

»Wie erklären Sie sich, wenn ich halluziniert habe, dass der Laden völlig leer war? Dann das antike Tor an der Hausrückseite. Nicht zu vergessen: Ich sah Ihr Gesicht durch das Schaufenster …«

»Sie haben … *mich* gesehen? Davon sagten Sie aber eben nichts.«

»Diese Bilder tauchen ab und zu auf. Vergessen Sie nicht, ich hatte mein Gedächtnis verloren.«

»Versuchen Sie sich genau zu erinnern! Es ist wichtig! Was haben Sie gesehen!?«

Helmut sucht das entsprechende Bild. Er sieht in der Erinnerung, wie Kerstin stehen bleibt und erstarrt. Dann der Blick durch das verschmierte Fenster. Die Konturen eines alten Holzwagens sind erkennbar. Die riesigen Räder verbergen eine Gestalt, die sich scheinbar in deren Schatten versteckt. Als Helmut genauer hinschaut, glaubt er einen verwahrlosten Mann zu erkennen. Genau in diesem Moment wendet der Kerl den Kopf und blickt in den Laden herein. Ihre Blicke treffen und bohren sich ineinander … Helmut will nicht glauben, was er sieht. Sein Herz holpert. Ist das nicht? … Nein … das kann nicht …

Er sieht zu Eginulf hinüber. Kein Zweifel – *er* war es!

Der wird noch blasser. Wenn Helmuts Schilderungen stimmen, und er – Eginulf – keine Erinnerung daran hat, gibt es nur eine logische Erklärung: Es ist noch nicht passiert!

Über all dem Gedankenaustausch und Überlegungen der Männer, vergessen beide ganz das Kräuterweib. Der Auftritt dieses *Teufels* hat sie gelähmt, sodass es unmöglich gewesen ist, auch nur klar zu denken. Bertrâdis hörte einfach nur zu, versteht allerdings kein Wort. Eginulfs Wortwahl macht ihm fremder denn je. Sie hat geglaubt, diesen Mann zu kennen. Ein Irrglaube. Das Gefühl, von ihm belogen und betrogen worden zu sein, wird nunmehr stark und bestimmt ihre eingeschränkte Gedankenwelt. Das alte Weib wird immer wütender, bis sie ihren Ärger nicht länger zurückhalten kann.

»Ihr Tölpel!«, keift sie mit Schaum vorm Mund. »*Tinfal* soll Euch holen!«

»Halte ein, *wîb*«, versucht Eginulf sie zu besänftigen. »Weder Satan noch ein anderer Dämon …«

»Schweigt!«, herrscht sie ihn an. »Ihr habt einen Bund mit *tinfal* geschlossen!«

Hektisch bekreuzigt sie sich und murmelt undeutlich ein Gebet.

»Geh schlafen, Alte. Morgen ist deine Hütte fertig.«

Brüskiert huscht Bertrâdis an den Männern vorbei, pfui verachtend und verschwindet im Dunkel der Hütte.

»Gehen wir«, schlägt Eginulf vor.

Noch eine ganze Stunde lang brennen die beiden Astfackeln. Dann erlöschen sie zischend und die Finsternis erobert die Nacht.

19.

Eginulfs Haus steht weit abseits. Er legte bei der Auswahl der Örtlichkeit viel Wert darauf, weitestgehend unbeobachtet ein und ausgehen zu können. Auch ist er ja nicht immer da. Um lästige Fragen zu vermeiden, ist der gewählte Platz goldrichtig. So fällt es auch niemanden auf, dass er Besuch hat. Hier können sie sich ungestört bewegen. Und nicht einmal die Alte weiß, um Eginulfs Unterschlupf.

Der Hausherr entzündet eine Laterne. Tür und Fensterläden sind geschlossen, so gibt es auch keine zufällige, neugierige Blicke.

Helmut liegt viel daran, den Holzfäller zu befreien. Was fehlt, ist ein ausführbarer Plan, der das Gelingen garantiert. Hierbei sind gute Kenntnisse gefragt. Er hofft auf Eginulf. Der ist nicht gerade erbaut von Helmuts Idee. Aber angesichts der Situation erklärt er seine Bereitschaft zu helfen. Natürlich nicht ohne Hintergedanken; aber die behält er für sich.

»Schlafen wir erst einmal«, schlägt er Helmut vor. »Morgen haben wir wieder einen klaren Kopf.«

Die Müdigkeit fordert, was der Körper dringend braucht. Der Tag war aufregend genug und besonders die Abendstunden hatten es in sich.

Am Morgen ist Eginulf bereits außer Haus. Sofort ist Helmut hellwach. Hat er etwa mit falschen Karten gespielt? Der Typ ist sehr undurchsichtig, dass muss sich Helmut wiederholt eingestehen.

Auch draußen kann er Eginulf nirgends sehen. Enttäuscht darüber, sich so haltlos geirrt zu haben, zweifelt Helmut an seiner Menschenkenntnis. Er will nicht wahrhaben, geblendet worden zu sein, wenn es auch danach aussieht.

Was nun? Er wird ganz ohne Hilfe Ragin befreien müssen. Ein schwieriges, vielleicht sinnloses Unterfangen, kennt er doch die hiesigen Gegebenheiten nicht. Auf den Schmied zu setzen ist ihm zu unsicher. In diesem Jahrhundert herrscht Angst vor, und Zivilcourage sucht man vergebens. Aber das ist in seiner Gegenwart doch genauso. Zivilcourage ist rar und jeder sich selbst der Nächste. Manches ändert sich eben nie …

Helmut bläst die Wangen auf. In was für eine Situation ist er da geraten?! Nicht genug, dass er hier für immer gefangen sein wird, hat er auch noch andere in eine unsägliche Lage gebracht. Warum hat er nicht sofort interveniert? Nein, er musste ja schweigen und den Stummen mimen! Oder war er ganz einfach nur von der Situation überfordert?

Nicht wirklich ein Trost, aber eine der wahrscheinlichsten und treffendsten Erklärung.

Manchmal behält das Leben wirkliche Überraschungen bereit. Sei es, um aus einem eingefahrenen Trott herausgerissen zu werden. Der moderne Alltag ist von materialistischen Werten überlastet. Es zählt nur Geld, der einen Status finanziert, der die sozialen Kontakte angeblich aufwertet. Eine moderne Art von *Blendung*. Und er, Helmut Hargener, maßt sich an, ein Urteil über Eginulf zu bilden! In diesem Augenblick schämt sich Helmut. Gottseidank beobachtet oder sieht ihn keiner.

Allerdings irrt er bei dieser Annahme gewaltig. Denn soeben nähern sich zwei Gestalten dem Blockhaus. Es sind Eginulf und Ramgar, der Schmied. Beide kennen sich schon lange. Ramgar schätzt Eginulfs Aufträge, die ihm ein gutes Einkommen einbringen, und Eginulf schätzt Ramgars Kraft und Geschicklichkeit.

Eginulf hat auch etwas zu essen besorgt. Er stellt den Korb auf einen Holzhaufen an der Stirnseite ab und gibt dem Schmied zu verstehen, auch hier zu warten.

Als er um die Ecke der Hütte kommt, sieht er Helmut nachdenklich sitzend, das Gesicht in seine Hände vergraben, vor.

»Gut geschlafen?«

Helmut zuckt auf.

»Mehr schlecht als recht«, gibt er zu. »Wo kommen Sie denn

her?«

»Ich habe Besorgungen erledigt. Und was mitgebracht.«

Ungläubig mustert Helmut Eginulf, kann aber beim besten Willen nichts sehen, was dieser nicht auch schon gestern an sich trug.

»Und was?«

»Sie trauen mir nicht, richtig? Würde ich an Ihrer Stelle vermutlich auch nicht. Dann kommen Sie mal …«

Gegen Mittag fährt ein mit Heu und verschiedenen anderen Eisenkram beladener Wagen durchs Stadttor und darf passieren. Die Wache kennt den Schmied, der den Wagen steuert. Scheppernd rollt das Gefährt über das Kopfsteinpflaster.

In einer unverdächtigen Entfernung wandert Eginulf ebenfalls Richtung Stadttor. Unauffällig schielt er zum Wagen und registriert, dass alles glattgegangen ist. Unbemerkt atmet er tief ein. Der erste Teil des Planes ist gelungen.

Er selbst wird von der Wache angehalten und nach seinem Begehr befragt. Insoweit ist er verdächtig, da Eginulf keine Ware mit sich führt, die er verkaufen könnte. Und der Kleidung nach traut man ihm auch nicht zu, sich etwas leisten zu können. In letzter Zeit häuften sich die Diebstähle, da schaut man schon genauer hin. Ist zwar meistens nur *pro forma*, aber die Bevölkerung nimmt wahr, dass man handelt. So etwas wie am gestrigen Tag, an dem ein großer Fisch ins Netz ging, beruhigt natürlich das öffentliche Leben.

»Lass ihn durch, Kunert. Ist doch nur 'ne arme Kreatur, die frohlocken möcht.«

Kunert zögert. Der Kerl kommt ihm bekannt vor, weiß aber nicht woher.

»Spute dich, ehe ich's mir anders überleg!«

Eginulf deutet eine Verbeugung an und geht weiter. Hinter der nächstbesten Abzweigung folgt er schnellen Fußes den Verlauf der schmalen Gasse. Über einen Umweg gelangt er schließlich zum vereinbarten Treffpunkt.

Ramgar klopft an ein hölzernes Tor, das den gesamten unteren Stock des Hauses einnimmt. Herannahende Stimmen und Schritte sind zu hören. Laut wird von innen der Riegel entfernt, und das Tor wird knarrend und quietschend aufgezogen. Ein älterer, ungepflegter Mann erscheint im entstehenden Spalt des Tores.

»Ach, du bist es«, ruft er erfreut. »Komm rein, mein Junge.«

»Ich habe Freunde mitgebracht«, raunt Ramgar dem Alten zu. Der sieht sich um, kann aber nur Eginulf entdecken.

»Unterm Heu«, flüstert der Schmied.

Ohne ein weiteres Wort zieht der Alte das Tor ganz auf, bis der Wagen, vom Ochsen gezogen, in den Hof fahren kann.

»Mensch, Junge«, lacht der Alte. »Was treibt dich denn zu dem alten Oheim?«

»Etwas Dringliches«, antwortet Ramgar. »Wir brauchen Eure *folleist*[16].«

Derweil hilft Eginulf Helmut aus dem Heu.

»Die Luft ist rein.«

»Das ist ja mal gut gegangen. Und jetzt?«

»Wir unterhalten uns drinnen. Ich trau dem Frieden nicht. Hoffentlich haben die Mauern keine Ohren.«

Im Inneren des Hauses schlägt ihnen der Geruch von Schweinemist entgegen. Helmut rümpft die Nase. Wie viele, so hält auch Ramgars Oheim aus Platzmangel die Schweine im Haus.

Das neue Heu ist eine willkommene Gabe, wenn auch der wahre Grund ein anderer ist. Auf dem Markt ist frisches Heu sehr teuer, kommen doch die Händler von weither.

Der Alte gibt dem Stallburschen den Auftrag, nach dem Ausmisten das Heu hinauf ins *Repositorium*, dem Speicher im Dachboden, zu befördern. Sein Blick fällt immer wieder musternd auf

---

[16] Hilfe

Helmut, der durch seine Erscheinung auffällt.

»Das ist Helmut«, stellt Ramgar den Fremden seinem Oheim vor. »Er ist ein guter Mann und braucht uns.«

»Wohlan«, sagt der Oheim, ohne Helmut aus den Augen zu lassen. »Er muss von weither kommen. Teure Kleidung, mein Herr. Ihr seyd sehr wohlhabend.«

Helmut will schon abwinken, besinnt sich jedoch. Außer Eginulf kann keiner etwas mit Stoffen aus Polyester anfangen.

Der Schmied übernimmt es zu antworten. Er erklärt, dass Helmut durch eine Verwechslung als Opfer einer Entführung gehalten und daraufhin Ragin in den Kerker gesteckt wurde.

»Das sieht diesen Tölpeln ähnlich«, unterbricht der Oheim. »Der hatte bestimmt Geld dabei.«

Helmut nickt.

»Wir wollen Ragin befreien.«

»Wie wollt ihr da hineinkommen?«

Der Oheim ist blass geworden.

»Als erstes brauchen wir einfache Kleider für unseren Freund hier …«

20.

Der Plan sieht vor, auf dem Marktplatz ein Ablenkungsmanöver zu inszenieren, bei dem Eginulf seinen Auftritt hat und Helmut mit einer Beschwörungsformel fliegen lässt. Dies wird das gesamte Treiben des Tages kräftig durcheinander wirbeln. Natürlich wird man dafür sorgen, dass die Stadtwachen davon erfahren, die jede Gelegenheit der Abwechslung nutzen, und es dann nicht allzu genau nimmt mit der Bewachung. Bei solcherart Schau sind die Gassen menschenleer.

Es sollte eine Leichtigkeit für Ramgar sein, dass Schloss des Kerkers aufzubrechen. Auch wird es nicht auffallen, wenn er die Wache betritt, denn er war schon oft dort gewesen, um anfallende Arbeiten auszuführen.

Als der Plan feststeht, macht sich Eginulf an die Vorbereitungen. Helmut wird neu eingekleidet, um wie ein Einheimischer zu wirken. Denn wenn jemand aus dem Publikum auf die Bühne geholt wird, ist die Wirkung nochmal so stark.

Des Schmieds Oheim wird mit dem Wagen vorm Tor warten, um den Befreiten in Empfang zu nehmen. Er hatte eh schon seit längerem vor, ein Schwein zu verkaufen. Je nach Ragins Zustand wird der Wagen den Weg nach Norden einschlagen. Helmut soll, sobald in der Luft, mehrere Runden drehen, um den Blicken zu entschwinden. Unbeobachtet soll er den Wagen einholen, Ragin schnappen und in entgegengesetzter Richtung wenigstens aus der Gefahrensituation bringen. Sollte es Zeugen geben, würden diese beschwören, dass der Wagen nach Norden gefahren ist.

Ramgar indes wird im Waldstück den Holzfäller in Empfang nehmen und mit ihm ins Dorf zurückkehren. Es gibt zahlreiche Schleichwege, die auch der Oheim kennt. Auf einen Hohlweg wird er den Wagen lenken. Niemand wird ihn mit dem Ausbruch in Verbindung bringen, hofft nicht nur Ramgar.

Eginulf ist voll in seinem Element. Er trägt seine schwarzsamtene Robe, mit abgesetzten blauem Kragen und gelben Sternen auf dem Rücken. Es ist ein Leichtes, die Menge zu fesseln und als er dann noch einen Fliegenden Menschen verspricht, ist er bald in aller Munde. Kaum jemand wird die Schau verpassen wollen. Der ›Zauberer‹ wird wie immer für aufregende Kurzweil sorgen.

Eginulf nimmt einen kleinen Jungen auf die Seite und flüstert ihm etwas zu. Der Junge grinst, nickt, nimmt das Geldstück und verschwindet in der Menge. Eginulf schaut in die Runde und schmunzelt zufrieden. *Die Show kann beginnen.*

Helmut, mit einer abgewetzten, stinkenden Kutte bekleidet, steht in der dritten Reihe. Trotz praller Sonne hat er die Kapuze tief ins Gesicht gezogen. Etwas verholen schielt er in die Menge. Irgendwo dort vermutet er diesen Wanderburschen. Er wäre der Einzige, der ihren eigentlich gut durchdachten Plan durchkreuzen kann. Wenn möglich, dann will Helmut mit Linhart reden. Aber bis jetzt hat er ihn noch nicht entdeckt; vielleicht ist der ja auch nicht mehr in der Stadt?

Die Hoffnung trügt, wie wenig später Helmut sehen wird. Der Gesuchte erreicht ziemlich spät den Platz. Die Mundpropaganda hat ihn im Wirtshaus, während des Essens, erreicht. Er hat schon viel von diesem Zauberer gehört, aber noch nie zu Gesicht bekommen. Da selbst die Wirtsleute, für die er kleinere Handlangerarbeiten verrichtet, das Spektakulum nicht entgehen lassen wollen, kann er auch hingehen. So vollendete er noch die letzten Handgriffe und machte sich auf den Weg.

Wer als Letzter kommt, hat das Nachsehen! Hunderte von Menschen sind gekommen. Es herrscht ausgelassene, gespannte Stimmung. Dicht an dicht drängeln sich die Neugierigen, denen ein *Fliegender Mensch* verkündet wurde. Die Meinungen in den Diskussionen gehen auseinander. Die einen halten es für Humbug, andere fiebern danach, einen Menschen schweben zu sehen. Es heißt, der Zauberer suche sich einen unter der Ihrigen aus. So ist es kein Wunder, dass die Ersten schon sehr früh gekommen sind, um einen der gefragten vordersten Plätze zu erhaschen.

Linhart ist der Platz egal; Hauptsache er kann überhaupt etwas sehen. So stößt er kurz vor Beginn der Veranstaltung hinter Helmut, etwa zwanzig Reihen weiter, zum Menschenpulk. Viel kann er von hier nicht sehen. Einige sind ziemlich groß oder tragen die Kinder auf den Schultern. Zum Glück findet Linhart ein Fass, das er kurzerhand besteigt. So hat er eine prächtige Sicht auf das nun Kommende erhalten.

Fliegende Händler bieten einige Leckereien an. Manche drängeln sich durch die Masse, ergattern laut brüllend etwas, und drängeln sich zurück. Es wird geschubst und gerempelt, was das Zeug hält. Aber es kommt zu keiner Prügelei.

In seiner Robe betritt Eginulf gemächlich die Bühne. Sofort verstummen die Stimmen; es wird mucksmäuschenstill. Die Spannung steigt. Seinen Auftritt beginnt Eginulf mit allbekannten Tricks, die trotz häufiger Aufführung nichts an Faszination verloren haben.

Ein Kartentrick verzückt besonders die Männer. Wenn man das doch könnte, dann wäre so mancher Sieg sicher. Dann zieht Eginulf ein nicht enden wollendes Tuch aus dem Ärmel, was wiederum die Weiber begeistert. Münzen fallen aus einigen Nasen, die die Betroffenen ungläubig dreinblicken lassen. Dann hebt er beide Arme und bittet um Ruhe.

»Der Herr will, dass ich Euch zur Stund etwas darbiete, was noch kein Aug hat gesehen!«

Es herrscht gespannte Stille, die die sprichwörtlich herunterfallende Nadel noch meilenweit hörbar macht.

»Ich werde einen von Euch«, er deutet in die Runde, »auserwählen – und schweben lassen!«

Ein staunendes Raunen geht durch die Reihen.

»Höret mich an«, ruft Eginulf mit beschwörender, donnernder Stimme in die Menge. »Ich werde nun meinen Geist befragen und dann einen von Euch Gläubigen erwählen. Doch bedenket, dass dies all meiner Kraft bedarf, um dem Manne oder das Weibe leicht wie eine Feder werden zu lassen. Herr, oh Allmächtiger, erhöre und führe mich!«

Unwillkürlich sehen alle in den azurblauen, wolkenlosen Himmel, als würde der Herr wirklich sogleich herabsteigen. Doch es erscheint nichts, deswegen gehen die Blicke wieder zurück auf den Zauberer, der nun mit geschlossenen Augen etwas vor sich hinmurmelt. Die Stille im Publikum hält an. Nicht wenige beten im Stillen, dass der Herr sie doch auserwählen möchte, und bitten inständig um Vergebung begangener Sünden.

Der Zauberer öffnet die Lieder und lässt die Augen wandern. Schaut etwas ziellos nach allen Seiten, als müsse er sich erst wieder orientieren. Eginulf weiß, was die Zuschauer wollen, wie er sie in seinen Bann ziehen kann. Und das liebt er so an ihnen, in dieser dunklen Zeit-Ära.

Vornehm schreitend verlässt er die Bühne. Jeder hofft und bangt, der Zauberer würde vor ihm stehenbleiben. Doch der Herr hat scheinbar anders entschieden. Und man verdammt sich selbst, für all die Sünden, die im Leben gemacht wurden. Reumütig weichen sie gesenkten Hauptes zurück, machen den Weg frei, und bilden eine Gasse für Eginulf, der nun mit Gottes Augen schaut.

Die Spannung steigt. Viele enttäuschte Gesichter. Mit ein wenig Menschenkenntnis kann man unschwer darin lesen und braucht nur noch interpretieren.

Die ersten Stimmen werden laut, dass unter ihnen niemand weilt, den Gott als würdig betrachtet. Tuschelnd wird erster Unmut geäußert. Sind denn alle verdammt? Zählen denn all die Gebete nichts, die man empor sandte gen Himmel? Es wiegt schwer, als unwürdig zu gelten, und dabei rackert man unentwegt.

Jetzt kommt Eginulf in Helmuts Nähe. Des Zauberers Miene ist so starr, als wäre sie in Stein gemeißelt. Und seine Augen so leer, wie eine tief in die Erde reichende Grube, wenn man vergebens nach Wasser gräbt. Ehrwürdig schreitet der Zauberer weiter, hält inne, schreitet weiter.

Eginulf geht majestätisch an Helmut vorüber. Da bleibt er ruckartig stehen, wendet sich nach ihn um. Dann treffen sich beide

Blicke. In den Augen des Anderen flackert es kurz auf.

»Sehet, Ihr Würdigen!« Der Ruf hallt weithin, sodass Eginulf selbst ganz hinten noch deutlich verstanden wird. »Dies wird er sein – der Erwählte!«

Die Menge weiß erst nicht, was sie davon halten soll. Jeder hat sich als *erwählt* betrachtet. Und jetzt ist es ein anderer geworden. Einer, den man aber nicht kennt. Aber auch er ist einer von ihnen, den das Schicksal ebenso hart zusetzt. Zögernd hallen erste Hochrufe, bis stürmischer Applaus beide auf den Rückweg zur Holzbühne begleitet.

Der Zauberer atmet tief ein, was als Zeichen angesehen wird, dass gleich ein Mensch fliegen wird.

Helmut ist ebenso angespannt, wie wohl jeder auf dem Platz. Um die Show so natürlich wie möglich aussehen zu lassen, wird er sich anfangs sehr ungeschickt anstellen, damit niemand einen falschen Eindruck bekommt.

Wieder breitet Eginulf die Arme aus. Jetzt gilt es. Laut, aber unverständlich, sagt er einen geheimnisvollen Spruch auf. Jeder hält die Luft an. Helmut beginnt zu taumeln; in Wahrheit sucht er einfach die richtige Lage. Es dauert auch nicht lang, und er spürt das Luftpolster.

Eginulf indes wiederholt inständig die magisch klingenden Worte. Das Medium hat eine beachtliche Schieflage eingenommen, fällt aber nicht um.

Von keinem bemerkt, zuckelt der Ochsenkarren gemächlich zum Stadttor, passiert es und entschwindet.

Plötzlich scheint der Erwählte das Gleichgewicht zu verlieren. Die knisternde Spannung entlädt sich in lautes Getuschel. Ein kollektiver Aufschrei.

Helmut lässt sich tragen. Rudert wild mit Armen und Beinen, steigt zappelnd höher, fällt kontrolliert, fängt sich wieder. Begleitet von »Ah's« und »Uh's« schwebt er höher. Als er glaubt, nun hätte sich auch einer daran gewöhnt, der noch nie geflogen ist, strampelt er kräftig und zieht die Arme durch. Unter ihm entbrennt ein wahrer Freudentaumel. Man dankt dem Herrn für diese Erhörung.

Wie verabredet, schwebt Helmut zu Eginulf hinab, der ihm schon Zeichen gibt. Noch während seines Fluges ruft ihm der Zauberer zu: »Fliege nach Osten, oh Auserwählter, und bringe mir etwas, was du dort finden wirst!«

Unter tosenden Applaus und Lobgesängen schwebt Helmut über die Dächer der Stadt.

Nur einer von den Wachen ist hiergeblieben. Doch der ist träge und schläft. Ramgar kommt ungehindert in den Kerker hinein. Abgestandene Luft und der Geruch von uringetränkten Stroh macht das Atmen schwer. Ein Kratzen lässt den Schmied aufhorchen. Direkt neben seine Füße fiept eine Maus, huscht ängstlich weiter.

Im Gemäuer ist es eigentümlich still. Im dunklen Gang ist nur schwer etwas zu erkennen. Schade, dass man nicht weiß, wo der Holzfäller festgehalten wird. So wird es eine Weile dauern, bis er ihn gefunden hat.

Hier kommt Ramgar der Zufall zu Hilfe. Im Gewölbe wird ein Gitter geöffnet.

»Damit du nicht durstest, Holzfäller! Hier … Gänsewein …«

»Der Herr vergällt 's …«, sagt Ragin, wird aber sofort vom Wärter unterbrochen.

»Dem Herrn gefällt's, dass du hier bist.«

Das Gitter fällt ins Schloss, wird lautstark verschlossen. Dann schlürfen Schritte davon.

Vorsichtig schleicht der Schmied die Stufen hinab ins Gewölbe. Unten angekommen, sieht er den Holzfäller auch schon in seiner Zelle.

»Ragin! Scht!«, zischt er und legt den Zeigefinger auf die Lippen.

Der Gefangene schaut auf.

»Ramgar?«

»Leise!«, raunt der Schmied. »Ich hole dich hier raus!«

Für einen Schmied ist so ein Schloss leicht zu öffnen. Mit einem geeigneten Werkzeug – einem dünnen Stab, dessen eine Seite abgewinkelt ist – dauert es nur wenige Sekunden, und das Gitter ist offen.

Ramgar lauscht. Der Wärter wird es sich gemütlich gemacht haben. Er gibt Ragin ein Zeichen und schleicht die Treppen hinauf. Oben ist der Weg noch immer frei, die Wache schläft und schnarcht.

Draußen ist die Luft rein. Niemand lungert herum oder geht vorbei. Zügig legen die Männer die wenigen Schritte bis zum Tor zurück.

»Wer ist das?«, fragt Ragin, als der Fuhrwagen zu sehen ist.

»Mein Oheim«, erklärt der Schmied strahlend. »Fahr mit ihm. Wir treffen uns später!«

Im weiten Bogen umfliegt Helmut die Stadtmauern. Bald erspäht er das Ochsengespann und steuert drauf zu. Sowohl Ragin als auch Ramgars Oheim sieht er den Schrecken an, den er beiden einflößt.

Als wäre es das Normalste der Welt setzt er zur Landung an und bleibt lächelnd vor dem Ochsen stehen.

»Beim Herrgott«, stößt der Holzfäller aus.

»Ihm gefällt's«, entgegnet Helmut leichthin. »Wenn Ihr so freundlich wärt, Ragin …«

»Inwiefern?«, fragt Ragin ängstlich.

»Vertraut mir.«

Obwohl es auch dem Oheim nicht ganz geheuer ist, ermuntert er Ragin, Helmuts Wunsch zu befolgen.

Es bedarf noch einiges an Überredungskunst, bis der Holzfäller sich bereiterklärt. Dann kostet es nochmals enorme Mühe, eine ansprechende normale Flugbahn zu erreichen. Mehrmals wäre Ragin im wahrsten Sinne des Wortes abgestürzt, hätte ihn nicht

Helmut im letzten Moment festhalten können.

Endlich kommen sie mehr schlecht, als recht voran. Ragin kneift die Augen zu, hält sich krampfhaft fest. Am Ziel angekommen, geht er auch sogleich in die Knie und küsst den weichen Waldboden.

Helmut verabschiedet sich, da langsam die Zeit knapp wird. Bevor er sich wieder in die Luft erhebt, sieht er diesen Busch, mit den saftigen Beeren.

»Gibt es die nur hier?«

»Die wachsen hier überall«, antwortet etwas verwirrt Ramgar.

An einer nicht gut einsehbaren Stelle, bricht Helmut einen Ast mit besonders vielen Beeren ab und fliegt los.

»*Tinfal*«, flüstert ehrfürchtig der Holzfäller.

In umgekehrter Richtung nähert sich Helmut wieder den Stadtmauern. Inzwischen laufen vereinzelt Leute durch die Gassen. Kommt er zu spät?

Der Platz ist noch gut gefüllt. Vermutlich halten einige Ausschau nach ihm, denn urplötzlich dringt ein Raunen zu ihm herauf. Allmählich schwebt er, Kreise beschreibend, hernieder und landet gekonnt neben Eginulf auf der Bühne. Dabei rutscht ihm die Kapuze in den Nacken.

»Der Stumme«, ruft aufgebracht eine wohlbekannte Stimme. »Das ist er, der Stumme, der von den Räubern entführt wurde!«

Helmut wechselt mit Eginulf einen vielsagenden Blick, drückt diesem den Beerenast in die Hand und erhebt sich wieder.

21.

Als würde ein Schalter umgelegt, schlägt die Stimmung um. Eginulf sieht sich einen Mob entgegen, der immer wütender wird. Für solche Zwischenfälle hat er eine Überraschung parat. Durch den entstehenden Tumult brüllt er eine seiner mystischen Zauberformeln. Ohne Vorwarnung gibt es auf der Bühne einen lauten Knall und dicker Rauch hüllt alles ein. Der Gestank scheint aus der Hölle zu kommen.

Für die Umstehenden ist es fast unmöglich zu atmen, geschweige denn etwas zu sehen. Da kaum Wind geht, bleibt dementsprechend der Rauch auch länger hängen.

Derartig abgelenkt, verschwindet Eginulf von der Bühne und schiebt sich unerkannt durch die abgelenkte Menge. Niemanden fällt sein Verschwinden auf. Erst später, wenn der Rauch sich verzogen haben wird, werden sie merken, dass er nicht mehr da ist. Und dann werden sie denken, er sei in die sich öffnende Hölle hinabgestiegen.

Die Zeiten des Zauberers sind vorbei. Mit jedem weiteren Schritt wird er sich darüber bewusster. Während er davoneilt, entledigt er sich des Umhangs. Unterschlupf findet er in einem baufälligen Haus, dessen einstigen Bewohnern wohl die nötigen Mittel fehlten, um es instand zu halten. Hier wird er die Nacht abwarten, wie schon so oft vorher.

Nachdem die Stadtwache endlich wieder für Ruhe gesorgt und die schlimmsten Störenfriede unter Androhung drastischer Strafen besänftigt hat, gibt es neuerliche Aufregung, als man die Flucht dieses Räuberhauptmannes bemerkte. Alles ist auf den Beinen. Eine Kohorte wird ausgeschickt, um die Umgebung abzusuchen. Der Wärter wird gefunden, natürlich betrunken und verschlafen, und nur bedingt aussagefähig. Kurzum – alle Wachangehörige sind fortan auf den Beinen.

Bei Einbruch der Dunkelheit wird es naturgemäß ruhiger. Kein einziger Zeuge konnte gefunden werden, was nicht weiter verwunderlich ist. Jeder hat das Spektakel verfolgt. Die öffentliche Meinung jedenfalls hat einen kräftigen Knacks bekommen, und die folgenden Tage werden zeigen, welche Konsequenzen folgen. Wenn das Glück auf ihrer Seite steht, hat keiner etwas zu befürchten.

Entgegen des ursprünglichen Planes ist Ramgars Oheim nach einer Weile wieder umgekehrt. Es ist ja alles glattgegangen und keiner lief ihm über den Weg. Als er mit seinen Sauen durch das Tor zuckelte, sind gerade zwei der Wachen rege disputierend um die Ecke gebogen. Einer winkte ihm noch zu, hat aber keine Anstalten weitergemacht. So kehrte der Alte denn unbehelligt heim.

Als die Nacht anbricht wird es ruhig in den Gassen. Straßenlaternen gibt es kaum. Triste Finsternis hüllt die Häuser ein und deckt sie zu. Wer bis jetzt noch nicht zu Hause ist, sputet sich, denn bald wird man die Hand vor Augen nicht mehr sehen.

Einzig Eginulf treibt es nach draußen. Ihm plagt Hunger und er hofft, im Wirtshaus noch etwas zu bekommen. Manchmal sind Reste übriggeblieben, und ehe sie die Schweine kriegen …

In der Wirtsstube geht es hoch her. Stimmgewaltig hält einer eine glühende Rede auf den Zauberer. Hätte er es nicht selbst gesehen, würde er es nicht glauben. Ein fliegender Mensch – aus ihren Reihen. Das muss ein Zeichen des Herrn gewesen sein. Anders nicht erklärbar.

Eginulf schlüpft hinein. Niemand nimmt Notiz von ihm. Er ist einer von vielen. In armseliger Kluft kommt keiner auf die Idee, es mit dem Zauberer zu tun zu haben; der war ja mit einem heftigen Knall in die Hölle gefahren.

Ein anderer, kräftigerer Mann, fällt dem Sprechenden harsch ins Wort: »Meint Ihr wirklich, es sei gottgewollt? Der Satan selbst hat da die Hand im Spiel!«

»Rief der große Zauberer nicht den Herrn an?«

»Ist er nicht später in die Hölle hinabgestiegen?«, hält der Zweite entgegen.

Eginulf fühlt sich unwohl. Er bereut, das Wirtshaus betreten zu haben. Auch wenn man ihn bisher nie mit der Zauberei in Verbindung gebracht hat, kann sich das schlagartig ändern. Besonders, wenn sich die Meinungen weiter aufschaukeln. Inständig hofft Eginulf unerkannt zu bleiben. Eine Diskussion würde ihn noch fehlen, wäre die doch einseitig und nicht gerade objektiv. Es käme wohl eher einer Anklage ohne Richter gleich.

Eginulf schaudert es. Nein, einen tobenden Mob braucht er nicht! Obwohl der Hunger nagt – er hat schon lang nichts Ordentliches gegessen –, wird ihm von dem Gedanken noch flauer im Magen.

Die zwei Typen geben sich einem Schlagabtausch hin, der die Anderen in den Bann und, den einen und anderen, ebenfalls mit einbezieht. Eginulfs innere Anspannung wächst; ihm wird heiß. So normal und selbstverständlich es ihm möglich ist, verlässt er den Raum. Sobald er im Freien ist, beschleunigt er seinen Schritt und verschwindet im Nirgendwo der Nacht. Erleichtert nicht verfolgt zu werden, wird er langsamer.

Kurz bevor Eginulf zur Tür hinausschlüpfte, kam der Wanderbursche aus seinem Zimmer heraus, welches er seit Ragins Ergreifung bewohnt. Er sollte beim Gerichtsprozess aussagen, doch dies hat sich ja jetzt zerschlagen. Es soll daher auch die letzte Nacht in der Stadt werden. Linharts Dienste werden nicht benötigt, und ihn zieht es weiter.

Jedenfalls sah Linhart beim Betreten der Holzstiege, die hinunter zum Wirtsraum führt, eine Gestalt. Erst dachte er sich nichts dabei, und trotzdem dachte er darüber nach. Der Disput unter den späten Wirtshausgästen, die zur Sperrstunde noch immer die heutigen Ereignisse besprachen, war noch im vollen Gange. Linhart hört nur halbherzig zu, denn die Gestalt beschäftigte ihn unentwegt.

Immer wieder ging es im Wirtshaus um den Zauberer und den Fliegenden. Der Wanderbursche hat ja nicht unwesentlich zur Verwirrung beigetragen. Der ›Fliegende‹ war eindeutig der Stumme gewesen! Die Wege des Herrn sind unergründlich verschlungen! Für sein nicht sonderlich geschärftes Verständnis unerklärlich. Darum vermutet er viel mehr dahinter.

Die Gestalt eben ähnelte stark dem Stummen … Das muss es sein! Linhart sprang auf und rempelte dabei den neben ihn Stehenden kräftig an.

»Pass doch auf, Bursche«, brummte der verärgert.

»Habt ihr ihn denn nicht gesehen!?« Es klang vorwurfsvoll. »Der Stumme war hier!«

»Wer?« Linhart erntete unverständliche Blicke.

»Der Stumme!«, schrie der Wanderbursche erregt. »Der, der heute geflogen ist!«

Die umstehenden Männer sprangen auf. Jeder sprach durcheinander, während Linhart hinauslief. So kam es, dass es wieder einmal dem Zufall gelungen ist, eine Verfolgungsjagd auszulösen.

Angeführt vom Wanderburschen zieht lautstark eine suchende Horde von angetrunkenen Männern durch die Gassen. Ihre Rufe und das Gegröle hallen weit voraus, als triebe jemand Rinder vor sich her. Eginulf hört sie schon von weitem, und ahnt, dass sie nach ihm suchen. Bis zu dem baufälligen Haus ist es zu weit, um sich vor ihnen zu verstecken. Kurz bleibt er stehen und lauscht. Er entscheidet, einen Umweg zu nehmen, um keine Rückschlüsse seines heimlichen Aufenthaltes zu bieten. So kommt er in eine für damalige Verhältnisse recht breite Straße, die mit vereinzelt stehenden Petroleum-Laternen beleuchtet wird.

Allerdings hat er sich wohl für die falsche Richtung entschieden, denn gleich darauf wird Stimmengewirr laut. Da entdeckt er einen Fuhrwerkwagen. Rasch taucht er in dessen Schatten ein und drückt sich dicht an eines der großen Holzspeichen-Räder.

Gerade rechtzeitig. Schlagartig schwillt das aufgebrachte Stimmengewirr an. Reglos wartet Eginulf in seinem Versteck. Es sind bange Minuten, die über sein Heil entscheiden. Der Schatten und der Wagen machen ihn weitestgehend unsichtbar; jedenfalls, solange die Männer mit sich selbst und ihrer Wut beschäftigt sind. Keiner kommt auf die Idee, potentielle Verstecke näher zu untersuchen.

In der Scheibe hinter Eginulf werden die getragenen Fackeln verzerrt gespiegelt. Dadurch aber auch er angeleuchtet, sodass er jederzeit entdeckt werden kann. Er drückt sich noch näher zwischen Rad und Gestell, und erstarrt ganz in Bewegungslosigkeit.

Das Fenster zeigt, wie der Tross vorbeizieht. Es sind nur wenige Minuten, dafür aber sehr lange. Eginulf atmet auf.

Noch mal Glück gehabt ...

Das Adrenalin im Blut lässt nach und die Anspannung weicht allmählich. Erleichtert bleibt er noch stehen, sieht in das gespiegelte Bild, welches niemanden mehr zeigt. Doch da erweckt eine andere Bewegung seine Aufmerksamkeit. Und zwar im Gebäude.

Eginulfs Augen suchen krampfhaft nach der Ursache. Da glaubt er eine zierliche Silhouette zu sehen. Vorsichtig beugt er sich etwas vor, als könne er so besser sehen. Im gleichen Moment steht weiter hinten eine weitere Gestalt, von einer Petroleumlaterne angeleuchtet. Eginulf kann nicht fassen, was er da erblickt.

Durch das schlierige, an mehreren Stellen gerissene Fensterglas, wird die Sicht eigenartig verzerrt. Und doch kommt Eginulf die Gestalt bekannt vor ...

Von der Gasse dringen erneut Schreie heran. Aber sie sind weit weg. Da wendet die Gestalt den Kopf in seine Richtung und sie blicken für Sekunden sich gegenseitig in die Augen. Unglaublich! Das ist die Situation, von der Helmut im Wald berichtet hatte. Eginulf lächelt. Die beiden Gestalten wenden sich erschrocken ab und verlassen sein Sichtfeld.

Auf einmal ist es still geworden. Die Männer sind verschwunden. Ab und an klappert ein Fensterladen. Noch eine geraume Zeit wartet Eginulf im gewählten Versteck. Dann geht er, neuen Mut schöpfend, ins verlassene Haus. Die Tür steht sperrangelweit auf. Also haben sie auch hier nach ihm gesucht. Es wird Zeit, die Stadt zu verlassen. Doch bis dahin muss er noch einige Stunden warten.

Gleich früh am Morgen wird er verschwinden.

22.

Frühmorgens packen der Holzfäller und seine Frau den Wagen mit den wenigen Habseligkeiten. Hier bleiben wollen sie nicht, denn Ragin will vermeiden, noch einmal in die Fänge der Stadthäscher zu kommen. Helmut kann das verstehen und hilft, wo er kann. Schließlich trägt er eine beträchtliche Schuld daran, wie alles gekommen ist.

Auch der Schmied überlegt, entscheidet sich aber dagegen. Er hat ein gutes Auskommen; wird von allen gemocht und man kann ihn nicht mit den Ereignissen in Zusammenhang bringen. In zwei Tagen würde er eh wieder in der Stadt sein, um einen Auftrag abzuschließen. Dann wird man sehen, was wird.

Helmut beschließt, nach Eginulf Ausschau zu halten. Er braucht ihn, um in die eigene Zeit zurückkehren zu können. Ragin ist froh, dass der Fremde ihn nicht begleitet. Denn ihm ist Helmut nicht geheuer.

Schon wenige Augenblicke nach Sonnenaufgang rollt der Wagen mit unbestimmtem Ziel davon.

Am Waldweg wartet Helmut, mittlerweile recht ungeduldig, seit geschlagenen Stunden, auf Eginulf. Er ist wütend darüber, keine genauere Vereinbarung getroffen zu haben.

Ohne diesen Zwischenfall wären sie gemeinsam aus der Stadt gegangen, und wenn alle Stränge gerissen wären, auch geflogen. Doch der Wanderbursche machte ihnen einen dicken Strich durch die Rechnung. Das Linhart aber auch immer dann auftaucht, wenn es darauf ankommt, ist sehr merkwürdig.

Hätte Helmut doch bloß mit dem Kerl gesprochen. Aber er musste ja schweigen …

An seiner linken Hand drückt der Ring. Schon seit gestern Abend juckt es unter dem antiken Schmuckstück, dass es schon nervt. Abziehen ist auch nicht möglich, da dann die Haut eigenartig brennt, so, als würde der Ring heiß.

Grübelnd hockt Helmut auf einen verwitterten Baumstumpf und spielt gedankenverloren am reich ornamentierten Ring. Die Symbole sagen ihm nichts. Eines ist ein pyramidenähnliches Dreieck, in der Mitte mit einem Querstrich versehen. Ein weiteres, darüber eingraviertes Dreieck, weist einen Kreis auf.

Er fühlt, dass der Ring etwas damit zu tun hat, dass er jetzt hier ist.

Der Himmel zieht sich zu. Dicke Wolken schieben sich vor die Sonne und augenblicklich wird es spürbar kalt. Auffrischender Wind macht es noch unangenehmer. Es wird Regen geben.

Wenigstens hält ihn die Kutte warm. Da fällt ihm ein, dass seine Kleider noch bei Ramgars Oheim liegen. Wird er also doch noch einmal in die Stadt müssen. Ein unbehaglicher Gedanke …

Helmut kann nicht sagen, seit wann er wartet. Langsam befällt ihn Unruhe und die Befürchtung, dass Eginulf nicht mehr auftaucht. Es ist sinnlos länger zu warten. Dieses Nichtstun zermürbt und ist unakzeptabel.

Unternehmungslustig steht er auf. Er ist allein auf weiter Flur. Ein Grund mehr, die Zügel in die Hand zu nehmen. Eine Minute später schwebt er davon.

Was jetzt? Wohin könnte Eginulf gegangen sein? Wie kommt er ohne ihn und die Zeitsäule wieder nach Hause? Die Fragen stürzen haltlos und wie ein Tsunami auf Helmut ein. Was muss denn noch alles schiefgehen, um dieser dunklen Zeit wieder zu entrinnen? Ihm wird immer klarer, dass er sich irgendwann im Mittelalter befindet. Die einfachen Leut, ihre einfachen Trachten, die Redeweise – alles spricht dafür.

Inmitten dieser Erkenntnis rotieren die Gedanken um die Münze und eben den Ring, der seinen Finger schmückt. Woher kommen die Relikte? Hat da auch Eginulf seine Hand im Spiel? Ergibt Sinn. Es könnte sein, dass Helmut auf jeden Fall in diese Zeit katapultiert werden sollte. Wenn sich das bewahrheitet, dann ist Helmut Opfer einer perfiden Intrige geworden!

Mitten im Flug hält er inne. Die Folgen kennt er genau. Sofort trudelt Helmut unkontrolliert und verliert rasant an Höhe. Diesmal fängt er sich noch rechtzeitig und landet unbeschadet. Weiche Knie hat er trotzdem bekommen, aber mehr wegen seiner gedanklichen Kaskaden …

Alles dreht sich um Eginulf! Langsam glaubt Helmut, dass der es nur inszeniert, um etwas ganz Bestimmtes zu erreichen. Doch was könnte das sein? Ob das Kräuterweib mehr weiß? Hat er die Alte eingeweiht? Denkbar wäre es, es sei denn, sie wäre auch bloß Mittel zum Zweck!

»Darüber zu spekulieren bringt gar nichts«, konsterniert er. Manchmal hilft es, etwaige Schlüsse laut zu ziehen. Dies gibt einem das Gefühl, nicht ganz allein mit dem Problem zu sein. »Der alte Haudegen! Was hat der vor?«

Ein paar Regentropfen treffen Helmut am Arm. Es wird bald regnen. Ein Dach überm Kopf wäre sinnvoll. Hals über Kopf folgt er einer spontanen Eingebung. Bis dorthin ist der direkte Luftweg am kürzesten. Dennoch überlegt er, einen kleinen Umweg zu fliegen, und zwar über Eginulfs Hütte. Vielleicht, so die leise Hoffnung, ist er ja daheim. Wenn nicht, dann weiß er, wohin.

Auffrischende Winde machen Helmut zu schaffen. Zeitweise wird er ganz schön durchgeschüttelt und verliert manchmal die Orientierung. Das Oben und Unten wechselt schnell. Einmal fliegt er sogar einige Sekunden rücklings, was ihn abermals gefährlich trudeln lässt. Doch Helmut hat mittlerweile Routine genug, die Situation wieder in den Griff zu bekommen.

In einer gewissen Höhe sind die Turbulenzen weniger spürbar, und dadurch besser zu händeln. Er vergleicht diese beruhigte

Strömung mit einer Autobahn. Helmut grinst. Lange schon gibt es Vorstellungen, mit Autos in der Luft zu manövrieren. Unzählige Bücher und Abhandlungen berichten darüber. Und er bewegt sich gerade in so einer Sphäre. In solchen Momenten liebt er das Leben besonders.

Für Augenblicke vergisst Helmut, was bis eben sein Handeln bestimmt hat und gibt sich dem Rausch der Leichtigkeit hin. Plötzlich kreuzt ein flüchtiger Schatten sein Blickfeld. Es ist nur ein kleiner schwarzer Punkt, aber seine Aufmerksamkeit ist erweckt. Nicht wegen seines Erscheinens oder der Schnelligkeit, nein – wegen seiner unbeholfen wirkenden Flugbahn.

»Euphemia!«, ruft er erfreut aus. »Euphemia!«

Das alte Mädchen hat er ja ganz vergessen. Und wirklich – der Schatten wechselt seine Flugbahn und versucht Helmut zu erreichen. Gleichzeitig verändert auch er die Richtung.

Der Sperlingskauz wird auf und ab geschleudert. Als er in Reichweite ist, streckt ihn Helmut die Hand entgegen, die Euphemia auch sogleich in Anspruch nimmt und sich festkrallt.

Der Kauz ist sichtlich erschöpft. Zufrieden blinzelt sie dankbar.

»Wo warst du denn?«, säuselt er mit gedämpfter Stimme.

Euphemia öffnet halb den Schnabel, bleibt aber stumm. Fast scheint es, sie wolle antworten. Aber in Wahrheit atmet sie nur sehr schnell.

Helmut setzt seinen Flug fort. Dem Kauz sind die Armbewegungen zu viel, da sie keine Ruhe findet. Deswegen krabbelt das Tier umständlich staksig am Ärmel empor bis zur Schulter.

Minuten später taucht unter ihnen der Forst auf, in dem das Kräuterweib eine neue Bleibe gefunden hat. Deutlich ist der Bachlauf zu sehen.

»Dann werden wir mal unseren Besuch abstatten«, sagt Helmut laut.

Er ahnt, dass die Alte nicht erfreut sein wird. Aber das nimmt er gern in Kauf. Sie wird etwas über Eginulfs Verbleib wissen, und das will er aus ihr heraus kitzeln.

Zwei Schleifen ziehend sucht er nach einem Landeplatz. Zwischen den Bäumen gibt es nur wenig Platz. Doch wenn er schon des Nachts erfolgreich dazu in der Lage gewesen war, wird es wohl am Tage erst recht machbar sein.

Es ist machbar.

Seine Füße treffen hart auf, was seinen Körper ein wenig abfedert. Die Schmerzen in den Fußsohlen hingegen bleiben. Er beißt die Zähne zusammen. Die Alte soll nicht sehen, dass er Probleme hat. Doch Helmut macht sich umsonst Gedanken; das Kräuterweib ist abwesend.

»Und jetzt, Euphi?«

Der Vogel ist aufgeplustert und regt sich nicht.

»Keine Meinung?«

Sie blinzelt nur, bleibt aber ansonsten bewegungslos. Ihr ist es also egal. ›Typisch Frau‹, denkt Helmut sarkastisch. Dass der Vogel mit alldem nichts zu tun hat, bedenkt Helmut nicht.

»Die oder die andere Richtung?«

Euphemia gibt einen undefinierbaren Laut von sich, den man so oder so deuten kann.

»Dann los.«

Eigentlich ist es egal, welche Richtung er einschlägt. Das Weib kann überall sein. Vielleicht sucht sie nach Kräutern, vielleicht auch nicht. Helmut bleibt stehen. Was, wenn die gar nicht mehr hier lebt?

Er blickt zurück. Die Tür der Hütte steht einen Spalt weit auf. Warum nicht hineinschauen? Leise auftretend, geht Helmut auf die Hütte zu, die Eginulf auf die Schnelle errichtet hat. Er kann eine gewisse Anerkennung nicht verhehlen. Von außen betrachtet ist die Hütte stabil und erfüllt zweifelsohne ihren Zweck.

Helmut steckt den Kopf durch den Spalt. Das Halblicht verbirgt Details.

»Hallo?«

Niemand da. Das Zwielicht ist kaum zu durchdringen, was allerdings dem Sperlingskauz zugutekommt, ist er doch nachtaktiv.

Helmut schlägt ein derber Geruch eines Kräuter-Mixes entgegen, der ihm glatt den Atem raubt.

Mit einem Satz flattert Euphemia ins Innere der Kräuterhütte.

»Euphi! Nicht!«

Ein Hustenanfall erstickt seinen Ruf.

Aus der Hütte dringt Euphemias Schrei. Ganz offensichtlich hat sie etwas gefunden. Helmut stößt die Tür auf. Der Kauz hockt mit ausgebreiteten Flügeln auf der Erde und bearbeitet etwas mit dem Schnabel. Dabei blitzen seine Augen blutrünstig.

Wenigstens hat der Vogel etwas zu fressen bekommen.

Angewidert wendet sich Helmut ab. Der penetrante Geruch reizt die Schleimhäute, dass er abwechselnd niest oder hustet. Die Augen tränen. Frisch getrocknete Kräuter setzen Duftstoffe frei, die Aromen entfalten, und die Luft in einem geschlossenem Raum schwängern. Dazu schwirren überall mikroskopisch kleine Teilchen herum, die durch Helmuts Eintreten aufgewirbelt werden.

Er hält es nicht länger aus, flüchtet hustend. An einem Baum gelehnt schnappt er nach Luft.

Aus dem Wald kommen knackende Geräusche näher. Schritte? Helmut sucht nach einem Platz, der ihn vor vorzeitiges Entdecken schützt. Noch kann das Überraschungsmoment ausgenutzt werden.

Tatsächlich sind es Schritte. Im Schatten dichtstehender Bäume findet Helmut Schutz und wartet ab. Noch ist nichts zu sehen. Helmut lauscht. Könnte auch ein Tier sein! Doch der Schrittfolge nach zu urteilen unwahrscheinlich. Dennoch bleibt er vorsichtig. Gab es nicht einmal Wölfe?

Schlagartig wird Helmut heiß. Vor hunderten von Jahren gab es in den deutschen Wäldern wirklich Wölfe – und dass nicht wenig. Sollten die hier herumschleichen? Andererseits würde man sie aber nicht hören, und heißt es nicht, die Viecher wären scheu?

Aus gleicher Richtung vernimmt Helmut erneute Schritte. Gleichbleibend im Auftreten und Geschwindigkeit. Nein – ein Tier kann es nicht sein.

Helmut atmet tief durch.

Da flattert Euphemia heftig. Scheinbar lohnt sich die Jagd und sie hat ein anständig großes Opfer gefunden. Das Geflatter hört sich jedenfalls danach an. Aber die Flügelschläge des Steinkauzes verstummen nicht; sie wirken hilflos – vielleicht sogar abwehrend. Ist Euphemia in Gefahr?

Helmut will gerade nachsehen, da brechen Zweige auseinander und das Kräuterweib erscheint in der entstehenden Lücke. Auch sie hat die Geräusche gehört und hält mitten im Schritt ein. Dann sieht sie den Türspalt, zieht den Kopf ein. Helmut würde jetzt gern ihre Gedanken lesen können. Innerlich grinst er sich einen. Die Furcht verzerrt ihre Miene seltsam. Mit halb offenem Mund und aufgerissenen, kreisrunden Augen kann sie mit dem Kauz konkurrieren – wenigstens äußerlich.

Ein breites Grinsen lässt Helmut frohlocken. Die Überraschung ist schon jetzt gelungen …

23.

Als erfahrenes Waldweib hat Bertrâdis oft solche Situationen erlebt. Mit ihren knapp sechzig Lenzen hatte sie schon oft ungebetene Gäste. Sie weiß sich in solchen Momenten richtig zu verhalten. Als Weib hat man es leichter, als es die Mannen haben. Die schlagen sich oft gleich die Köpfe ein. Hält man sich an die allgemeinen zeitgenössischen Vorgaben, kann man relativ beruhigt leben. In derartigen Momenten fällt Bertrâdis immer wieder die Hexenverfolgungen ein, die noch vor zwei Generationen Jagd auf solche wie sie gemacht haben.

Ihr schaudert 's.

Dem Herrgott sei Dank, dass diese zîten *überwunden worden sind.*

Aber nicht alle Zeitgenossen haben dem alten Glauben abgeschworen. Einige halten stur daran fest und verteufeln die Gaben, die auch Bertrâdis erlernt und vervollkommnet hat. Krankheiten gelten noch immer weithin als gottgewollt, und da darf niemand herumpfuschen!

Ruckartig setzt sich das Kräuterweib in Bewegung und geht unerschrocken auf die Hütte zu. Die Tür fliegt auf, schlägt krachend gegen die Wand.

Euphemia schreit erschrocken. Ungeschickt flattert sie panisch und kommt nur mit Mühe in die Luft. Einen verärgerten Ruf ausstoßend, flüchtet sie aus der Hütte und entschwindet Helmuts Blick. Doch ein weiteres Wesen hetzt ebenso aus der Kräuter-Hütte: Ein weiterer, nur unscheinbar größerer Vogel.

»Mistvieh«, schreit die Alte. »Was hast du angestellt!«

Helmut wartet einige Augenblicke, bevor er seine Deckung verlässt. Langsam und betont lässig nähert er sich der Hütte.

Bertrâdis grummelt weiter Unverständliches. Des einen Leid, ist des andren Freud. Helmut nutzt die Gelegenheit.

»Hallo, alte Hexe!«

Sie fährt herum. Trotz des Zwielichts kann er sehen, wie blass sie vor Schreck wird.

»Verzeih, dass ich dich nochmals belästige«, fährt er etwas versöhnlicher fort. »Aber es lässt sich nicht verhindern.«

»Satansbrut«, stößt Bertrâdis giftig aus. »Hinfort mit dir!«

Helmut macht ein Gesicht, als erwarte er Gottes Eingreifen.

»Er erhört dich nicht, *wîb*«, donnert Helmut schließlich. »Du sprichst nicht wahr!«

Ihr bleibt die Luft weg.

»Beruhige dich. Ich trachte dir nicht nach dem Leben.«

Bertrâdis glaubt ihm nicht. Sein stetes geheimnisvolles Auftauchen rufen in ihr böse Ahnungen hervor.

»Was willst du?!«, fragt sie in einem Mix von trotzendem Stolz und ängstlicher Scheu.

»Auskünfte.«

Das Weib kneift ein Auge zu.

»Welcher Art?«

Helmut lächelt und tritt ungefragt näher. Bertrâdis weicht im gleichbleibenden Abstand zurück.

»Eginulf.«

Sie stutzt.

»Der ist in der Stadt.«

»Ich weiß. Aber jetzt nicht mehr.«

»Wie? Hat er etwa ähnliche Kräfte …« Sie hält inne.

»Nein«, antwortet er sanft. »Er ist kein wirklicher Zauberer. Du weißt das.«

Sie musterte Helmut eingehend.

»Du aber schon?«

»Ich?« Helmut lacht, was in Bertrâdis' Ohren wie ein dämonisches Gelächter widerhallt. »Nicht die Bohne.«

Damit kann die Alte nichts anfangen, sie deutet es als eine Art Zauberspruch.

»Ich bin genauso aus Fleisch und Blut wie du.«

»*Tinfal* ist zu manchem fähig«, platzt sie ungehalten heraus. »Er narrt die Ungläubigen und verführet sie.«

»Das tun, leider Gottes, viele – *verführen*.«

»Was wollt Ihr?!« Sie hat sich beruhigt und findet zurück in die gebräuchliche Anrede, die einem Fremden gebührt. Wäre es wirklich der Satan, wäre er garantiert schon mit ihr in die Hölle gefahren. So hat sie wahrscheinlich nichts zu befürchten.

»Wo ist *er*?«

»Wer?«

»Freund Eginulf.«

Sie schweigt. Denkt sie nach, oder verheimlicht sie absichtlich etwas? Helmut zweifelt, lässt sich jedoch nichts anmerken.

»Nun?«

»Wenn er nicht mehr in der Stadt weilt, dann ist er wohl in seinem Hause.«

»Ist er auch nicht«, stellt Helmut klar. »Ich habe mich davon überzeugt.«

»Ach …« Ihr wird blitzartig seine Fähigkeit bewusst, wagt aber nicht, diese anzusprechen. »Doch wie kommt Ihr darauf, er wäre ein Freund?« Das Wort *Freund* betont sie sichtlich abfällig.

Helmut versteht. Seine Gedanken bekommen schlagartig eine neue Wendung.

»Er benutzt Euch, nicht wahr?«, fragt er gelassenen Tones.

Hielt Bertrâdis bis jetzt seinen stechenden Blick stand, lässt sie ihn nun sinken.

»Er ist ein Bastard«, gesteht sie. »Er verfügt über mich, wie über einen Sklaven.«

»Wo könnte er sein? Ich kann Euch von ihm befreien.«

Sie lacht herzlos auf.

»Er ist wie eine Klette«, herrscht Bertrâdis. »Verschwindet über Wochen. Taucht aus dem Nichts auf, stellt Forderungen.« Sie atmet schwer. »Er versprach mir vor vielen Monden, mich mitzunehmen. Weit von hier fort …«

Unmerklich nickt Helmut. Eginulf scheint seine Macht voll auszunutzen. Vermutlich wird er wieder in der eigenen Zeit sein. Dorthin, wohin auch Helmut gehört.

»Kennt Ihr einen weiteren Ort, an dem Eginulf viel Zeit verbringt?«

Bertrâdis überlegt. »Außer in seine Hütte – es muss am Kahlen Felsen eine Höhle geben, die er öfters aufsucht.«

Endlich ein Lichtblick.

»Aber der Weg dorthin ist unwegsam«, setzt sie sofort hinzu.

»Wenn Eginulf das geschafft hat, schaffen wir es erst recht.« Helmut lächelt freundlich.

»Oh nein!«, wimmelt sie den Gedanken ab. »Niemals!«

Das Kräuterweib gibt die Richtung vor. Huckepack klammert sie sich krampfhaft auf seinem Rücken fest, unterlässt es aber nicht, Helmut Befehle zu erteilen. Er bekommt langsam das Gefühl, Bertrâdis würde dabei mittlerweile Spaß empfinden. Der Flug verläuft holprig. Nicht das Gewicht der Alten bereitet ihm Probleme, sondern die Art, wie sie seinen Hals umklammert oder massiv seine Haare ergreift. Ein Wunder, dass nicht die Büschel fliegen …

Sie zupft und rupft, strampelt und drückt in einer Tour. Aber sie ist wenigstens abgelenkt und er kann den Flug relativ stabil gestalten.

Dass sie anfangs sich dagegen vehement gesträubt hat, findet Bertrâdis jetzt dafür richtig Gefallen daran. In den wenigen stillen Momenten genießt sie verstohlen. Nie würde Bertrâdis dies zugeben; aber Helmut ahnt es.

Der gesuchte geheimnisumwitterte Ort liegt wirklich einige Tagesmärsche entfernt. Helmut schätzt, dass es fast vierzig Kilometer sind. Ob die Alte sich täuscht? Noch sagt er nichts und wartet ab. Wenigstens verteufelt das Kräuterweib ihn nicht länger.

Die hügelige Landschaft wird unüberschaubar. Viele Bäume liegen kreuz und quer. Es entsteht der Eindruck, dass die Zivilisation es bis hierher nicht geschafft hat. Aus der Luft kann Helmut keinen Weg oder Pfad erkennen. Es ist fraglich, wie Eginulf dort unten vorwärtskommt. Sicherlich gibt es Möglichkeiten, doch diese als Fremder zu finden, ist fast aussichtslos.

»Hier muss irgendwo der Eingang sein«, schreit Bertrâdis aufgeregt. Ihr wird es zusehends mulmiger.

»Woran ist er zu erkennen?«

»Ihr werdet schon sehen«, ruft die Alte ihm über die Schulter zu. »Es ist wie der Eingang zur Hölle …« Sie verstummt. Bertrâdis braucht auch nichts zu erklären, denn jetzt er sieht es auch. Eine Mulde inmitten eines Hügels, dessen Kämme dicht bewaldet sind. Der Abgrund erscheint gähnend tief, wie ein Schlund ins Erdinnere. Eginulf hat ein feines Gespür, um unsichtbar agieren zu können. Helmut kommt nicht umhin, ihm stillen Respekt zu zollen.

Bertrâdis ist still, umschlingt ängstlich seinen Hals. Für sie ist das das Tor zur Hölle. In ihren ärgsten Träumen hatte sie nie solchen Ausblick – hätte es sich auch niemals vorstellen können! Ihr verschlägt es glattweg die Sprache. Nichtsdestotrotz ist sie innerlich begeistert.

Allmählich geht Helmut weiter runter. Aus einem seitlichen Blickwinkel erinnert die Mulde an einem Auge. Dämonisch, wie Helmut nun selbst findet. Gänsehaut überzieht seine Haut. Kein Wunder, dass beide nichts sagen.

Der Himmel ist diesig und grau. Es sieht nach Regen aus. Ein Grund, um zu landen.

Das Kräuterweib bleibt ruhig. Auch Helmuts Haarschopf lässt sie in Ruhe, was eine sanfte Landung entgegenkommt.

Helmut entscheidet, direkt ins *Auge* zu fliegen. Die Umgebung ist ihm zu unsicher und erst aufwändig nach dem geheimen Pfad zu suchen, dafür fehlt die Zeit. Der Untergrund kommt ihm sehr gelegen, wenn es auch ziemlich eng ist.

Auf Höhe der auf dem Hügel befindlichen Bäume wird erkennbar, dass die Mulde ein ausgehöhlter Fels und nicht nur bloße Erde ist. Wenn jetzt etwas schiefgeht, dann tut es weh!

Konzentriert schwebt er spiralförmig hinab. Die Wände sind uneben und löchrig wie ein Schweizer Käse. Unzählige Risse weisen auf eine starke Erosion hin. Warum ist Helmut aus seiner

Zeit dieser Ort nicht bekannt? Die hochauflösenden Satellitenbilder würden solch Typografie auf alle Fälle ans Tageslicht befördern und im Internet die Runde machen, was wiederum einen Touristen-Boom auslösen würde.

Am Grund des Kraters stehen vereinzelt Pfützen in Vertiefungen, dessen Wasser in einem dünnen Rinnsal abfließt. Helmut gleitet sanft zu Boden. Seine Begleiterin staunt stumm, klammert sich an ihm fest. Er glaubt sogar ein Zittern ihres ausgemergelten Körpers zu spüren.

Helmut setzt hart und sicher auf, kommt zum Stehen. Gefühlvoll, aber bestimmt, löst er Bertrâdis' Umklammerung.

Direkt vor ihnen befindet sich ein dunkles, mannshohes Loch. Sollte das der Zugang sein? Ohne weiter darüber nachzudenken, geht er darauf zu. Die Augen brauchen einige Momente, um im Schatten Einzelheiten zu sehen. Bald schon steht fest, dass es ein Gang ist, den es zu erkunden gilt.

Schon nach ein paar Schritten erreicht er eine Biegung, die in eine Verengung mündet. Gebückt kommt er langsam voran. Ans Halbdunkel gewöhnt, ist er fast sicher, dass Eginulf diesen Weg mehrmals gegangen sein muss. Allein die abgebrannten Fackeln deuten darauf hin. Er hebt eine auf und betrachtet sie. Der Geruch verkohlten Holzes steigt Helmut in die Nase. Es ist noch nicht lange her, dass sie Licht gespendet hat.

Nach einigen Metern muss er sich durch einen engen Spalt zwängen. An dieser Stelle kommen ihm ernste Zweifel. War es nicht voreilig, einfach drauflos zu gehen? Das Kräuterweib ist zurückgeblieben. Ein weiterer Fehler? Nun ist es nicht mehr zu ändern! Manchmal handelt er sehr spontan und unüberlegt – aber nicht minder intuitiv.

Doch wo will die Alte schon hin? Die Wände wird sie wohl nicht emporklettern, das traut er ihr nicht zu. Sie hätte ihn ja auch folgen können! Eigentlich ist er ganz froh, dass sie dies nicht getan hat. Allein ist er flexibler und schneller. Entschlossen geht Helmut weiter.

24.

Im Gewirr der natürlich entstandenen Gänge und Spalten bleibt nicht aus, sich haltlos zu verirren. Helmut erfährt das am eigenen Leibe. Jede Biegung ähnelt der vorherigen. Gefühlt verbringt er bereits Stunden im Labyrinth.

»Links oder rechts?!«

Laut zu überlegen vertreibt die Angst und schürt Entscheidungsfreude. Gleichzeitig empfindet er weniger sich der Hilflosigkeit ausgeliefert.

Er geht nach rechts.

Die Luft ist ausgesprochen frisch, was darauf zurückzuführen ist, dass alle Gänge miteinander verbunden sind, dadurch gut durchlüftet werden. Also wird er früher oder später – wahrscheinlich sehr viel später – wieder herauskommen, wo immer das auch ist …

Völlig unerwartet steht Helmut in einer geräumigen Höhle. Auch hier liegen überall Rückstände verkohlter Fackeln am Boden. Er atmet durch. Die Luft riecht merkwürdig; es ist ein Geruch, der ihm wohlbekannt ist und könnte eine Mischung aus Parfum und Elektrizität sein. Letzteres, wenn zum Beispiel ein Kurzschluss entsteht.

Ist er auf der richtigen Spur?

Intuitiv beantwortet er die Frage eindeutig mit *Ja*. Einfach weitergehen verbietet sich von selbst. Helmut geht in die Knie, untersucht im Halblicht den Boden. Erst jetzt fällt ihm auf, dass er kein zusätzliches Licht braucht. Tageslicht fällt durch die unzähligen Löcher und Spalten herein. Helmut überkommt der Gedanke, dass es so gewollt und demnach nicht zufällig entstanden ist.

Eginulf ist schon ein ganz Ausgekochter! Mit dem Wissen des einundzwanzigsten Jahrhunderts könnte er im Mittelalter die Welt beherrschen. Helmut stockt der Atem. Und wenn Eginulf genau *das* vorhat? Ihm schwant Übles. Die ganze Weltgeschichte würde sich verändern und das Gefüge letztendlich erschüttern.

Natürlich kennt er Eginulfs Beweggründe nicht; alle diesbezüglichen Gedanken sind rein spekulativ. Und doch treibt Helmut eine innere Kraft an, um Schlimmeres zu verhindern.

Am Boden findet sich allerlei Unrat; von kleinen Steinchen, über Holzreste, bis hin zu vergammelten Dosen aus der Neuzeit. Gefährlich, wenn dieser Müll einst gefunden würde! Sofort denkt Helmut an Ausgrabungen, die schon manches alte Geschichtsbild überm Haufen geschmissen haben …

Automatisch sammelt er den neuzeitlichen Unflat ein, sammelt ihn auf einen Haufen. Viel ist es nicht, dennoch kann jedes noch so kleinste Stück ein verfälschtes Bild dieser Epoche abgeben.

Und wenn Eginulf noch viel mehr aus der Zukunft angeschleppt hat?

Es wird unmöglich sein, alles einzusammeln. Umso dringlicher ist es, Eginulf zu finden und von den Gefahren seines Tuns zu überzeugen.

Eins nach dem Anderen, schilt er sich. *Kommt Zeit – kommt Rat!*

Weiter hinten in der Höhle ist der Boden mit einer feinen Staubschicht bedeckt. *Spuren!,* schießt es Helmut in den Kopf. Er muss mehrmals hinsehen, um die vagen, unsauberen Abdrücke zu erkennen. Einer davon zeigt deutlich eine moderne Sohle.

Eginulf ist hier gewesen – mindestens einmal. Ein erster Schritt, dem Zauberer näher zu kommen. Helmut fällt ein Stein vom Herzen. Wenigstens ist dieser Ausflug nicht umsonst gewesen.

Ein begehbarer Seitenarm der Höhle führt ihn tiefer in den Hügel hinein. Es wird deutlich feuchter. Der Geruch erinnert an eine Erdhöhle, geprägt vom langsamen Verrotten pflanzlicher sowie tierischer Überresten.

Einige Meter weiter erlebt Helmut eine Überraschung. So etwa müssen sich große Entdecker fühlen, wenn ihre Suche endlich vom Erfolg gekrönt wird.

Sein Herz hüpft.

Das also ist das geheimnisvolle Gegenstück der Zeitsäule. Helmut kann die Augen nicht abwenden. Rein äußerlich gleicht das Objekt der Säule in Helmuts Ära. Er hat sie zwar nicht gesehen, sondern nur erfühlt, aber allein von der Höhe ist sie identisch. Sanft lässt er seine Hand darüber gleiten. Ohne Zweifel – der Weg nach Hause ist gefunden …

Ein Problem allerdings bleibt: Wie wird sie aktiviert?

Nirgends gibt es etwaige Schalter oder Knöpfe. *Wäre auch zu einfach*, befindet er lakonisch. *Solch ein Relikt wird nicht* einfach so *zugänglich sein!* Beide Säulen sind höchstwahrscheinlich miteinander verbunden. Anders wäre ein Durchschreiten der Zeit undenkbar.

Die Form der geheimnisvollen Stele erinnert an denen in der Antike; nur, dass diese aus Stein gehauen worden waren.

Helmut kramt im Gedächtnis nach weiteren Ähnlichkeiten zu anderen vergleichbaren geschichtlichen Objekten. Ihm kommen die großen Hinterlassenschaften auf der Osterinsel in den Sinn, und sogar Stonehenge drängt sich auf. Beide für sich genommen schon interessant und mysteriös, ist es doch nicht sicher, welchen Sinn die Stätten tatsächlich einst dienten. Die Wissenschaft glaubt an frühen astronomischen Einrichtungen oder rituelle Opferstätten.

Nein, dieses Relikt hier dient keinem Ritual! Es ist ein ganz normaler Gebrauchsgegenstand, wobei der Begriff ›normal‹ maßlos übertrieben ist.

Helmut ist beeindruckt. Was für eine geniale technische Glanzleistung! Es ist nicht nur ein Objekt schlechthin, sondern eine Tür in eine andere Zeit. Wer da hindurchgeht verlässt die eigene, um in der Anderen wiederaufzutauchen. Mit Logik ist das nicht zu erklären. Welch Verstand dahinter steckt …

Jede einzelne Berührung schmeichelt der Hand mit. Noch nie hat er so ein Material anfassen können. Bis auf das eine Mal im Lager, was er aber nicht weiter gelten lässt, da seine Sinne getrübt waren. Jetzt genießt Helmut jede Sekunde des Kontakts. Betörend!

Doch warum spielte sein Zustand damals verrückt? An der Berührung kann es nicht gelegen haben, denn dann müsste es ihm diesmal ebenso ergehen. Was hatte Eginulf erzählt?

»Ihr Unwohlsein hängt mit den Strahlen der Säule zusammen, die während eines Durchgangs freigesetzt werden. Ich war so erschrocken, als ich Sie sah, dass ich für einen Moment dachte, Sie niederzuschlagen, um mein Geheimnis zu wahren.

Aber ich bin es meinem Freund schuldig, seinen Wunsch zu erfüllen. Hätten Sie die Säule, während ich unterwegs war, angefasst, hätte es für mich bös enden können ...«

Jedes einzelne Wort erklingt in Helmuts Kopf, als würde Eginulf es in diesem Augenblick sagen.

Die Durchgänge werden von einer Art Strahlung begleitet. Doch wieso wurde sie freigesetzt, wenn niemand das Portal nutzte? Eginulf jedenfalls beteuerte, im Lager beschäftigt gewesen zu sein. Sollte ein Dritter …

Helmut ahnt einem Geheimnis auf der Spur zu sein. Was, wenn noch jemand die Zeitsäule benutzt? Fraglich bleibt, ob Eginulf wirklich so ahnungslos ist, wie er sagt. Aber gesetzt den Fall, es wäre so, wie ist das möglich? Kann man beide Säulen aktivieren?

Helmut kneift fest die Augen zusammen.

Also gibt es keine Master-Säule im herkömmlichen Sinne. Jede Säule kann die Steuerungs-Funktion übernehmen, und einen Durchlauf auslösen. Ergo – es gibt eine gute Chance, heimzukehren!

Von weither wird eine hauchdünne Stimme herangetragen. Helmut lauscht. Es ist ein undeutliches Wispern, das vom Wind heran geweht wird, und dabei das typisch menschliche verliert. Fast geisterhaft wirkt der Klang.

Es gruselt Helmut. Als erstes denkt er an das Kräuterweib. Aber sie ist im Krater geblieben; unwahrscheinlich, dass die Alte ihm gefolgt ist oder nach ihm ruft.

Das Wispern nimmt zu, bleibt aber unverständlich. Noch immer ruht Helmuts Hand auf der Säule. Das Material ist nicht identifizierbar. Könnte natürlichen, wie auch künstlichen Ursprungs sein. Aber ihm ist es egal, aus was sie besteht; es ist einfach ein geiles Gefühl, sie zu berühren.

Langsam erhebt er sich. Nur widerwillig lässt er das Relikt los, welches ihm überaus sinnliche Minuten beschert hat. Plötzlich kehrt Stille ein. Darüber verblüfft hält Helmut inne. Ist seine Sinneswahrnehmung gestört? Nach kurzem Überlegen legt er seine Hand wieder auf die Stele. Deutlich ertönen wispernde Töne. Interessant. Abwechselnd unterbricht er den Kontakt, stellt ihn wieder her, bis es zur Gewissheit wird: Die Stele erzeugt die Geräusche.

Gleichzeitig wird ihm bewusst, wie er die Töne wahrnimmt: über den unmittelbaren Kontakt der Haut mit dem sich wundersam anfühlenden, fremden Material. Ihm kommt es vor, als kommuniziere die Säule. Ist das der sogenannte Stand-by-Modus?

Helmut zögert. Er schaut sich um, wie ein Kind sich umschaut, was im Begriff ist, etwas Verbotenes zu tun. Er überlegt, ob er erst nach der Alten sehen soll, verwirft diesen Gedanken jedoch sofort wieder. Aufgeregt, wie schon lange nicht mehr, beginnt er die Säule abzutasten. Als moderner Mensch ist Helmut auch gewissermaßen ein Technikfreak, und Inhaber diverser elektronischer Geräten, die über den Bildschirm gesteuert werden. Da Knöpfe, Schalter oder auch ein Bedienfeld fehlen, hofft er aufs Naheliegende – einem *Touchpad* …

Die Säule hat eine ausgesprochen schlanke Form, die eigentlich schon als zierlich gilt. Wie schwer mag sie sein? Jedenfalls wirkt sie, als könne man sie unterm Arm klemmen und mitnehmen.

Er greift fest zu und versucht die Säule anzuheben – erfolglos; sie steht felsenfest und bewegt sich kein Stück. Vermutlich ist die Säule im Boden fest verankert. So bleibt nichts weiter übrig, die Untersuchung des Objekts an Ort und Stelle durchzuführen.

Bei der nun folgenden steten Berührung wird das bereits erwähnte Wispern schlagartig stärker und vordergründiger. Es muss eine Bedeutung haben. Weist die Säule Helmut auf diese Art den Weg? Tatsächlich scheint das Wispern im unteren Drittel anzusteigen. Die glatte Oberfläche widerspricht allerdings dieser Theorie.

Nun macht sich Helmut daran, mit beiden Händen gleichzeitig die Stele zu umfassen; nach wie vor ein Genuss. Nur selten sind Oberflächen derartig handschmeichelnd. Und wenn, dann halten sie nicht allzu lang, weil sich der Weichmacher mit der Zeit auflöst.

Plötzlich verstummt das Wispern. Stattdessen herrscht eine tiefgehende Stille, die seltsam berührt. Zusätzlich wird Helmut von einer Strömung durchflutet, die nicht nur körperlich in Erscheinung tritt, sondern auch die Seele berührt. Emotionen werden ausgelöst, die ihm bisweilen in dieser Intensität fremd sind.

Verfallen im Rausch emotionaler Gefühle, ziehen einstürzende Bilder einstiger Lebensabschnitte an ihm vorüber. Und dann, inmitten dieser Erinnerungen, erstrahlt die Säule im gleißendem Licht der Sonne …

25.

Die mit Elektrizität geladene Luft verheißt nichts Gutes. Gespannt wartet Helmut auf den Donnerschlag. Doch stattdessen wird der Strom wieder zugeschaltet und aus dem Radio kommt grässliches Rauschen.

Helmut hält instinktiv den Atem an, denn der erwartete Donner bleibt noch immer aus. Er zählt im Sekundentakt. Dann gibt es einen brachialen Knall …

Ohne es verhindern zu können, erschrickt sich Helmut bis ins Mark. Die Schüssel entgleitet seinem Griff. Für unselige Augenblicke ist er geblendet und taub. Er begreift nicht, was gerade passiert.

Dann kommt der Strom wieder. Das Radio jault aus der Ferne irgendeinen Song voller Herzschmerz. Kerstin gibt einen aufatmenden Jauchzer von sich; der Kuchen ist gerettet.

Das Donnern verhallt mit einem lang währenden, nicht enden wollendem Grollen. Noch Minuten später glaubt Helmut ihn zu hören, obwohl sich das Unwetter längst verzogen hat und die Sonne wieder scheint.

Helmut starrt auf die Schüssel am Boden. Es kommt ihm wie eine Ewigkeit vor, sie da liegen zu sehen.

»Na so schlecht kann der Teig nun auch wieder nicht sein«, sagt Kerstin. Sie steht in der Tür und lehnt gegen die Zarge. Als ihr Helmut in die Augen sieht erkennt er einen entsetzt wirkenden Ausdruck.

»Alles gut?«, fragt er.

Sie starrt ihn an. Tief im Inneren ihrer Seele schreit etwas. Doch was, weiß sie nicht zu deuten.

Helmut zögert mit der Antwort. Auch er hat ein merkwürdiges Gefühl, einen Tagtraum erlebt zu haben. Und wie immer, verflüchtigen sich die Bilder immer mehr, je länger er im Geiste versucht, sie zu erschauen.

»Ja«, murmelt er. Aber irgendwie kommt es nicht überzeugend

rüber.

In Helmuts Kopf schwirrt Eginulfs Name. Hat er nichts mit dem Münzhändler die letzten Tage zu tun gehabt?

»Warst du weg?«, hakt Kerstin nach.

Er zuckt mit den Schultern. War er weg gewesen?

»Wie kommst du darauf?«

Nun zuckt sie. »Was ist hier los …«

Er weiß es nicht. Dass etwas vor sich gegangen ist, steht außer Zweifel. Aber was genau, entzieht sich jeder Vorstellungskraft. Helmut fühlt sich, als sei er aus einer Trance erwacht. Die immer weiter verblassenden Bilder, seltsam anmutender Geschehnissen, hinterlassen ein verkatertes Gefühl.

»Hat das was mit gestern zu tun?«

Kerstin bleibt hartnäckig und vergisst darüber völlig ihren Kuchen, der im Herd vor sich hin brätelt. Dünne Rauchschwaden dringen bereits durch die Schlitze des Backofens.

Helmut überlegt. Der nächtliche Besuch im Münzgeschäft könnte im Unterbewusstsein Ereignisse ausgelöst haben, die in seiner Gedanken- und Gefühlswelt Verwirrung gestiftet haben.

»Lass uns nochmal hinfahren …«, sagt sie zögernd, aber nachdrücklich.

Er zieht die Augenbrauen zusammen.

»Und was erhoffst du dir damit?«

Kerstin schnalzt mit der Zunge.

»Vielleicht … bringt es uns weiter …«

Er will etwas entgegnen, besinnt sich jedoch anders. Zum Zeichen des Verstehens nickt er zustimmend.

Kurz darauf stehen sie vorm Münzgeschäft. Die Fahrt über haben sie geschwiegen und auch jetzt stehen beide stumm vor dem Geschäft. Drinnen sind mehrere Kunden, die der Händler der Reihe nach bedient. Kerstin schlendert scheinbar unbefangen am Schaufenster entlang. Am Ende bleibt sie stehen, wartet, bis Helmut in gleicher Weise zu ihr aufgeschlossen hat. Im Fenster sind einige

Raritäten ausgestellt, von denen er nicht einmal geahnt hat, dass es einmal zulässige Zahlungsmittel gewesen sind. Aber er ist ja auch kein Numismatiker. Die Vielfalt ist erschlagend.

»Und?«, fragt Kerstin direkt, während sie eine Münze nicht aus den Augen lässt. »Was entdeckt?«

»Ein normaler Laden«, meint er.

»Was hältst du von dieser da?«

In der Größe eines alten Fünf-D-Mark-Stückes lehnt auf einer Mini-Staffelei eine silbern schimmernde Münze, deren Patina das Relief fast unkenntlich macht. Helmut ist augenblicklich elektrisiert. Das Konterfei hat eine markante Ähnlichkeit mit dem Zauberer Eginulf …

Sein Blut rauscht durch die Adern. Er droht den Boden unter den Füßen zu verlieren, wankt bedrohlich. Kerstin hakt ihn unter und zieht ihn vom Schaufenster weg.

Sie kennt ihn genau. Was gerade in Helmut vorgeht, davon hat sie keine Ahnung. Aber das sich der Besuch hier gelohnt hat, steht außer Frage. Sie selbst ist wegen etwas Anderem hergekommen; sie interessiert der Hintereingang.

Langsam gehen beide um die Ecke des Gebäudes. Als sie endlich die hintere Tür erreichen, ist sich Kerstin sicher. Helmut nimmt den Anblick weniger gelassen auf. Letztens war hier ein altes, schäbiges Tor. Jetzt, wie heute üblich, eine moderne Sicherheitstür.

»Sieh doch«, ruft Helmut unbeherrscht. »Das Tor …«

»… ist nicht mehr da …«

»Aber …«

Er will – nein *kann* es nicht glauben! Was geht hier vor?

Außer sich rennt er die letzten Schritte zur Tür und rüttelt heftig an ihr. Natürlich ist sie verschlossen und gibt keinen Deut nach. Was hat er auch erwartet? Dass sie wie von allein aufspringt? Sein Verhalten zeigt Kerstin nur, dass ihn etwas bedrückt und dass etwas Unwirkliches geschehen war.

»Da steckt sicherlich die Alte dahinter!«, schreit Helmut, dass es weithin durch die Straße schallt. »Dieses verfluchte Miststück! Sie und Eginulf haben das fein einfädelt ...«

»Was einfädelt?« Kerstin ist hellhörig geworden.

»Na – *das* hier!«

»Aber es ist doch nichts passiert ... Ist doch alles gut ...«

»Alles gut!?«, poltert Helmut. »Nichts passiert?! Siehst du es denn nicht? Die wollen *mich*!« Seine Stimme überschlägt sich.

»Warum sollten sie das, Helmut? Und wer ist ›die Alte‹?«

»Beide stecken unter einer Decke«, fährt Helmut aufgebracht fort. Ein harter Fußtritt trifft die Tür und hinterlässt einen deutlichen Abdruck.

»Helmut!« Sein Jähzorn erschreckt Kerstin zutiefst.

Da wird von innen auch schon das Schloss betätigt und die Tür geöffnet. Kein anderer als der Hausherr selbst steht vor ihnen, besieht sich das Türblatt, ehe er ziemlich unberührt und freundlich spricht.

»Ich habe auf dich gewartet. Komm doch herein und bring deine Freundin mit.« Eginulf lächelt. Es ist nicht auszumachen, ob es ein ehrlich gemeintes Lächeln ist.

»Du Schuft«, zischt Helmut.

»Na, na, na. Was sollen denn die Nachbarn denken.«

Helmut hält weitere Beschimpfungen zurück, und folgt der einladenden Handbewegung.

Nachdem auch Kerstin das Haus betreten hat, schließt der Händler vorsorglich ab.

»Man kann heutzutage niemanden mehr trauen«, sagt er sarkastisch. »Seid willkommen.« Erneut lächelt er, diesmal aber eindeutig süffisant.

Sie stehen mitten im Lager; überall stapeln sich bis unter die Decke Kisten. Einige Regale sind so vollgestopft, dass sie jeden Moment unter der Last einknicken können. Inzwischen all des Gerümpels prangt die Zeitsäule.

»Deswegen bist du ja gekommen, nicht wahr?«

Daneben hängt fein säuberlich auf einem Bügel das Gewand

des Zauberers.

»Du hast mich erwartet?«

Eginulf bejaht.

Das Wispern! Er wollte, dass ich die Säule benutze!

»Ich habe dich unterschätzt, Helmut«, sagt er wertfrei. »Ich hätte nie geglaubt, dass du sie aktivieren könntest.«

Um Helmut dreht sich plötzlich alles. Also ist sein geglaubter Tagtraum gar kein Traum gewesen …

»Eine Nebenwirkung des Artefakts ist, sich nicht mehr genau zu erinnern. Das Gehirn kommt nur schwer damit klar. Ich habe lange gebraucht, damit umzugehen und das zu akzeptieren.«

»Aber … aber das ist … unmöglich …«

»Habe ich auch anfangs gedacht«, gibt Eginulf unumwunden und freimütig zu. »Schau her! Alles aus vergangenen Zeiten. Schätze der Nebrusker, Azteken, Ägypter. Ich habe den Überblick verloren, von wem noch.«

»Du bereicherst dich an der Vergangenheit. Hätte ich mir gleich denken können.«

»Habe ich dir doch erzählt – damals, im Wald.«

»Ja«, bestätigt Helmut gequält.

Kerstin steht abseits und verfolgt das Gespräch. Sie versteht die Welt nicht und von was die Männer da sprechen. Die entstehende Pause nutzt sie für eine ihr auf die Seele brennende Frage.

»Warum war gestern Abend das Gebäude leer?«

Eginulfs Miene verdüstert sich.

»Manchmal wird die Säule von allein aktiv«, antwortet Eginulf merkwürdig abwesend. »In letzter Zeit jedenfalls.«

Ein Relikt, was sich selbstständig macht?

»Du glaubst doch nicht wirklich, dass sich die Säule ohne Einfluss von außerhalb einschaltet?« Helmut schüttelt den Kopf. »Nein, das kannst du mir nicht erzählen.«

»Aber es ist so«, beharrt Eginulf. »Es sei denn, es gibt derer mehrere …«

»Wie bist du wirklich dazu gekommen? So etwas findet man

doch nicht einfach am Straßenrand oder im Keller.«

»Es war, wie ich es dir gesagt habe. Das war Zufall. Ich schwöre es!«

Helmut lässt es dabei bewenden. Mehr wird er aus Eginulf eh nicht herausholen.

»Schon mal daran gedacht, dass die Säule von der anderen Seite aus angesteuert werden könnte? Ich nehme an, dass das Tor nicht ständig offenbleibt, wenn du dich in der Vergangenheit aufhältst.«

Eginulf ist über Helmuts klaren Verstand überrascht.

»Ich bin immer davon ausgegangen, dass diese Säule hier stets in Betrieb bleibt, und die andere die Verbindung nur während meines Aufenthalts unterbricht.«

Helmut versteht, was damit gemeint ist. Es ist wie ein Standby-Modus, der die Verbindung zwar aufrechterhält, aber nicht ganz unterbricht. Und dennoch beschleicht ihn eine Vermutung, die Helmut gar nicht gefallen will.

Weitere derartiger Zeitsäulen! Ein Horror …

Helmuts Zorn verraucht. Doch über so viel Naivität gegenüber einer unbekannten Technik kann er nur den Kopf schütteln.

Bleibt noch die dringlichste Frage zu klären.

»Welche Rolle spiele ich in deinem Spiel?«

Eginulf tut beleidigt. »Spiel?«, ruft er entgeistert aus. »Das ist kein Spiel!«

»Was denn sonst? Der Bauer frisst den König?« Helmut lacht bitter.

»Mich interessiert deine Fähigkeit, Junge.«

Diese unvermutete Offenheit macht Helmut perplex.

»Ach ja?«

»Richtig eingesetzt, und du wärst ein gemachter Mann.«

Daher also weht der Wind!

»Und wie? Willst du mich in einem *Wanderzirkus* als Hauptattraktion stecken?«

»Wir könnten uns zusammentun …«

»Du spinnst! Ich werde den Teufel tun! Hast du denn noch immer nicht genug?« Helmut deutet auf all die gestapelten Schätze, die überhaupt nicht hier sein durften. »Wieso lagerst du das und verkaufst es nicht? Damit hättest du dein Leben lang ausgesorgt und könntest dich zur Ruhe setzen.«

»Zum einen habe ich genug, Helmut. Geld macht nicht glücklich; dass hast du doch bestimmt schon mal gehört. Mich interessieren eher andere Werte, außer maßloser Reichtum.«

»Die da wären?« Solch Geschwafel macht ihn kirre.

»Anerkennung. Freunde. Jemand, der mich mag …«

»Verstehe ich nicht«, poltert Helmut. »Du hast doch alles?«

»Ich verstehe«, mischt sich Kerstin ein. »Einsam zu sein ist nicht gerade erstrebenswert.«

Eginulf macht einen geknickten Eindruck.

»Ich hatte nie Glück … Mir war der berufliche Erfolg stets wichtiger …«

»Bitte!«, unterbricht Helmut. »Verschon mich mit deiner Biografie.«

»Also war's das jctzt.«

»Ich steh dir jedenfalls nicht zur Verfügung«, entgegnet Helmut entrüstet. »Ich werde nichts dergleichen tun, um mit dir durch die Lande zu ziehen. Mir reicht's.«

»Du bist egoistisch, Helmut. Überleg doch mal, was du den Menschen bieten kannst! Und welchen Erfolg du hättest.«

»Du sprichst von Egoismus?! Du hast dir eine heile Welt zusammen gestohlen!«

»Helmut!«, ruft Kerstin empört. »Wie kalt kann man nur sein!«

»Macht doch, was ihr wollt! Ich habe genug.« Helmut geht erzürnt.

26.

Zuhause angekommen, geht Helmut unter die Dusche. Ihm kommt es vor, als habe er tagelang keinen Tropfen Wasser abbekommen. Wenn er länger darüber nachdenkt, stimmt das ja auch. Sein Kopf allerdings sträubt sich dagegen. Allein das er wieder geflogen ist, reicht aus, sich selbst für verrückt zu erklären. Es kann nicht sein, was nicht sein darf! Fertig! Aber durch die Zeit reisen – das ist eindeutig zu viel fürs Gemüt.

Das Wasser wirkt Wunder! Es erfrischt ungemein, spült den alten, teils verkrusteten Dreck weg. Mit jedem verbrauchten Liter fühlt sich Helmut dem Menschsein wieder ein ganzes Stück näher.

Erfrischt und sauber verlässt er die Dusche. Wo nur Kerstin bleibt? Er selbst hat es nicht länger ausgehalten. Eginulf geht ihm einfach nur auf den Sack! Solche Diskussionen bringen Helmut gar nichts. Eginulfs Arroganz ist ohnegleichen und nicht vereinbar mit seiner Lebensphilosophie. Er mag es überhaupt nicht, in etwas hineingezogen zu werden, was er nicht will. Spielball war er lang genug gewesen; da ist sein Bedarf wahrlich gedeckt.

Aber je mehr Zeit verstreicht, umso mehr ärgert es Helmut, sie zurückgelassen zu haben. Was sie sich aber auch einmischen muss! Helmut schüttelt den Kopf. Sein Zorn wächst wieder, wenn er sich alles nochmal ins Gedächtnis holt.

Eginulf braucht Aufmerksamkeit, das ist alles! Er will angehimmelt werden. Dahinein passen auch seine Auftritte als Zauberer. Eine ihn bestaunende und bejubelnde Menge!

Während er in die Kleidung schlüpft, wird er immer wütender. Diese ewige Gefühlsduselei geht ihn mächtig auf die Ketten. Deswegen wurden schon dutzende Kriege angezettelt und ganze Völker unterjocht. Sobald Gefühle im Spiel sind, fällt die Logik in ein tiefes Loch – auf Nimmerwiedersehen!

Er sieht auf die Uhr im Wohnzimmer. Fast eine Stunde ist vergangen, dass er die Zwei allein gelassen hat. Was haben sie denn schon zu besprechen? Was kann so wichtig sein? Oder fällt Kerstin auf Eginulfs Gesülze herein?

Letzter Gedanke versetzt ihn einen Stich.

Nein – so naiv ist sie nicht, versucht er sich zu beruhigen. *Und wenn doch?*

Helmut entfährt ein tiefer Seufzer. Die innere Unruhe wird unerträglich. Ein Hauch Eifersucht weht durch seine Gedanken …

Alle paar Minuten wirft er einen Blick auf die Uhr. Unbarmherzig tickt die Zeit, verstreicht ungenutzt. Im Gedächtnis taucht Eginulfs Antlitz auf, dessen Augen eigentümlich blitzen. Am liebsten würde Helmut seinen Widersacher packen, ihn durchschütteln, anschreien – wenigstens mal die Meinung geigen, dass der endlich begreift, dass man mit Menschen so nicht umgehen kann!

Helmut erwischt sich, wie er verkrampft und die Arme dem geistigen Abbild entgegenstreckt. Zu seinem Erschrecken hält Helmut den Zauberer in seiner Vorstellung am Hals und würgt ihn. Dabei sagt er laut und deutlich das, was sein Hirn gerade denkt.

Aus dem Kühlschrank holt er eine Büchse Bier, reißt den Verschluss auf, setzt an. Das Gesöff läuft prickelnd durch seine Kehle. Nach wenigen Schlucken realisiert das Gehirn Eiseskälte und reagiert mit augenblicklichen Schmerzreizen, die Helmut jämmerlich husten lassen. Dabei verschluckt er sich, was das Ganze noch verschärft. Keuchend japst er nach Luft. Der Körper reagiert darauf mit Würgereiz. Ein Schwapp kalten Bieres wird durch den ausgelösten Krampf herausgeschleudert, das geradeso den Waschtisch verfehlt.

Als der Spuk vorbei ist, kommt Helmut schwer über die Anrichte gebeugt zu sich. Was für eine Scheiße! Er ist völlig außer Atem und fühlt eine innere Schwäche. Arme und Beine zittern. Eine Weile braucht er noch, um sich vom Schrecken zu beruhigen und wieder klar zu denken.

Helmut ist der Appetit auf das Gerstengetränk vergangen. Er würdigt es abfällig mit bitterem Blick, und lässt es stehen. Es wird schal werden und in den Abguss wandern; doch es hat auch nichts

Anderes verdient.

Mit sich selbst beschäftigt, verrinnt weiter die Zeit. Aber wenigstens hat dieser Zwischenfall ihn dazu genötigt, ruhiger zu werden. Dennoch beunruhigt ihn Kerstins Fernbleiben immer mehr.

Sollte er nicht nach ihr sehen? Es war ein Fehler, einfach zu gehen. Eginulf ist gefährlich. Das weiß er – aber nicht Kerstin! Sie ist einem undurchschaubaren Typen ausgeliefert.

Scheiße! Was für eine Kacke!

Das einsetzende Schuldgefühl macht ihn verlegen. Ein Geräusch an der Tür schreckt Helmut auf; gleichzeitig Freude und reuige Verlegenheit spürend, geht er in den Flur. Nichts. Der Wunsch, Kerstin möge endlich heimkehren, verpufft in trauriger Gewissheit, dass etwas anders verläuft als erwartet.

Plötzlich wird die Sorge übermächtig. Heutzutage kann man niemand trauen! Und so einen wie Eginulf schon gar nicht!

Entschlossen greift er nach seiner Jacke …

Der Laden ist geschlossen. Trotz der ausgehängten Öffnungszeiten hat das Geschäft zu. Ein in solchen Fällen angebrachtes Zusatzschild fehlt. Eigentlich hätte er es sich denken können. Der Typ ist hinter Kerstin her, die ihn auch noch …

Ja, was denn überhaupt? Objektiv betrachtet nichts.

Helmut späht durch die Verglasung. Der Verkaufsraum ist leer. Eigentlich nicht anders zu erwarten. Langsam geht er an der Fensterfront entlang. Innerlich stark erregt, würde es jedoch keinen, der ihm begegnen, würde auffallen. Es ist niemand da. Die Straße wirkt ausgestorben. Bewusst langsam und bedächtig schlendert Helmut zum Hintereingang, ganz so, wie er es vor Stunden mit Kerstin getan hat.

Mit den Augen sucht er den Boden ab. Es gibt keine Hinweise, die auf Kerstins Verbleib verweisen.

Der Hintereingang: modern gestaltet, mit typischer Tür und unverändert. Hat er etwas Anderes erwartet?

Die Tür ist verschlossen. Helmut klopft – keine Reaktion. Er klopft stärker, ausdauernder. – Nichts.

Nebenan erscheint im Fenster des ersten Stocks ein Kopf.

»Sind Sie von der Polizei?«

Irritiert verneint Helmut.

»Sind Sie bekannt mit dem da?«

Ebenfalls verneint Helmut in einem Anflug, jegliche mögliche Verbindung zu dementieren.

»Was suchen Sie dann hier?!« Es ist ein Mix aus Fragestellung und missmutige Feststellung.

»Ich suche meine Frau …«

»Ach!«

Der Kopf verschwindet, aber nur um gleich in der Haustür wieder zu erscheinen.

»Ich habe Schreie gehört«, fährt der Kopf fort. Helmut ist unklar, ob es ein Mann oder eine Frau ist. »Habe die Bullen gerufen. Man weiß ja nie!« Verschworen hat der Kopf die letzten Worte geflüstert, und jetzt schaut er sich ängstlich um.

»Haben Sie sonst …«

»Nein. Dann war Ruhe.«

Seltsam. Helmut bekommt es mit der Angst zu tun.

»Hat eine Frau geschrien?«

Der Kopf überlegt.

»Kann sein.«

»Überlegen Sie! Bitte …«

»Was wollte denn Ihre Frau bei dem da?«

»Sie wollte etwas über eine alte Münze erfahren«, lügt Helmut.

Der Kopf lacht spöttisch. »Münzen! Ein Geldwäscher ist das! Der gehört garantiert zur Mafia!«

Unwillkürlich zieht der Kopf sich in den Schutz der Tür zurück.

»Was sagen Sie da?«

Der Kopf kommt wieder zum Vorschein. Aber nur sehr langsam, als erwarte er etwas Fürchterliches.

Jetzt erkennt Helmut einen hageren Mann in Jogginganzug, der auch schon seine besten Zeiten im vergangenen Jahrhundert gehabt haben muss.

»Hab nichts gesagt«, murmelt der Typ. »Die Welt ist böse …«

Helmut starrt den Herrn an. *Plemplem?*

»Wann kommt denn die Polizei?«

»Die stecken doch mit dem da unter einer Decke!«

Sagt's und verschwindet im Haus, hinter sich hektisch die Tür verriegelnd.

Verdattert steht Helmut da. In welchem Film ist er denn jetzt wieder hineingeraten?

Momente innerlicher Verzweiflung vergehen, bis er sich endlich fängt und darauf besinnt, weshalb er überhaupt hier ist.

Wieder klopft er.

Alles bleibt ruhig, auch der Nachbar. So bleibt Helmut nichts weiter übrig, als den Heimweg anzutreten.

Gegen zweiundzwanzig Uhr klingelt es an der Tür, und jemand klopft hysterisch. Helmut hat ein wenig gedöst, dementsprechend braucht er wertvolle Sekunden, um sich zurechtzufinden. Bis er kapiert hat, was los ist, verstummt die Klingel.

In der Küche steht noch immer das geöffnete Bier und riecht abgestanden. Er ignoriert die Büchse, öffnet stattdessen das Fenster. Die kühlere Nachtluft macht ihn vollends munter. Helmut sieht nach unten zur Haustür. Niemand da, und es deutet auch nichts darauf hin, dass jemand im Treppenhaus ist. Alles ist friedlich, und kaum ein Licht brennt.

Auch auf der Straße ist niemand unterwegs. Kein Wunder um diese Uhrzeit. Die meisten sind daheim oder irgendwo in der City unterwegs. Schließlich ist eine Arbeitswoche zu Ende, das von vielen immer noch nach alter Tradition gefeiert wird. Besonders die Jüngeren frönen diese geselligen Umtrunke.

Es ist vertraut still da draußen, genauso wie in der Wohnung. Helmut geht zurück ins Wohnzimmer und dann hinaus auf den

Balkon. Auch auf dieser Straßenseite ist nichts los. Eigentlich traurig. Früher war das Gebiet belebter. So ändern sich die Zeiten …

Ein wiederholtes Klingelläuten schreckt ihn auf.

Sofort eilt er zur Tür, reißt sie auf. Vor ihm steht eine völlig aufgelöste, völlig verschmutzte Kerstin, mit zerrissenen Kleidern und blutiger Hand.

»Mein Gott«, stößt er entsetzt aus. Umfasst ihre Taille und führt die völlig verstörte Lebenspartnerin herein. »Was ist denn passiert?«

Er könnte sich in den *Arsch* beißen, sie zurückgelassen zu haben! Was für ein Idiot er doch ist!

Sie atmet schwer, schluchzt kurz. Kerstin bebt am ganzen Leib.

»Sag doch was …«

Ihre Augen starren ins Leere. Sie muss Schreckliches erlebt haben!

Helmut führt sie ins Wohnzimmer und setzt sie auf den Stuhl am Esstisch. Nachdem er sich vergewissert hat, dass sie bequem sitzt, holt er eine Schüssel mit warmem Wasser und mehrere Tücher. Dann beginnt er ihre Wunde zu reinigen.

Sie lässt es ohne jede Regung geschehen.

Unter die braune, verkrustete Blutschicht kommt eine Schnittwunde zum Vorschein. Wenn er sie richtig beurteilt, ist der Schnitt nicht allzu tief und bedarf keine ärztliche Fürsorge. Dennoch hat er Angst, dass sich die Verletzung entzündet.

Nachdem er die Wunde versorgt hat, beginnt er beide Arme zu säubern und tupft ihr anschließend den Schmutz aus dem Gesicht.

»Hat er dir das angetan?«

Kerstin senkt den Blick müde. Ihre Augen sind immer noch leer, wenn auch scheinbar Leben in ihnen zurückkehrt.

»Allein gelassen«, stammelt sie kaum vernehmbar. »Allein gelassen hast du mich …«

Helmut spürt erneut den Stich im Brustkorb. Es schmerzt, es aus ihrem Munde zu hören. Da hilft es auch nicht, dass er sich selbst bereits die Leviten gelesen hat und sich ein Narr schalt. Verschärft werden ihre Worte noch durch ihre Art, wie sie es sagt.

»Ja, das habe ich«, gibt er traurig zu.

»Warum … bist du gegangen …«

Er spürt, wie schwer eine große Last auf seinen Schultern wiegt. Krampfhaft sucht er nach den richtigen Worten. Es misslingt, deshalb schweigt er.

»Lass!«

Das trifft Helmut am Meisten. Augenblicklich weicht er zurück.

Kerstin steht gequält auf, geht wankend zum Balkon. Als sie an der Schwelle strauchelt und Helmut Anstalten macht, ihr zu helfen, weist sie ihn zurück.

Die entstandene Atmosphäre hat einen Riss in ihrer Beziehung offenbart. Einen ziemlich tiefen, der wahrscheinlich nie mehr geschlossen werden kann.

Mit einem Seufzer sinkt sie auf die Liege. Dann schließt Kerstin erschöpft die Augen.

27.

Kerstins Ruhephase ist für Helmut blanker Horror. Er macht sich schlimme Vorwürfe und ist oft den Tränen nahe. Doch er kann jetzt nichts mehr daran ändern – geschehen ist geschehen!

Als er sich wieder gefasst hat, öffnet Kerstin die Augen. Ohne Umschweife und Vorhaltungen beginnt sie zu erzählen. Helmut hört gespannt zu und im Stillen ist er froh, vorerst in der passiven Rolle zu sein. Kerstins Vortrag erfolgt flüssig und chronologisch. Er bewundert ihre Kraft und Ruhe, mit der sie sachlich berichtet.

»Nachdem du gegangen bist, ging unser Smalltalk weiter. Ich wollte ihn Mut zusprechen; Mut, dass er nicht aufgeben darf. Erst hatte ich den Eindruck, er höre mir wissbegierig zu. Eine Frau sieht vieles anders. Vielleicht könnte ich helfen. Du kennst mich. Ich habe immer ein offenes Ohr und stehe vielen bei, bei denen ich der Meinung bin, sie könnten von meinem Wissen profitieren.

Doch nach einigen Minuten unterbrach er mich. Er war plötzlich nicht mehr der ruhige Zuhörer. Aus dem Gentleman wurde schlagartig ein herrschsüchtiger, egoistischer Narzisst ohne Manieren. Ich wundere mich nicht mehr, dass er niemanden gefunden hat …

Schon bald hantierte er an der Säule herum. Du hattest Recht: Es gibt nicht nur zwei davon. Er prahlte noch, dich in die Irre geführt zu haben. Du seist ein leichtes Opfer, und es wird ihm schon noch gelingen, dich zu überzeugen.

Schlau bin ich nicht geworden. Ich ließ ihn machen. Du kennst meine Geduld. Aufmerksam lauschte ich seinen Erklärungen, ohne dabei darauf zu achten, was er tat. Ein Fehler, wie ich bald erfahren sollte.

Das Licht kam urplötzlich. Ich war geblendet. Spürte nur einen kräftigen Griff. Als ich wiedersehen konnte, musste ich mich erst einmal zurechtfinden. Es fühlte sich seltsam unreell und fremd an. Doch er war bei mir. Ich musste erkennen, dass wir nicht mehr im Haus waren. Eine Landschaft erstreckte sich vor mir, wie ich sie nur selten gesehen habe. Wilde Wiesen mit Kräutern, deren Duft ich nicht kenne, soweit das Auge reichte.

Und dann bedeutete er mir, ihm zu folgen. Wir hätten noch ein ganzes Stück des Weges vor uns. Meine Nachfrage ignorierte er beflissen. Aber was sollte ich denn machen? Ich wusste nicht wohin. Also bin ich mitgegangen.

Es war schon fast dunkel, als wir an einem einfachen Haus ankamen. Ich solle mich wie zuhause fühlen, meinte er grinsend. Und es wäre nett, wenn ich drinnen aufräumen würde. Schließlich würde er dafür sorgen, dass es zu Essen gibt.

Ich habe es für einen Witz gehalten. Wie gesagt: Er war nicht mehr zuvorkommend oder nett. Er war einfach nur ein elendiger Macho …

Wenn ich etwas zu essen haben wollte, musste ich dafür arbeiten. Das Haus reinigen, Holz hacken und reinbringen. Er sagte mir, du seist auch mal sein ›Gast‹ gewesen. Aber ich denke, du musstest nicht so anpacken, wie ich …

Die erste Nacht schlief ich auf dem verdreckten Boden. Ich malte mir aus, ich wäre auf einem Abenteuer-Trip. Kein Luxus und spartanisch. So wie im Mittelalter. Dass ich tatsächlich in dieser Zeit gelandet war, wurde mir erst viel später klar.

Am nächsten Tag bekam ich seine Macht zu spüren. Da ich mich weigerte, alles zu tun, was er mir aufbürdete, bekam ich seinen Unmut zu spüren. Nichts zu essen, nichts zu trinken. Sogar handgreiflich ist er geworden. Er war der Herr, ich die Magd. Ihm ging es nur noch darum, mir zu zeigen, dass ich minderwertig bin und absolut keine Rechte habe. Wenn ich nicht spure, würde ich schon sehen …

Dann ging er fort und ließ mich allein. Er. Ich durchsuchte das ganze Haus nach Essbaren. Fehlanzeige. Nichts zu finden. Aber wer sagte denn, dass ich bleiben musste? Also machte ich mich auch auf. Ich würde schon was finden. Aber schon nach kurzer Zeit meldete sich mein Magen.

Zum Glück traf ich auf eine alte Frau. Die zerschlissene Kleidung stank zum Himmel. Aber sie teilte mit mir ihren Wasservorrat und einen Brocken harten Brotes. Anschließend begleitete sie mich noch ein Stück und empfahl mir in die Stadt zu gehen, was ich dann auch getan habe.

Es war das erste Mal, dass ich begriffen habe, dass ich nicht mehr in der Gegenwart bin. Es war ein Schock und ich realisierte langsam die Tragweite der Situation, in der mich Eginulf gebracht hat. Ich war geschockt und doch auch neugierig. Ich kann es nicht beschreiben, was in mir vorging. Alles war neu und doch sehr alt.

Am Stadttor hatten sich viele Arme versammelt. Ich fiel natürlich wegen meiner Kleider auf, was mir nicht nur Wohlwollen einbrachte. Beleidigungen waren noch das kleinere Übel. Schwerer haben mich die neidischen Anfeindungen getroffen. Eine jüngere *Dame* ging sogar mit einem Messer auf mich los, nur um an meine Schuhe zu kommen.

Ich hatte Glück. Einer von der Stadtwache nahm mich in Schutz und ließ mich passieren. Die anderen Weiber schrien sich die Kehle heißer, doch es half nichts. Ich war drinnen, sie draußen.

Was sollte ich tun? Ich hatte Hunger und Durst, aber kein Geld. Ich schlenderte mit knurrendem Magen zum Marktplatz, den ich schnell fand. Ein Marktschreier kündigte ein Ereignis an, welches die Welt noch nie gesehen hätte. Ein Zauberer würde einen Menschen fliegen lassen!

Das kann nur das Mittelalter sein, dachte ich. Anfangs hatte ich vermutet, inmitten eines aufgezogenen Mittelaltermarkts hineingeplatzt zu sein. Mitnichten, wie ich festgestellt habe. Überall hat es bestialisch gestunken. Ich habe sogar eine Ratte rennen sehen. Du weißt, wie ich dann reagiere.

Der Menschenpulk war erdrückend. Dicht an dicht gedrängt, hatte jeder einfach nur das Ziel zu sehen, wenn es losgeht. Mich nervten die menschlichen Ausdünstungen. Oft musste ich würgen und stand oft davor, mich zu übergeben. Mir wurde heiß und es ging kaum Wind.

Die einfache Holzbühne war so weit entfernt, dass wohl nicht allzu viel zu sehen sein würde. Inzwischen gewöhnte ich mich an die Widrigkeiten und wurde von der allgemeinen Stimmung angesteckt. Es hatte was von Kirmes. Das Volk war ausgelassen und abgelenkt. Der Zuspruch war grandios.

Und dann ging es los. Der Zauberer betrat die Bretter, die schon immer die Welt bedeutet haben. Und ich fieberte wie ein kleines Mädchen seiner Darbietung entgegen.

Dann erkannte ich ihn. Es war er – Eginulf. Sein Kostüm passte zu seinem Auftreten, ebenso wie er sich präsentierte. Die Leute verfolgten fasziniert die Darbietungen. Für mich waren das nur alte Hüte, wie es so schön heißt. Taschenspielertricks locken heutzutage niemanden hervor.

Hellhörig bin ich geworden, als er von einer schwarzen Scheibe sprach. Ich werde nie seine Worte vergessen. ›Oh ihr Unwürdige, nehmet kund und gebet acht, wie Tön der Scheib ich entlock. Preiset dem Herrn, der mir gab die Macht!‹

Ich musste lachen, als ein alter Marsch erklang … Die Umstehenden warfen mir böse Blicke zu. Ganz offensichtlich verehrten sie Eginulf so sehr, dass eine Dahergelaufene wie ich ihnen die Show nicht kaputt machen konnte. Aber das hatte ich ja auch gar nicht vor. Ich fand es in dem Moment einfach nur lustig.

Dann kam der Augenblick, in dem der Zauberer sich den Auserwählten aus den Zuschauern herauspickte. Ein Fliegender Mensch war *die* Sensation. Ich war gespannt, wie er das bewerkstelligen würde. Unter freiem Himmel und bei Tageslicht würde diese Nummer schwer zu realisieren sein.

Er faselte etwas von Geist befragen und beschwor das Publikum, dass noch kein Aug derartiges gesehen hat. Klar waren alle neugierig darauf, was nun kommen würde. Ich natürlich auch. Die Atmosphäre hatte mich ebenfalls angesteckt.

Und dann hatte er den Auserwählten gefunden. Einen, wie er betonte, aus ihrer Mitte! Wenig später glaubte ich meinen Augen nicht zu trauen. Warst du das?

Du warst es! Ich war geplättet …

Wie kamst du denn hierher? Etwa wie ich? Hatte er dich auch verschleppt? Vor Staunen kam ich nicht mehr dazu, überhaupt noch zu denken.

Als du dich dann, für jeden sichtbar, in die Luft aufschwangst, bekam ich Gänsehaut. Ich glaube sogar, ich bin blass geworden. Es war ein wirklich erhebendes Gefühl. Ich wusste gar nicht, dass du das noch kannst ...

Ich war wirklich stolz auf dich. –

Als du wegflogst, kam ich langsam wieder zu mir. Eginulf unterhielt mit einfachen Tricks die Leute, die natürlich auf dich warteten. Ich sah mich um. Sah in viele glückliche Gesichter, die so etwas natürlich noch nicht gesehen hatten. Demut vor dem Herrn und auch gegenüber Eginulf war regelrecht zu spüren.

Ich sah mich um. Mir fiel ein Typ auf, der mit Kutte und tief ins Gesicht gezogener Kapuze aus der Menge herausstach. Ich weiß nicht, was mich an ihm gestört hat. Oder warum er mir bekannt vorkam.

Er stand regungslos da und ließ die Bühne nicht aus den Augen. Etwas sagte mir, dass der Typ nichts Gutes im Schilde führte. Ich bekam Schweißausbrüche. Die innere Stimme schrie, doch ich konnte es nicht verstehen. Und dann nahm das Schicksal seinen Lauf.

Die mir bekannte Gestalt hatte eine frappierende Ähnlichkeit mit Eginulf. Doch der stand bekanntlich auf der Bühne! Also – wer war der Typ?!

Ich ließ ihn nicht mehr aus den Augen. Dabei musste ich aufpassen, nicht selbst aufzufallen. Das am Stadttor steckte mir noch immer in den Knochen. Es ist eine Gratwanderung. Wenn man versucht, bewusst unauffällig zu sein, kehrt sich das Ganze schnell ins Gegenteil um. Einigen in meiner Nähe fiel mein Gebaren auf und interpretierten es völlig falsch. Als ich es bemerkte, war es fast zu spät, um zu verschwinden. Zu meinem Glück kamst du gerade wieder und stiegst vom Himmel. Wie Phönix aus der Asche. Die Blicke richteten sich auf dich und ich verschwand unbemerkt.

In einer dunklen Gasse hielt ich ein. Hier konnte ich durchatmen, mich sammeln. Mir wurde klar, dass ich in der Stadt Anfeindungen ausgesetzt sein würde. Und ich fühlte mich wie ein gejagtes Tier. Da kam ein Holzwagen die Straße entlang gezuckelt. Für ein Versteck war es zu spät. Der Fuhrwagenlenker hatte mich bereits gesehen und beäugte mich neugierig. Als er nahe genug heran war, ließ er den vorgespannten Ochsen haltmachen.

›Braucht Ihr Hülf?‹

Der ältere Mann meinte es freundlich.

›Ich weiß nicht, wohin …‹

Er schien zu überlegen. Kurzum: Er lud mich ein, ihn zu begleiten. So kam ich alsbald in den Genuss einer trockenen Unterkunft. Endlich gab es was zu essen und zu trinken. Mutbrecht, so nannte er sich, erzählte mir von seinem Neffen, der einem ähnlich gekleideten hohen Herrn geholfen hat. Mir war klar, er konnte nur dich damit meinen. Also warst auch du in dieser seltsamen Zeit unterwegs. Und hattest Freunde gefunden.

Mutbrecht zog es vor, nicht allzu viel preiszugeben. Schließlich war ich eine Fremde und eine Dahergelaufene obendrein. Ich wunderte mich sowieso, dass er mir etwas von dir und dem gelungenen Cup berichtete. Es war nicht viel, aber ich war in der Lage, mir den Rest zusammen zu reimen.

Die Nacht schlief ich im Stroh. Tags darauf, beim ersten Hahnenschrei, waren alle auf den Beinen. Es gab Hirsebrei und Brunnenwasser. Ich möchte nicht wissen, was sich da drin alles für Erreger getummelt haben. Aber ich musste nehmen, was es gab, wollte ich nicht dehydrieren. Wählerisch zu sein in dieser Zeit, würde das Ende bedeuten – da war ich mir sicher.

Ich wollte zudem Mutbrechts Frau zur Hand gehen. Ich hatte ja kein Geld oder etwas zum Tauschen, um seine Hilfe zu wertschätzen. Die Frau war wortkarg, duldete meine Anwesenheit. Sympathisch ist anders. Ich war deshalb auch froh, als Mutbrecht mich zu seinem Neffen mitnehmen wollte. Dafür gab er mir einige abgetragene, von Motten zerfressene Kleider, um an den Wachen ohne

Aufsehen vorbeizukommen.

Bald hatten wir den Wald erreicht. Hier konnte ich endlich das kratzende Oberteil ausziehen. Brav stapfte der Ochse stur voran.

›Ihr seyd wohl Seide und bessren Garn gewohnt‹, kommentierte er grinsend.

Du kannst dir ja vorstellen, wie sehr die Anrede auf mich gewirkt hat. Dieses ›Ihr‹ und ›Euch‹ irritierte mich unsäglich. Oft wusste ich nichts darauf zu antworten. Ich tat mich einfach schwer damit.

›Der Herr Helmut war gesprächiger‹, murmelte Mutbrecht, sichtlich verstimmt.

Die Fahrt wurde holpriger und mir tat mein Hintern weh. Zeitweise bin ich deshalb nebenhergelaufen, was mir einen gewissen Respekt einbrachte. Eine Frau die mit anpackt und sich für nichts zu schade ist, war wahrscheinlich ganz nach seinem Geschmack. Zumal er mich für wohlhabend hielt. Im Gegensatz zu seinen Lebensverhältnissen mag dies auch stimmen …

Manchmal gelang es mir sogar, den Ochsen zu einem schnelleren Gang zu animieren, auch wenn es nie länger anhielt.

›Ihr könnt gut mit dem Vieh umgehen.‹

Ich bin ja auch liiert, dachte ich sarkastisch.

›Könntet Euch gut als Magd verdingen.‹

Ich schwieg dazu. Mutbrecht würde mich eh nicht verstehen und käme vielleicht auf komische Gedanken. Die Frauen in diesem Zeitalter schienen nicht aufmüpfig zu sein.

Am Wegesrand wachsende Beeren waren gute Durstlöscher, die obendrein auch noch satt machten. Sie zu pflücken verschaffte mir Bewegung, die ich so brauchte, um nicht verrückt zu werden.

Am frühen Nachmittag kamen wir dann im Dorf des Neffen an, der große Augen machte, als er mich sah. Auch er brachte mich sofort mit dir in Verbindung. Ich wunderte mich nicht mehr darüber, freute mich aber, nicht alleine in dieser Ära gestrandet zu sein. Die Hoffnung wuchs, wieder nach Hause zu kommen. Nur wie konnte ich dich erreichen, damit du weißt, dass ich da war?

Allein hatte ich kaum eine Chance mich zu Recht zu finden. Ramgar wusste nicht, wo du dich aufhältst. Er berichtete mir, wie ihr ihn aus dem Kerkerloch geholt und in Sicherheit gebracht habt. Am folgenden Tag wollte er frühzeitig aufbrechen, um ein neues Leben in der Ferne zu beginnen. Hier fühlte er sich nicht mehr sicher und als Schmied würde er schon bald wieder sein Auskommen finden.

Also half ich wieder mit, das wenige Hab und Gut auf einen Wagen zu verfrachten. Auch Mutbrecht wollte seinen Neffen beistehen und ein Stück begleiten. Es war nur eine Frage der Zeit, bis die Schergen ihn aufsuchen würden, um ihn nach dem Verbleib des Geflüchteten auszuhorchen. Vorerst mussten sie sich an seine Frau wenden, die – seinen Worten nach – die Schnüffler schon einheizen wird. Das Weib hatte Haare auf den Zähnen.

Mir kam es viel eher vor, er hatte von seiner Holden die Nase gestrichen voll, und wolle sie auf diese Weise loswerden. Doch Ramgar erklärte mir, dass es sehr oft vorkommt, von der Familie Abschied auf unbestimmte Zeit zu nehmen, um durchzukommen.

Fast wie bei uns, entgegnete ich. Auch in meiner Gegenwart gibt es viele Pendler, die nur an den Wochenenden heimkommen. Natürlich musste ich dem Schmied erklären, was ein Pendler ist.

Gegen Abend ging ich mir die Beine vertreten. Es war ungewiss, wie es für mich weitergehen sollte. Warst du noch in der Gegend? Wäre es besser gewesen, bei Eginulf zu bleiben? Letzteres verneinte ich vehement. Wer weiß schon, zu was dieser fähig ist! Allein der Gedanke bereitet mir jetzt noch Gänsehaut …

In Gedanken versunken erreichte ich einen Fluss. Ich nutzte die Gelegenheit, um zu trinken und mich zu waschen. Das Wasser war glasklar. Noch nie hat mir Wasser solch Freude gemacht. Wir Menschen sind schon komisch, dass wir Grundlegendes nicht achten und erst dann zu schätzen wissen, wenn wir es nicht haben.

Ich war gerade aus dem Fluss gestiegen und zog mich wieder an, als ich mich beobachtet fühlte. Ich sah mich um, konnte aber niemanden sehen. Trotzdem beeilte ich mich. Als ich soweit angekleidet war, hörte ich, wie Holz brach. Ich war elektrisiert: Da ist ja doch jemand! Und dann entdeckte ich im Halbschatten eine Gestalt. Ich zuckte zurück. Der Schrecken saß mir tief in den Knochen. Wie lange stand die Gestalt schon dort? Ich schämte mich; ich hatte gedacht, ich wäre allein, und hatte nackt gebadet …

›Wer ist da?‹ Es sollte streng klingen, aber ich bezweifelte es.

›Seyd Ihr ein Englein?‹ Die Stimme der Person kratzte.

›Was soll das!‹, sagte ich laut und nun wirklich verärgert.

›Ihr seyd sehr dünn für ein Weib‹, sprach die Stimme weiter. ›Saget mir, woher Ihr kommet.‹

Ich überlegte. Sollte ich die Wahrheit sagen? Eine Wahrheit, die nicht einmal ich begreifen konnte?

›Von weit her‹, antwortete ich ausweichend. ›Aber nicht vom Himmel.‹

Die Gestalt regte sich nicht. Die entstandene Stille wirkte bedrückend.

Dann hörte ich es erneut knacken. Die Gestalt kam langsam auf mich zu und verließ den Halbschatten. Ich sah in das faltige Gesicht einer alten, gebückt gehenden, Frau. Eigentlich war ich erleichtert. Es hätte ja ein Spanner gewesen sein können! Doch auch von der Alten ging etwas Seltsames aus, was ich nicht beschreiben kann. Plötzlich fühlte ich mich von ihrer Aura eigenartig berührt.

Du kennst das ja bestimmt: Da betritt jemand den Raum und du spürst etwas, dass was nicht stimmt. So ein beklemmendes Gefühl entsteht, das man am liebsten weggehen würde, aber dann doch bleibt.

›Von weit her? Wie weit ist das denn?‹

Ich muss sie angesehen haben, als sähe ich zum ersten Mal einen Menschen. Was sollte ich sagen? Welche Städte gab es damals, von denen selbst die Provinzler etwas anfangen konnten? Ich wusste ja noch nicht einmal, wo ich war!

›Nürnberg‹, sagte ich.

Im Gesicht der Alten arbeitete es. Hatte ich etwas Falsches gesagt? Ich befürchtete, dass ich aufgeflogen war.

›Eine Reichsstätderin‹, murmelte sie. ›Dann lasst das nicht allzu laut verlauten. Die Stauffer mag man hier nicht sonders.‹

Sie schien zufrieden und beließ es dabei. Ich atmete auf und entspannte mich.

›Was führt Euch soweit ins Hinterland?‹

Verlegen senkte ich den Blick. Die Alte schien etwas hinein zu interpretieren, was ihr die Antwort gab. Sie bekam einen mitleidigen Gesichtsausdruck.

›Wohlan. Hier seyd Ihr sicher.‹

Damit war das Thema beendet. Die Alte trat nun vollends aus den Schatten.

›Man sieht hier selten Fremde. In dieser Gegend haben die Leut nicht viel. Seht Euch vor! Traut niemandem!‹

›Ich bin auf der Durchreise‹, entgegnete ich. Ihre Warnung versetzte mich in Angst und verunsicherte mich. Aber ich ließ mir nichts anmerken.

›Ihr seyd bestimmt hungrig. Ich könnt Euch …‹

Sie kam nicht weiter. Plötzlich donnerte eine Stimme hinter mir: ›Da seid Ihr ja, Kräuterweib!‹

Ich erschrak. Die Stimme gehörte Eginulf! Nur um welcher der Beiden? War es der, der mich in diese Zeit gebracht hat oder der, der als Zauberer unterwegs war? Ich hatte plötzlich ein sehr ungutes Gefühl.

Der Alten war sein Auftauchen ebenfalls ungelegen; ihre Mimik offenbarte eine gewisse Unbill. Weder er noch ich gingen darauf ein. Eginulf übersah mich.

›Wir müssen reden, Alte!‹ Es war keine Bitte, sondern ein Befehl. ›Er ist weg.‹

Er?

Ich wurde hellhörig. Warst mit *er* du gemeint?

Die Alte schien kein besonderes Interesse daran zu haben.

›Was geht mich der Teufel an!‹

›Du weißt, um was es geht. Ich brauche ihn!‹

›Ihr schon, ich aber nicht.‹

›Weib! Du weißt, was auf dem Spiel steht!‹

Die Alte beginnt nachzudenken.

›Ja, ich weiß.‹

›Dann lasst uns beratschlagen.‹

›Es sei. Aber erst braucht die meine Hülf.‹ Damit lenkte sie die Aufmerksamkeit auf mich. Eginulf musterte mich kurz, zuckte dann mit den Schultern.

›Meinetwegen‹, sagt er gelangweilt. ›Gegen Abend bin ich wieder da …‹

Er erkannte mich nicht! Somit konnte es nur Eginulf der Magier sein, der mich nicht kannte. Ich hatte also eine reelle Chance.

Der Magier verschwand genauso plötzlich, wie er aufgetaucht war. Das Kräuterweib lud mich ein, ihr zu folgen, was ich auch tat. Aber ich blieb wachsam und versuchte mir den Weg genau einzuprägen, um zurückzufinden.

Unweit des Flusses befand sich eine einfache Hütte. Dorthin führte sie mich. Drinnen roch es nach allerlei Kräutern und Pilzen. Sie hatte etwas auf dem Feuer, was sie nochmals sorgsam rührte und mir dann eine Schüssel davon reichte. Dicke Fettaugen schwammen an der Oberfläche. Ich fühlte mich an meine Kindheit bei Oma erinnert, die mir solch Suppe immer dann gab, wenn ich Grippe hatte. Es schmeckte und ich wurde satt.

Beiläufig erzählte sie mir von ihren schwer zu bewältigenden Alltag, der hauptsächlich aus dem Suchen von Kräutern und deren Zubereitung beziehungsweise des Trockenvorgangs bestand. Der Wald wäre eine gute Quelle für das, was man brauche.

Ich hörte nur mit halbem Ohr zu, denn ich wollte eigentlich mehr über Eginulf erfahren. Daher überlegte ich krampfhaft, wie ich das Gespräch darauf lenken könnte. Es entpuppte sich als überflüssig, denn die Alte kam von selbst darauf.

›Entschuldigt, wenn Ihr Euch erschreckt habt. Aber der Zauberer erscheint immer unverhofft.‹ Sie lachte in sich hinein, dass mir die Nackenhärchen standen.

›Ein Zauberer?‹ Ich tat überrascht.

›Ja, ja‹, machte sie. ›Der treibet so manch Spiel.‹

Ich zuckte etwas zurück.

›Keine Furcht, Kindchen. Euch wird er nichts tun. Er sucht nach …‹, sie stockte und sah nach draußen. ›Man kann nie vorsichtig genug seyn, in diesen *zîten*.‹

Ich verlieh meiner Mimik einen ängstlichen Schein.

›Der ist kein richtiger Zauberer‹, verriet das Weib im verschwörerischen Flüsterton. ›Alles Lug und Trug.‹ Die Alte spuckte aus. ›Der lullt die Leut ein.‹

›Oh‹, machte ich. ›Ihr meint … ein Scharlatan …‹

Sie sah mich prüfend an, doch ihr Blick ging durch mich hindurch. ›Ja … das trifft 's …‹

Ihr Verhalten fand ich seltsam und dachte schon, sie hege einen Verdacht mir gegenüber. Aber dem war nicht so.

›Einzig sein Erscheinen hat wohl was zu tun, mit magischer Kraft‹, fuhr sie fort. ›Aber der Andere … der konnt 's …‹

›Ihr meint …‹

Das Kräuterweiblein nickte.

›… zaubern …?‹

Sie legte einen Finger an ihre schmalen Lippen.

›Ja‹, raunte sie noch verschwörerischer, als eben. ›Ich hab's erlebt … mit eig'nen Aug …‹

Wieder suchte sie draußen die Gegend ab.

Ich unterdrückte einen Aufschrei.

›Die Dämonen sind auf seiner Seit … Und der bereitet Eginulf schlaflose Nächt …‹ Erneut kichert sie leise.

›Und wer ist es?‹

›Genauso ein Fremdling wie Ihr, Kindchen.‹

Ups! Sie meinte dich! Kanntet ihr euch? Wenn ich sie richtig verstanden hatte, ja. Sollte ich vielleicht besser auf ihr vertrauen?

Das Kichern verstummte, ihr Gesicht wurde ernst.

›*Tinfal*‹, murmelte sie verbittert. ›Ich ritt auf seinem Rücken durch die Nacht. Ein Grauen …‹

Sie verfiel ihrer Erinnerung, wie mir schien. Minuten schwiegen wir.

Dann sagte sie, ich solle gehen. Sie hätte schon viel zu viel gesagt. Mehr sei nicht gut und Eginulf wolle ja auch bald vorbeisehen. Es war ein Rausschmiss *par excellence*. Ich war wie vor dem Kopf gestoßen, ging aber augenblicklich.

Im Wald wird es nachmittags rasch duster. Aber das Licht reichte aus, um die Umgebung zu erkennen. In der Nähe der Hütte stand eine kleine Fichtengruppe, in der ich ein gutes Versteck fand. Ich wollte unbedingt wissen, was Eginulf mit der Alten zu besprechen hatte. Dort erhoffte ich seine Ankunft nicht zu verpassen und vielleicht einiges aufzuschnappen.

Die Zeit zog sich. Rasch wurde es immer finsterer. Dann endlich gewahrte ich einen Schatten. Das musste er sein! Ich hielt die Luft an, um kein Geräusch zu verursachen.

Er ging wie selbstverständlich hinein. Leider war ich zu weit entfernt, um das Gespräch zu verfolgen. Allerdings wurde er immer lauter. Sie stritten miteinander. Einzelnen Wortfetzen nach konnte ich entnehmen, dass es um dich geht. Er kochte vor Wut, da du unauffindbar warst. Er machte sie dafür verantwortlich. Ihre Antwort gab die Alte ruhig, so dass ich sie nicht hören konnte. Dies brachte ihn noch mehr in Rage.

Als er wütend die Hütte verließ, rief er ihr zu, dass sie ihm gestohlen bleiben könne und er sich an den vereinbarten Deal nicht mehr gebunden fühle.

Ich wartete noch eine Weile in meinem Versteck. Inzwischen war es dunkel geworden, dass Einzelheiten nur schwer erkennbar waren. Das hatte ich nun von meiner Neugier. Wie sollte ich jetzt den Weg zurückfinden? Den Fluss würde ich vielleicht noch finden, aber weiter?

Ratlos überlegte ich. Meine Gedanken trieben im Kreis. Ramgar und sein Oheim würden bestimmt schon auf mich warten, und vielleicht machten sie sich auch Sorgen. Sie wollten doch in aller Früh aufbrechen.

Mist.

Tief aus dem Wald drang das Geheul von Wölfen. Ein weiteres Indiz dafür, dass ich nicht im 21. Jahrhundert war. Denn Wölfe wurden zwar inzwischen wieder angesiedelt, aber bestimmt nicht in der Vielzahl, auf das das Geheul hindeutete. Mir wurde angst und bang.

Fast zeitgleich hörte ich näherkommende Schritte. War Eginulf mir etwa auf der Spur? Damit meine ich den, der mich in die Vergangenheit entführt hatte. Mir blieb das Glück hold. Es war das Kräuterweib. Zielsicher kam sie in meine Richtung. Hatte sie mich beobachtet, als ich mich versteckt hatte?

Meine Befürchtungen bewahrheiteten sich nicht. Das Kräuterweiblein war nochmal herausgekommen, und verrichtete an einer nun im Schatten liegenden Stelle ihre Notdurft. Anschließend deckte sie die Exkremente mit einem Ast zu. Dann ging sie wieder in die Hütte. Wie ich sehen konnte, brannte kein Licht. *Sie wird wohl schlafen gehen*, dachte ich.

Schlagartig kehrte nächtliche Stille ein. Vorsichtig verließ ich meine Deckung. Das leise Knistern meiner Schritte wirkte unerhört laut. Da ich nicht mehr alles sehen konnte, stolperte ich unentwegt; meine Füße stießen gegen Hindernisse, verhedderten sich oder sanken in Löcher, die von irgendwelchen Tieren gegraben worden sind. Ich kam ins Schwitzen und hatte auch bald die Orientierung verloren.

Wo war ich? Das Rauschen und Plätschern des Flusses konnte ich hören, aber nicht lokalisieren. Kaum das ich noch ein, zwei Meter sehen konnte. Und das Schlimme war: Es sah alles gleich aus …

Die nachtaktiven Waldbewohner wurden wach. Von allen Seiten ertönten grauenvolle Schreie und Rufe. Mal raschelte es direkt vor mir, dann auf der entgegenliegenden Seite, nur weiter weg. Eigentlich bin ich ja nicht ängstlich, aber da lernte ich die Angst kennen. Mein Wissen über Waldbewohner ist mager, aber mein Instinkt machte mich wachsam.

Lange Rede, kurzer Sinn: Nach einem Irrlauf erreichte ich zerkratzt und schmutzig dann doch den Fluss. Inzwischen war der Mond aufgegangen. So konnte ich halbwegs sicher seinen Lauf folgen und kam zu der Stelle, an der ich auf der Alten getroffen war.

So in etwa konnte ich die Richtung bestimmen, die mich zu Ramgar führen würde. Ich wusch mich nochmal, trank ausgiebig. Ich schätzte, bis zum Haus des Schmieds vielleicht eine Stunde zu brauchen. Der Weg war relativ eben und den Wald würde ich auch gleich hinter mich gebracht haben.

Nachdem ich mich genug gestärkt hatte, ging ich weiter. Ich hatte Glück; es blieb wolkenlos und so kam ich gut vorwärts. Es war kalt geworden. Meine Kleider waren durchnässt; teils durchs Wasser, teils vom Schwitzen. Aber die Vorfreude, bald in der warmen Hütte zu sein, trieb mich weiter.

Ich glaubte sogar den Weg als richtig zu erkennen. Da waren einige Bäume, die in ihrer Anordnung bemerkenswert einzigartig waren und sich gut als Wegweiser eigneten. So ging ich weiter, ohne mir großartig Sorgen zu machen.

Und dann stand mir nichts, dir nichts Eginulf vor mir. Ich hatte ihn nicht bemerkt; war wohl zu sorglos gewesen.

›Na? Verlaufen?‹

Seine Stimme fuhr mir ins Mark. Diese Häme!

›Dachtest du, du entkommst mir?‹ Er lachte dreckig. ›Hier bist du mir ausgeliefert!‹

Ich blieb erstarrt stehen. Zu meiner Überraschung innerlich jedoch ruhig.

›Sie sind ein Scheusal‹, rief ich. ›Lassen Sie mich gefälligst in Frieden!‹

›Gerne‹, hohnlachte er. ›Aber bedenke, ohne mich, kommst du nie hier weg. Du brauchst mich.‹

Damit war die Unterredung beendet und er verschwand in der Nacht.

Erst jetzt begriff ich wirklich, was passiert war. Meine Knie zitterten wie Espenlaub. Zu allem Überfluss schob sich auch noch eine dicke Wolke vor den Mond. Ich fühlte mich beobachtet und ausgeliefert. Ja ich weiß: Eginulf hatte es sicherlich nicht nötig, mich im Auge zu behalten. Dennoch war zu spüren, dass ich nicht allein war …

Von nun an irrte ich umher. Wahrscheinlich hat mich die Begegnung mit Eginulf irritiert, oder bin falsch abgebogen – ich weiß es nicht; jedenfalls landete ich wiederum im Wald.

Abermals war ich umgeben von den Rufen und Schreien wilder Tiere. Es war ein Alptraum! Anstatt den Tag abzuwarten lief ich ziellos umher. Im Nachhinein war das falsch; aber was sollte ich tun? Gefressen werden? Vor Angst hätte ich eh kein Auge zumachen können …

Der Wald wurde immer unwegsamer. Mein Kopf war leer. Ich wollte doch nur ein Dach überm Kopf! Müde und ausgelaugt schlurfte ich weiter. Durch die Bäume drang kaum Mondlicht; null Orientierung. Oft war ich drauf und dran, mich einfach hinzusetzen. Es war unwirtlich kalt – und ich durchgefroren. Je näher der Morgen rückte, umso mehr Feuchtigkeit lag in der Luft. Meine Beine waren müde und schwer geworden; ich konnte mich kaum noch halten. Aber mein Wille war ungebrochen.

Als es heller wurde, erkannte ich, dass ich mitten im Wald war. Die nächtlichen Geräusche verstummten allmählich, und ich fühlte mich sicherer. Doch mein Martyrium war noch nicht zu Ende. Hunger und Durst stellten sich ein, und die Müdigkeit schrie nach Schlaf.

Dann kam ich am Fuße eines Hügels an. Kurzzeitig wurde ich hellwach. Hier konnte ich mir unter Umständen einen Überblick verschaffen! Mit letzten Kräften erklomm ich die unwegsame Flanke.

Die errungene Aussicht war spärlich. Der Nadelwald ließ weitschweifige Ausblicke nicht zu. Ich hatte mich tief in eine ausweglose Bredouille gebracht. Hier käme ich nie wieder heraus …

Die letzten Meter schleppte ich mich mehr, als ich ging. Nachdem ich endlich die Anhöhe erreicht hatte, fand ich erleichtert ebenen Boden vor. Erschöpft ließ ich mich nieder, verfiel einem bleiernen Schlaf voller Alpträume. Ich sah mich wilden Bestien ausgeliefert, die mich umzingelt hatten. Sie kamen mir gefährlich nah, und als eines der Kreaturen mich ansprang, erwachte ich schreiend und schweißüberströmt.

Ich begann zu dehydrieren! Meine Wahrnehmung litt darunter; immer wieder sah ich Dinge, die es nicht gab, jedenfalls nicht an diesem Ort. Meine Odyssee wollte einfach nicht enden.

Beine und Füße fühlten sich fremd an. Wie auf Stelzen lief ich weiter. Verlor das Gefühl des Gehens. Und dann rutschte ich aus, stürzte haltlos in die Tiefe. Der Aufprall nahm mir den Atem. Mein Arm schmerzte höllisch. Ich glaube, geschrien zu haben …

Aber es war niemand da! Keiner konnte mir helfen!

Doch da irrte ich mich … Denn als ich mich wieder etwas gefangen hatte, sah ich in ein faltiges Gesicht. Es war das Gesicht des Kräuterweibleins …

Ich war baff! Träumte ich? Hatte ich mich so verirrt, dass ich im Kreise herumgelaufen war?

Auch die Alte sah verwirrt aus.

›Ihr kommt doch vom Himmel‹, stammelte sie überrascht. ›Seyed Ihr wieder herabgestiegen?‹

Ich war nicht in der Lage, darauf passend zu antworten.

›Er wird über Euer Erscheinen erfreut seyn.‹

›Wer?‹, hauchte ich schwach.

Sie sah sich um, und vergewisserte sich, das wir nicht belauscht würden.

›Ich ritt ihn wieder – den Teufel …‹ Ihr verschwörerischer Ton irritierte mich. Die Alte musste nicht mehr ganz klar im Kopf sein!

›Wer?‹

›Er ist da lang‹, wisperte sie. Dann drehte sie sich um und stapfte in die andere Richtung.

In den Felsen erkannte ich eine Höhle. Ich wollte nur noch trinken. Mein Gehör machte mir vor, eine Quelle läge dort verborgen. Die Vernunft setzte aus, ebenso die Logik. So kam ich in eine größere Höhle, mit dem seltsamen Relikt.

Was sich zutrug, kann ich nicht sagen. Ich weiß nur, dass mich eine plötzliche Lichtfülle blendete und ich im Lager des Geschäftes wieder zu mir kam.«

Nachdem Kerstin geendet hat, bleiben beide noch einige Zeit stumm sitzen.

Es ist ...

... ein offenes Geheimnis, dass die Zeit wie Sand verrinnt. Mit ihr ist die Vergänglichkeit jedes Einzelnen untrennbar verbunden. Allerdings gibt es hin und wieder Momente, an dem die Zeit fast stehengeblieben erscheint. Man hat den Eindruck, sie verginge entweder unsagbar schleppend oder überhaupt nicht.

Am folgenden Tag steht Helmut mit ähnlichem Gefühl auf. Wenn er ehrlich ist, fühlt er sich verkatert. Kerstins Erzählung und seine eigenen Erfahrungen haben einen unwirklichen Nachgeschmack. War das alles wirklich geschehen? Oder hat er einfach nur schlecht geträumt?

Helmut betritt den Balkon. Auf der gemütlichen Gartenliege hat Kerstin geschlafen. Sie liegt noch mit geschlossenen Augen da. Ihre Wunde am Arm zeugt jedenfalls davon, dass es kein Traum gewesen ist. Notdürftig hat Kerstin die Wunde verbunden. Einige Blutflecke haben den Verband durchtränkt.

Er will sie nicht wecken. Er fühlt sich schuldig an dieser Misere. Und Helmut weiß, dass er hätte einiges anders machen müssen. Sein schlimmster Fehler war, sie mit dem Mistkerl alleine zu lassen! Allerdings sind sie alle erwachsene Leute, denen man eigene Entscheidungen zumuten kann. Wer konnte denn ahnen, dass Eginulf sie gleich entführt?

Helmut lässt sie schlafen. In der Küche macht er sich einen Kaffee, den er schwarz trinkt. *Schwarz, wie die Seele!*

Das von der Maschine gebrühte Getränk macht ihn wach. Doch das komische Gefühl verschwindet nicht; im Gegenteil, es nimmt zu.

Die Uhr zeigt kurz vor neun. Es ist Samstag und es liegt nichts an. Helmut hält gedanklich inne. War heute nicht ... Gehetzt springt er auf, verschüttet den Kaffee und schaut auf den Kalender.

Ach du Scheiße! Die Feier!

Wie vom Blitz getroffen macht er sich fertig. Duscht und rasiert sich. Nur zwanzig Minuten später steht er mit nassen Haaren wieder in der Küche und stürzt den indes kalt gewordenen Kaffee hinunter. Angeekelt verzieht Helmut das Gesicht. Aber er ist kein Freund von Verschwendung; es widerstrebt ihm, etwas wegzuschütten.

Schnell kritzelt er noch ein paar Zeilen auf einen Zettel, legt ihn auf den Balkontisch. Die gestern eingekauften Sachen eilig ins Auto schleppend, kommt er ins Schwitzen, was das Duschen *ad absurdum* führt. Aber egal. Hauptsache alles kommt an Ort und Stelle. Gegen elf wird er wieder hier sein. Dann kann er sich immer noch in Ruhe umziehen. Kerstin wird dann auch soweit sein, sodass einer ausgelassenen Feier nichts im Wege steht.

Es ist später geworden, als gedacht. Schon nach zwölf! Dass doch alles immer so hektisch werden muss … Kann nicht einmal etwas in Ruhe vonstattengehen?!

›Sie wird mir die Hölle heiß machen! Zu Recht …‹

Helmut steigt mit möglichen Wiedergutmachungsgedanken aus dem Auto und stürmt die Treppen hinauf.

»Tut mir leid, Schatz«, ruft er vom Flur aus. »Ist später geworden. Aber wir sind fertig geworden.«

Er betritt das Wohnzimmer. Niemand da. Die Balkontür ist geschlossen, also ist Kerstin dort auch nicht. Auch die Küche ist leer.

»Schatz?!«

Er stürmt ins Schlafzimmer. Auch hier ist sie nicht! Helmut reißt die Tür des Schlafzimmerschrankes auf. Dort, wo bis vor kurzem noch Kerstins Sachen hingen, sind seine Hemden und Hosen.

Er prallt zurück. Was ist hier los?

Aufmerksam und mit klopfendem Herzen sucht er die Orte ab, an denen Kerstin ihre Sachen hatte. Nichts ist mehr da, was an ihr erinnert!

Es schellt. Helmut hört es erst nach dem dritten Mal. Verstört geht er zur Tür.

»Paketdienst!«

»Ich erwarte nichts …«

»Helmut Hargener? Und die Adresse stimmt auch!« Der Bote ist sichtlich verärgert. »Hier eine Unterschrift bitte.«

Wie in Trance folgt Helmut der Aufforderung, die keinen Zweifel aufkommen lässt.

Das Paket ist schmal und etwa brusthoch, außerdem recht schwer.

»Schönes Wochenende«, verabschiedet sich der Bote und verschwindet.

Neugierig und ein wenig erregt öffnet Helmut die Verpackung. Die Pappe ist dick und mehrmals mit Packklebeband verschnürt. Dann kommt eine weitere Lage modernen Verpackungsmaterials zum Vorschein.

»Da hat sich wirklich jemand Mühe gegeben.«

Geduldig entfernt er das Plastik, das ebenfalls mehrmals mit diesem Klebeband verschnürt worden ist. Als endlich alles entfernt ist, bleibt Helmut vor Überraschung die Luft weg.

Vor ihm steht die Zeitsäule!

Nachdem er sich seelisch wieder im Griff hat, fährt er kurzentschlossen zum Münzladen. Eginulf muss ihn Rede und Antwort stehen! Was soll das Ganze?! Will er ihn verarschen?!

Schlimm genug, dass Kerstin gegangen ist! Aber eine Niederlage kommt selten allein. Helmut wittert ein Komplott. Seltsam, wie Kerstins Gesichtszüge mehr und mehr verblassen …

Am Laden angekommen, hält er im Parkverbot. Herannahende Autos müssen notgedrungen abbremsen und warten, bis der Gegenverkehr zulässt, den Wagen zu umfahren. Manch einer hupt genervt.

Die Ladentür ist zugeschlossen. Helmut trommelt wütend dagegen. Nichts. Erst jetzt späht er hinein. Alles leer. Auch der Blick durch die Fensterfront bestätigt dies. Wie es aussieht, wurde das Geschäft schon vor langem aufgegeben. Deutlich ist der Staub zu sehen, und unzählige Spinnweben mit toten Überresten der Erbauer hängen in den Ecken.

Eine der Scheiben hat einen Riss und das Glas ist teilweise blind. Zweifelsohne – hier gibt es schon seit Jahren keinen Münzladen mehr!

»Ist das Ihr Auto?«

Helmut hört die Stimme aus sehr weiter Ferne.

»Hallo?! Ist das Ihrer?«

Endlich dreht Helmut sich um. Hinter seinem Auto steht ein Streifenwagen, mit eingeschalteter Warnblinkanlage. Er nickt abwesend.

»Geht es Ihnen gut?«

Helmut ist blass und sein Blick wirkt wirr.

»Ihren Führerschein bitte!«

Der Polizist bleibt ruhig. »Haben Sie getrunken?«

Helmut verneint irritiert. Umständlich kramt er sein Portmonee hervor und weist sich aus.

»Herr Hargener. Stimmt die Adresse noch?«

»Ja.«

»Sie stehen im absoluten Halteverbot, wissen Sie das? Dadurch behindern Sie den Verkehr!«

Da Helmut paralysiert wirkt, kommt dem Beamten ein naheliegender Verdacht.

»Würden Sie einem Alkoholtest zustimmen?«

»Einen Test … hab doch nichts getrunken …«

»Dann haben Sie ja nichts zu verlieren!«

Der Test ist erwartungsgemäß negativ und auch der Drogenschnelltest.

»Haben Sie gesundheitliche Probleme? Brauchen Sie einen Arzt?«

»Wie? Nein, nein«, stammelt Helmut abwesend.

»Fahren Sie bitte weiter, Herr Hargener. Ich werde ein Auge zudrücken.«

Wieder nickt Helmut.

»Sagen Sie, Herr Wachtmeister … Dieses Geschäft …«

»Das steht seit Jahrzehnten leer«, antwortet der Polizist. »Der Typ soll nicht ganz klar gewesen sein im Kopf, heißt es. Ist in den Sechzigern verschwunden.«

»Aber …«

»Mehr weiß ich auch nicht. Und nun fahren Sie bitte weiter, Herr Hargener.«

»Wie? Äh – ja, ja …«

Er steigt ein und startet den Wagen. Der Polizist sieht ihm noch nachdenklich nach, und hofft, dass Helmut sein Ziel unbeschadet erreicht …

ENDE

BULLETIN

O_{ft} hält das Leben Überraschungen bereit, mit denen man nicht rechnet. Meist betrifft es persönliche Bereiche, wofür jeder selbst verantwortlich ist. Doch gibt es Situationen, die ein kollektives Handeln begünstigen. Explosionsartig entladen sich angestaute Probleme, verschaffen sich Luft. Verkrustungen in der Gesellschaft brechen brachial auf. So geschehen im Jahr 1989 in der DDR. Es war das erste Mal in der Geschichte, dass eine vom Volk ausgehende Revolution ohne Blutvergießen verlief. Unter der Bevölkerung hatte das System lange vorher schon seine Existenzberechtigung verloren. Zwischen verordneter Ideologie und Wirklichkeit klaffte ein unüberwindbares Vakuum.

Es ist schwer die Vergangenheit derjenigen zu beschreiben, die damit überhaupt nicht oder nur am Rande in Berührung gekommen sind. Es fehlt an selbstgemachten Erfahrungen, die das damalige Leben ausmachten. Natürlich gab es auch schöne Momente, und weiß Gott, es war nicht alles schlecht. Zum Beispiel der Zusammenhalt der Menschen, der den Alltag aufwertete. Man hatte einen gemeinsamen *Feind*: den Staat. Eigentlich eine nicht ganz zutreffende Zusammenfassung, denn das System wurde aus dem Inneren heraus gestärkt. Emporkömmlinge sowie allzu Eifrige stützten durch kritikloses Verhalten das sozialistische Machtgefüge. Wegschauen und Stillschweigen standen auf der Tagesordnung und das Politbüro saß es aus.

Dreißig Jahre danach steht eines fest: Egal welches System in einem Land herrscht – Unzufriedene und Politikverdrossenheit wird es immer geben. Der Bananenfaktor ist dabei völlig unrelevant, sosehr es auch Anstrengungen gibt, die politische Wende darauf zu reduzieren. Denn Freiheit hat unzählige Facetten …

Was wäre, wenn wir mit heutigem Wissen noch einmal die Zeit des Kalten Krieges erleben würden? Kämen wir zurecht? Würden wir alles als gegeben hinnehmen oder zu ändern versuchen?

In diese Situation gerät Helmut. Dem Schicksal ausgeliefert, erfährt er eine Begegnung mit der Vergangenheit, die längst überwunden ist. Warum schlagartig wieder einmal alles ganz anders kommt und welches Geheimnis der Münzhändler hütet, wird im letzten Teil der Leicht-Trilogie offenbart.

LEICHT[3]